머니게임

머니게임

지은이 에마 쿼글리 ◖ 옮긴이 김선아

START
GAME

▶1 PLAYER   6 PLAYERS

리듬문고

- 등장인물 -

HELLO!

☞ 핀 피츠패트릭

파 위 ★☆☆☆☆	판단력 ★★🌠☆☆
스피드 ★★★☆☆	행동력 ★★★★★
사고력 ★★☆☆☆	

HI!

☞ 루크 모리세이

파 위 ★★☆☆☆	판단력 ★★★🌠☆
스피드 ★★★★☆	행동력 ★★★🌠☆
사고력 ★★★☆☆	

COME ON!

☞ 가브리엘 오루크

파 위 ★★★★★	판단력 🌠☆☆☆☆
스피드 ★★★★★	행동력 ★★★★★
사고력 🌠☆☆☆☆	

LOL

👉 에밀리 클라크

파 워	★★★☆☆	판단력	★★★★☆
스피드	★★★☆☆	행동력	★★⯪☆☆
사고력	★★★★⯪		

THANKS

👉 파블로 실바

파 워	★☆☆☆☆	판단력	★☆☆☆☆
스피드	★☆☆☆☆	행동력	★★⯪☆☆
매 력	★★★★⯪		

HOW ARE YOU?

👉 코비 코왈스키

파 워	⯪☆☆☆☆	판단력	★★★★★
스피드	⯪☆☆☆☆	행동력	★★★☆☆
사고력	★★★★★		

- 차례 -

마스터 플랜

나는 핀 피츠패트릭이 50유로 지폐 뭉치를 라커룸 바닥에 차곡차곡 쌓는 것을 봤다. 핀은 바짝 다가오더니 금발 머리를 휙 넘기고는 자기가 은행을 세웠다고 무심하게 발표했다.

누구도 눈 한번 깜박이지 않은 채 얼어붙었다.

"허. 정신 차려, 핀."

마침내 가브리엘 오루크가 말했다. 게이브라면 그 어떤 상황에서도 침묵을 깨뜨릴 수 있는 아이다. 정말 수다스러운 녀석이니까. 하지만 핀의 표정은 변하지 않았다. 이 녀석은 진짜 진지한 거였다. 돈 문제에 관한 한 핀은 언제나 진지했다.

"그 돈은 다 어디서 난 거야?" 나는 곧장 의심스러워 하며 말했다.

"저금한 거야, 루크."

나는 희미하게 빛나는 종이 뭉치들을 물끄러미 바라봤다. 빳빳한 새 돈 냄새에 순간적으로 꼼짝도 할 수 없었다.

"이건 장난 아닌데." 최근 우리 패거리에 들어온 파블로 실바가 말했다. "쟤 지금 농담하는 거지? 그렇지?"

아무도 대답하지 않았다. 심지어 게이브조차도.

"어이, 핀. 그 돈 나한테 넘겨, 이 정신 나간 녀석아." 파블로가 이어서 말하며 돈뭉치를 향해 손을 휘둘렀다. 그러고는 재미있다는 듯 검은 눈을 반짝였다. "돈 쓰는 거야 아무 문제없지. 내가 기꺼이 써 주마."

핀은 단호하게 검지로 지폐 뭉치를 꾹 눌렀다. "아, 바로 그거야, 얘들아. 돈을 그냥 나눠 주지는 않을 거야. 이 돈은 빌려줄 거야. 그렇지, 코비?"

저쪽 구석에서 코비 코왈스키가 고개를 끄덕였다. 그러니까 코비는 이 계획을 알고 있었던 거다. 이건 충격적이다. 핀은 배짱이 두둑한 녀석이긴 하지만 이런 일을 벌일 만큼 머리가 썩 좋지는 못하다.

"이윤을 얻으려고 돈을 빌려주는 거야." 코비가 말했다.

"바로 그거야." 핀이 환한 미소를 지으며 손을 마주 비볐다. "제대로 된 은행하고 똑같은 거라고."

이 아이디어는 하고많은 장소 중 하필 핀이 치과 치료 의자 위에 앉아 있을 때 반짝 떠올랐다고 한다. 아마도 이를 뽑기 위해 찔러 넣은 주사약들 때문인지도 모른다.

핀은 자기가 아이디어를 떠올렸을 때의 이야기를 늘어놓았다. "그러니까 내가 거기 앉아 있는데 말이야. 이는 반쯤 뽑은 상태고, 온 사방이 피투성이고, 진짜 완전 괴로웠거든."

나는 크게 하품을 했다. 사방이 피투성이였다니 역시 핀답다. 분명 이를 뽑느라 마취 상태로 쿨쿨 잠들어 있었을 것이다. 내기를 해도 좋다. 나는 시간을 힐끔 확인하고 이 이야기가 얼마나 오래 계속될까 생각했다. 핀은 대서사시를 늘어놓을 준비를 하는 것 같았다.

"내 머릿속에 보이원더가 뿅! 하고 나타난 거야." 핀이 계속해서 떠들었다.

"이런, 너 완전히 환각에 빠졌던 것 같은데? 핀." 게이브가 큰 소리로 말했다.

"닥쳐, 게이브." 핀이 게이브에게 잽을 날리며 말했다.

"누가 나타났다고?" 파블로가 나를 보며 웅얼거렸다.

"보이원더, 보이 밴드 있잖아." 내가 말했다. "그 TV 쇼에 나오는 보이 밴드 말이야."

"그래서 내 머릿속에서 보이원더가 막 빙글빙글 도는 거야. 그러다가 펑! 하고 모나리자 머피도 나타났어." 핀의 얼굴이 환해졌다. 그는 마치 이 정도면 더 이상의 설명이 필요 없을 거라는 듯 말을 멈췄다.

아무도 반응하지 않았다. 열광적으로 고개를 끄덕이는 코비만 빼고. 코비는 전에 이 이야기를 들은 적이 있는 게 분명했다.

핀이 얼굴을 찡그렸다. "아, 뭐야. 얘들아, 내가 정말 무슨 말을 하는 건지 모르겠니?"

갑자기 수학 시간 뒷자리에서 있었던 일이 기억났다. 안나리사 머피는 보이원더 콘서트에 대해서 밑도 끝도 없이 떠들어 대면서 콘서트에 갈 수 있다면 무슨 짓이라도 할 텐데 티켓을 살 돈이 없다고 했다. 학교를 빼먹은 걸 들키는 바람에 부모님이 단호하게 용돈을 가불해 줄 수 없다고 한 것이다.

"두 단어야. 현-금 유-동-성." 핀이 마치 연기하듯이 음절을 하나씩 읊었다.

"현금 유동성." 코비가 다시 한번 명확하게 말해 줬다. 아마 게이브를 위해서였을 거다.

"이게 바로 모나리자 머피의 문제야." 핀이 의미심장하게 말했다.

"그 애의 여러 가지 문제 중 하나지." 나는 파블로에게 말했다.

핀은 완전히 몰두해 있었다. "우리가 해결해 줄 수 있는 문제야."

게이브는 툴툴거리는 소리를 내며 머리를 흔들고는 핸드폰을 맹렬하게 만지작거렸다. 그는 무슨 이야기인지 이해하지 못했다. 불쌍한 우리 게이브는 확실히 머리가 좋다고는 할 수 없다.

종이 울렸다.

나는 한숨을 내쉬었다. 다음 수업은 스페인어고, 난 또 숙제를 안 했다. 월시 선생님과 나는 또 부딪치게 될 것이다. 정신을 바짝 차리지 않으면 선생님은 조만간 나를 무자비하게 혼낼 거다.

나는 스페인어를 좋아한다. 단지 월시 선생님이 너무 싫을 뿐이다. 그리고 그런 감정은 나만 느끼는 게 아니라 선생님도 똑같이 느끼고 있는 게 확실하다.

"어떻게 생각해, 루크?"

나는 고개를 들어 올려다봤다. 핀이 나를 쳐다보고 있었다.

"그러니까 너는 고리대금업자가 되겠다는 거네." 나는 씩 웃으며 말하고 벌떡 일어나 기지개를 켰다. 다른 아이들이 웃음을 터뜨렸다. 사실은 전에도 이런 이야기를 들은 적이 있다. 그건 그냥 핀의 또 다른 무모한 생각 중 하나였다.

"멍청한 자식." 핀은 비니를 돌돌 말아 내 얼굴에 내던졌다. 하지만 그는 웃고 있었다. 핀은 나도 결국 이 일에 가담하게 되리라는 것을 분명히 알고 있었다.

갑자기 레몬 냄새가 났다. 내 옆으로 에밀리 클라크가 나타났다.

"너네 지금 뭐 해?" 에밀리는 수상쩍다는 눈으로 우리를 보며 말하다가 순간적으로 파블로에게 시선을 고정시켰다. 그녀는 파블로에게 눈부신 미소를 보냈다.

그러다가 에밀리의 눈이 커졌다. 돈을 발견한 것이다. "세상에나. 대체 이게 다 뭐야?"

나는 가방을 집어 들고 아이들을 두고 자리를 떴다. 종이 울린지 한참이 지났다. 또 지각해서 방과 후 학교에 남는 벌을 받을수는 없다. 월시 선생님에게는 매우 기쁜 일이 될 테지만.

스피디 오닐

점심시간에 우리는 농구 코트에서 빈둥거리고 있었다. 내가 파블로, 게이브와 축구공을 주거니 받거니 차는 동안 코비와 핀은 스피디 오닐에게 은행 돈을 빌려주는 일의 장단점을 의논하고 있었다.

"스피디는 학교 매점에 외상 달아 놓은 게 많아." 핀이 말했다.

전혀 놀랍지 않은 일이다. 스피디는 돈을 무분별하게 써 대는 버릇이 있는데 대부분은 배를 채우는 데 들어간다. 걔는 섬이라도 집어삼킬 듯 엄청난 양을 먹으면서도 그 누구보다 빨리 먹어 치운다. 그런데도 녀석은 빼빼 마른 말라깽이다.

"맞아." 코비가 말했다. "빅 페기는 걔가 얼마나 많은 돈을 빚졌는지 알고는 더 이상 외상은 안 된다고 했어. 이제 그 녀석은 외상값을 다 갚아야만 해."

나는 궁금해졌다. "외상을 얼마나 했는데?"

"60파운드." 코비가 말했다.

나는 휘파람을 불었다.

"매점 매상은 사실 스피디가 거의 다 올려 주는 거긴 하지만 말이야." 코비가 덧붙였다.

"그 자식은 완전 말처럼 먹어 대. 아마 내가 일주일 동안 먹는 양보다 걔가 하루 동안 먹어 치우는 양이 더 많을걸." 내가 말했다.

"듣자 하니 빅 페기가 스피디에게 최후통첩을 했대." 코비가 계속해서 말했다. "외상값을 다 갚지 않으면 부모님에게 전화할 거라고 했다나 봐."

"맞아. 그래서 스피디는 똥줄이 타서 미칠 지경이야. 걔 부모님은 다른 사람들이 자기 가족의 일을 아는 거에 정말 괴팍하게 굴거든. 걔 엄마가 의원이고 어쩌고 해서 신문에라도 날까 봐 벌벌 떤다고."

모두 이런 알짜배기 정보를 제공한 게이브를 바라봤다.

핀이 코웃음을 쳤다. "신문이라니 아, 진짜. 자기들이 뭐라도 된다고 생각하는 거야? 뭐 베컴가라도 되는 줄 아나 보지?"

나는 공을 따라 뛰어갔다. "스피디에게는 베컴 같은 오른발이 있긴 하잖아. 탑 코너로 스트레이트. 아앗."

"그건 네이마르 전문이야, 럭키 보이." 핀이 게이브의 머리를 향해 멋지게 방향을 틀어 날아가는 공을 보며 말했다.

"스피디의 아빠는 사업체도 몇 개 가지고 있다는 걸 잊지 마." 코비가 의미심장하게 말했다. "그러니까 스피디네는 자금이 있다고."

그 말 한마디로 어떻게 할지가 정해졌다. 스피디는 통과였다.

"근데 그럼 얼마를 청구하면 되지?" 핀이 속마음을 소리 내서 말했다. "그게 문제야."

"맙소사, 게이브." 나는 담장을 넘어 날아가는 축구공을 봤다.

"게이브, 이 정신 나간 멍청아. 어쩌자고 그따위로 공을 찼냐?" 파블로가 벌써 공을 찾으러 문 쪽으로 달려가며 말했다. "돌았군, 돌았어."

"이걸 벗으면 좀 나을 텐데." 나는 게이브의 트레이드마크인 검은 오토바이 헬멧을 툭툭 치며 말했다.

"게이브가 저걸 벗는다고? 포기해. 쟤는 아마 밤에 침대에서도 저걸 뒤집어쓰고 잘걸." 핀이 말했다. 게이브는 그저 어깨를 으쓱해 보이더니 자기 핸드폰을 꺼내 들었다.

"10퍼센트." 핀의 질문에 신중하게 고심을 거듭한 끝에 마침내 코비가 입을 열었다. "우린 10퍼센트를 이자로 청구할 거야. 그러니까 빌려준 10파운드당 1유로씩을 벌게 되는 거지."

게이브가 지껄이기 시작했다. "1유로라고? 에이, 너네 빨리 부자가 되긴 글렀다. 안 그래?"

핀이 자갈을 찼다. "게이브, 넌 가서 앵그리 버드 게임이나 계속해. 이 멍청아."

게이브가 낄낄 웃었다. 핀은 코비를 노려봤다.

"잘 들어 봐. 일단 우리는 먼저 대출 조건을 단순하고 쉽게 해

돼야 해." 코비가 말했다. "스피디하고는 일단 시험 삼아 한번 해 보는 거야."

"스피디에게는 먼저 딱 30파운드만 빌려줄 거야." 핀이 결연하게 고개를 끄덕이며 말했다.

나는 고개를 들어 그를 쳐다봤다. "걔는 얼마를 원하는데?"

"60파운드 전부지. 하지만 은행 업무의 첫 번째 규칙. 절대 필요한 금액 전부를 한 번에 빌려주지 않는다."

"다른 규칙들은 뭔데?" 갑자기 재미있어진 내가 물었다. 핀은 항상 너무 갑작스럽고 엉뚱한 주장을 불쑥불쑥하곤 한다. 그래서 그가 무슨 말을 하기 전에 모두에게 심장을 주의하라는 경고를 먼저 들려줘야 할 것만 같다.

핀은 웃음을 터뜨렸다. "나도 모르지."

"난 또 네가 비즈니스 스터디 우수 학위 과정이라도 밟는 줄 알았는데." 내가 말했다. "래퍼티 씨랑 같이 말이야."

코비가 씩 웃었다. "그 사람은 천재야."

"검증이 안 된 천재지." 핀이 눈을 굴리며 말했다. 나는 대답하려고 입을 열었다.

"알아, 알아." 핀이 계속했다. "래퍼티 씨는 멘사 회원이고, IQ 순위 최고인 데다가, 베스트셀러를 세 권이나 냈고, 이제 몇몇 사람들에겐 유명인사지. 방송을 통해서 자기가 경제에 얼마나 열정을 가지고 있는지 사방팔방으로 알리고 있고. 하지만 내가 늘 말했듯이-"

"멘사 회원이 대체 왜 외딴 지역에서 농부들에게 대수학이나 스프레드시트로 잔액 맞추는 법이나 가르치고 있냐고?" 내가 말을 받아서 맺었다.

핀은 고개를 끄덕였다. "바로 그거야."

"간다! 머리 조심해!" 파블로가 울타리 너머로 다시 공을 차 넘기며 소리를 질렀다.

우리는 그다음에 게이브가 잠깐 골키퍼 역할을 하는 동안 상상 속의 골대 앞에서 공을 찼다. 아니, 사실 좀 더 정확히 말하자면 게이브는 우리가 골이라고 마음속으로 정한 곳 근처에서 타깃처럼 서서 핸드폰으로 게임을 하고 있었다.

"그럼 너도 끼는 거지, 루크?" 핀이 작은 소란 끝에 내게 걸어오며 말했다.

나는 대답하지 않았다. 아직 완전하게 확신이 서지 않았다. 이 아이디어는 지난 몇 년 동안 끔찍하게 실패로 돌아가 버린 핀의 다른 원대한 계획들과 함께 무덤에 묻히고 말 가능성이 커 보였다. 그리고 진짜 냉정하게 보면 이 일에는 돈이 걸려 있기 때문에 실제로 피해자가 발생할 수도 있었다. 하지만 좀 더 솔직하게 말하면 나도 핀처럼 위험을 감수한다는 사실이 내심 짜릿했다. 이 점이 바로 핀이 내가 합류할 거라고 철석같이 믿는 이유였다.

나는 눈을 가늘게 뜨고 손을 들어 내리쬐는 햇볕을 가리다가 결국 설득하려는 듯한 핀의 시선과 마주쳤다.

"왜 이래, 루크. 심지어 코비도 합류했다고."

나는 눈썹을 치켜세웠다. "그거야 뭐, 당연한 거 아냐? 딱히 설득이 필요할 것 같지도 않은데? 코비는 계산기만 봐도 감정적 으로 변하는 녀석이잖아."

핀은 씩 웃었다. "그래서 난 네가 우리 운영 이사회에 꼭 필요 하다고 생각해. 내 주위에 어떤 녀석들이 있는지 보라고. 정신 똑 바로 차리고 판단을 잘해 나가려면 네가 있어야 돼."

나는 핀이 고개를 까닥하는 쪽을 따라 시선을 돌렸다. 그러고 는 다소 어리둥절해 하고 있는 파블로에게 축구공을 떨어뜨리지 않고 무릎으로 계속 튕기는 완벽한 기술의 물리학적 원리를 설 명하느라 열을 올리고 있는 코비를 바라봤다.

핀이 한 걸음 더 가까이 다가왔다. "이런 기회를 놓치지 마, 루 크. 이건 완전 대박이야. 딱 감이 온다니까."

나는 전에도 핀이 똑같은 말을 하는 걸 여러 번 들었다.

"게다가 너도 돈이 필요할 수도 있잖아." 마치 음모를 꾸미는 것 같은 낮은 목소리로 핀이 덧붙였다.

나는 그를 향해 돌아섰다. "그게 무슨 뜻이야?"

핀은 순진한 표정으로 어깨를 으쓱했다. "아무것도 아냐."

보통은 핀이 나를 그냥 놀리는 건지 아닌지 명확하게 알 수 있 었다. 나는 핀이 자신의 금발 머리 꼭대기를 그의 트레이드마크로 유명한 모히칸 컷 모양으로 다시 조심스럽게 매만지는 것을 바라봤다.

실제로 내가 참여한다면 사람들은 이 사업 아이템을 더 믿어줄 거다. 핀은 과거에 전혀 미안해하는 기색도 없이 너무 많은 아이를 짓밟아 뭉개 버렸다. 아무리 좋게 말해도 그의 평판은 흠잡을 데가 없다고는 도저히 할 수 없다. 핀은 그걸 알고 있었고 나도 안다. 나는 이 부분을 협상 무기로 삼기로 했다.

우리는 문 쪽을 향해 걸어갔다.

"그래. 좋아." 내가 말했다. "얼마 내야 돼?"

"150." 핀이 바로 대답했다.

내게는 463.76파운드의 저금이 있다. 그렇게 크게 타격을 입을 금액은 아니다.

"말도 안 돼." 내가 말했다. "75."

"100."

"알았어." 나는 만족했다. 나는 코비와 핀이 둘 다 150씩 냈다는 걸 알고 있었다.

나는 걸음을 멈췄다. "그럼 수익은 3으로 나누는 거야?"

핀이 얼굴을 찌푸렸다. "그러니까 음, 30퍼센트 30퍼센트, 그리고 내가 40퍼센트야. 어쨌든 결국 이건 내 아이디어니까."

이런 멍청이.

계약

핀과 나는 탈의실에 앉아 스피디 오닐이 시리얼바 한 상자를 전부 게걸스럽게 먹어 치우는 모습을 바라봤다. 훈련 전 간식이다. 바닥에는 벌써 빈 포장지가 세 개나 나뒹굴고 있었다.

"스피디, 계약 조건은 이거야." 핀이 말했다. "우리가 너한테 30유로를 빌려줄게. 그럼 너는 3주에 걸쳐서 한 주에 11유로씩 갚으면 돼."

스피디가 고개를 끄덕였다. 입에는 시리얼바를 가득 물고 있었다.

핀은 종이 한 장을 꺼내더니 스피디를 향해 불쑥 내밀었다. "자, 여기에 서명해."

나는 그 종이를 낚아채며 핀을 노려봤다. "이게 대체 뭐야?" 나는 화난 어조로 낮게 말했다.

나는 사전 논의에서 제외되는 게 전혀 달갑지 않았다. 특히 이벤처 사업을 시작하기 위해 내 저금을 내놓은 마당이니 더욱 그랬다. 그래 뭐, 내가 아직 진짜 돈을 건넨 건 아니긴 했다. 핀과 코비가 쟁여 둔 돈을 먼저 쓰도록 두는 편이 좋다고 생각했다. 게다가 스피디에게 시험 삼아 대출해 주는 이 일은 엄청난 재앙이 될 수도 있었다. 하지만 이 사업에 가담한 이상 우리는 한 배를 같이 탄 거였다. 그러니 그 안에서 또 패를 나눠서는 안 됐다.

나는 낚아챈 종이를 훑어봤다.

9월 26일
대출: 30유로 + 이자 10%

나 스피디 오닐은 FFP 은행에 다음 3주 동안 33유로를 갚을 책임이 있다. (매주 11유로)

서명:

이건 누가 봐도 코비가 작성한 게 뻔했다. 핀은 컴퓨터를 켜는 것도 겨우 할 수 있을까 말까다. 핀은 내가 화가 나서 속이 부글거리고 있다는 걸 눈치챘다. 우리는 스피디에게 소리가 들리지 않는 쪽으로 자리를 약간 옮겼다.

"미안해, 루크. 이건 나랑 코비가 지난 밤 개 노트북으로 진짜

급하게 만든 거야. 우리 생각엔 스피디가 어디에든 서명을 해야 겠다 싶더라고. 계약서 같은 거. 아니면 저 정신 나간 녀석한테 돈을 영영 돌려받지 못할지도 모르잖아."

나는 한숨을 쉬었다. "알았어. 하지만 나중에 다시 얘기 좀 해."

"걱정 마, 내가 곧 회의를 소집할 거야." 핀이 종이를 가져가며 말했다.

나는 핀의 팔을 붙잡았다. "근데 잠깐만, FFP 은행?"

"핀, 피츠, 패트릭의 앞글자를 따서 FFP. 어때? 대박이지?"

나는 눈을 굴렸다. 애가 농담하는 것이길 바랐지만 그런 기미 는 전혀 보이지 않았다.

"만약 내가 돈을 안 갚으면 어떻게 되는 거야?" 스피디가 뒤에 서 불쑥 말을 꺼냈다.

핀하고 나는 순간적으로 당황해서 서로를 쳐다봤다. 좋은 지 적이다. 스피디는 겉모습처럼 그렇게 아무 생각 없는 아이가 아 니었다. 나는 핀을 노려봤다. 핀이 이 일을 처리하게 내버려 둬야 겠다고 생각했다. 어쨌든 핀과 코비는 이 계약서 문제에서 날 완 전히 따돌렸으니 말이다.

핀은 방을 왔다 갔다 하면서 치아 뒤쪽에 낀 시리얼바 조각을 빼느라 분주한 스피디를 향해 돌아섰다. 스피디는 에너지 드링크 를 두 캔 정도 들이마신 것처럼 항상 어딘가 좀 이상해 보였다.

"스피디, 우리랑 장난할 생각하지 마. 빅 페기가 너희 집 현관문을 두드리기 직전이라는 사실을 우리 모두 알고 있어. 그러니까 넌 이 돈이 필요해."

스피디가 요란하게 트림했다. "진정해, 핀. 그냥 물어본 거야."

핀은 주머니를 뒤적거리더니 펜을 찾아내 끼적이기 시작했다. "자, 여기." 핀은 마침내 이렇게 말하곤 나에게 고쳐 쓴 계약서를 넘겼다.

9월 26일
대출: 30유로 + 이자 10%

나 스피디 오닐은 FFP 은행에 다음 3주 동안 33유로를 갚을 책임이 있다. (매주 11유로)

서명:

매주 지불이 늦을 때마다 3유로씩 추가된다.
그러니까 돈 갚아. 이 원숭이 자식아!

스피디는 이 계약서에 서명을 했고, 다른 아이들이 훈련을 위해 도착할 때쯤엔 시리얼바 여섯 개를 모두 먹어 치웠다.

총 이사회

빵.

빵.

빵.

이번엔 약간 더 세게 내 방 벽에다가 축구공을 찼다. 1~2분 정
도만 더 하면 될 거다.

빵야.

빵야.

부엌문이 열렸다.

"루크-! 집 안에서 축구공 차지 마!" 엄마가 소리를 질렀다.
문을 쾅 닫는 소리가 계단을 울렸다.

툭.

툭.

툭.

"루크. 진짜로 경고하는데, 당장 그만해."

갈 시간이다.

나는 한 번에 두 칸씩 쏜살같이 계단을 뛰어 내려가 부엌문 사이로 고개를 빼꼼 들이밀었다. 엄마와 아빠는 식탁에 앉아 노트북을 들여다보며 소곤거리고 있었다. 최근 들어 매일 저녁마다 이런 풍경이다. 분명 무슨 일이 있다.

"잠깐 나갔다 와도 돼요?"

엄마만 고개를 들어 여전히 짜증 난 목소리로 물었다. "어딜?"

"핀네 집요. 같이 숙제하려고요." 나는 어물거리며 말했다.

"그래, 다녀와. 엄마 아빠도 좀 조용히 있자."

빙고.

나는 엄마가 마음을 바꾸기 전에 쏜살같이 빠져나왔다.

$ $ $

"안녕, 친구들." 에밀리가 파블로를 끌고 교문에서 나타났다.

"쟤는 대체 여기서 뭐 하는 거야?" 핀이 고함을 질렀다.

파블로가 재빨리 끼어들었다. "에이, 뭐 어때. 생각해 봐. 쟤가 도와줄 수도 있어."

에밀리는 소리를 내지 않고 입 모양으로만 일부러 천천히 파블로에게 '고마워'라고 했다.

"핀, 어릿광대처럼 굴지 마. 우리 학년에서 내가 거의 전 과목 최고인 거 너도 알잖아." 에밀리는 사무적으로 말했다.

핀이 나를 쳐다봤다.

"저 여자애는 천재야." 나는 웃음을 터뜨리며 말했다.

"내 생각에 네가 말하려고 했던 단어는 '영재' 같은데, 루크." 에밀리는 이렇게 말하면서 머리카락을 모아 잡고 머리 위로 동그랗게 말아 올리며 씩 웃었다.

사실 나는 에밀리가 참여하는 게 좋았다. 맞다. 에밀리는 영리하다. 거의 코비만큼 똑똑했지만 공부만 잘하는 게 아니라 세상 물정에 밝았다. 그리고 더 중요한 건 핀의 사촌이라 그를 저지할 능력이 있다는 점이었다. 나머지 아이들은 할 수 없는 일이다. 게다가 이 여자애는 유도 빨간 띠 보유자다. 이 정도면 충분하지 않은가.

"어때?" 에밀리는 몸을 돌려 핀을 쏘아봤다.

"이건 진지한 사업이야. 어― 멍청이들을 위한 스피드 데이트 따위가 아니라 작전 회의라고. 내 말이 무슨 뜻인지 알아?" 핀이 파블로를 향해 고개를 까닥거렸다.

에밀리는 우리 그룹을 쓱 둘러보더니 핸드폰을 꺼내 들었다. "흠, 캐츠 맥마흔은 안 왔네, 핀. 걔한테 문자를 보내서 이 모임에 대해 말해 줘야겠다. 자기가 초대받지 못한 걸 알면 엄청 속상해하겠지."

핀의 눈이 가늘어졌다. "너 진짜 감히……."

"응, 그럼 당연하지. 카테리나는 아마 이 모든 걸 받아들이지 못할 거야, 안 그래? 영지를 가진 제대로 된 숙녀니까. 결국엔 널 헌신짝처럼 차 버리겠지, 영영 말이야. 아니면 그 아이의 멋진 말이 널 차 버릴지도 모르지." 에밀리가 엉덩이에 손을 올리고 말했다.

나는 히죽 웃었다. 에밀리는 핀의 약점이 뭔지 너무 잘 알고 있었다. 그녀는 입술을 두툼하게 내밀어 카테리나의 악센트를 흉내 낼 준비를 했다.

"다시 알려 줄래? 핀니. 요즘 너희 둘이 사귀던가, 아니던가?"

"아오!" 핀이 화가 나서 움찔했다.

게이브가 헬멧의 얼굴 가리개를 들어 올렸다. "아직 사귀어. 핀이 어제 걔한테 핫 치킨 롤을 사줬어."

에밀리는 키득거렸다. "그래, 정말 대단하다. 참 통이 크기도 하지."

나는 휘파람을 불었다. "핫 치킨 롤이라고. 아주 돈을 뿌리는구나."

핀이 손을 뻗어 게이브의 얼굴 가리개를 다시 내렸다.

에밀리는 핀의 얼굴 앞에서 핸드폰을 흔들었다. "그럼 어쩔까?"

핀은 이를 갈며 부아가 나서 어쩔 줄 몰라 했다. "알았어. 여기 있어도 좋아, 에밀리."

에밀리는 보상에 눈독을 들였다. "그럼 나한테 뭐 해 줄 건데, 핀너? 입 다무는 조건으로?"

핀이 한숨을 쉬었다. "약간의 이익을 나눠 줄게. 파블로랑 게이브처럼."

나는 핀을 노려봤다. 또 다른 변수다. 핀은 대체 우리 이익을 얼마나 많은 다른 아이들과 나눌 계획인 걸까?

"얘들아, 난 진짜 집에 곧 가야 한다고." 코비가 초조하게 손목시계를 두드리며 말했다.

핀이 권위 있게 고개를 끄덕였다. "코비 말이 맞아. 서둘러야 해. 가자."

우리는 핀을 따라 주차장 뒤로 가 중앙도로와 평행하게 난 좁은 길로 들어가는 벽을 깡충 뛰어넘었다.

핀은 녹슨 금속 문 앞에 멈춰 섰다. 자물쇠에 열쇠를 넣고 만지작거리더니 보란 듯이 문을 차서 열었다. "빨리 들어와. 여긴 엄마 장부에 적힌 가게 중 하나야. 오랫동안 비어 있었어."

"그럼 너 열쇠 훔쳐 온 거야?"

핀의 엄마는 부동산 중개인이라 집에 정기적으로 커다란 열쇠 꾸러미들을 놓아두곤 했다.

"빌린 거지, 루크. 빌린 거라고."

에밀리가 코를 움켜잡았다. "우웩."

"쉬잇." 핀이 낮은 소리로 주의를 주며 에밀리를 문 안으로 떠밀었다.

우리 모두가 안으로 들어오자 핀은 손전등을 꺼냈다.

"잘했어." 나는 중얼거리며 주위를 살펴봤다. 사면의 벽이 모두 하얀 타일로 덮여 있었다. 우리는 스테인리스 스틸에 둘러싸여 있었고 카운터, 테이블, 선반은 모두 곰팡이로 의심되는 녹색 먼지로 뒤덮여 있었다. 걱정스럽게도 내 발도 마루에 약간 끈끈하게 달라붙었다.

"맞아, 여긴 정육점이었어." 핀이 거미줄로 뒤덮인 천장에 불을 비추며 말했다.

에밀리가 진저리를 쳤다. "이 냄새가 뭔지 알겠네."

"어디라도 앉을 자리를 찾아봐." 핀이 방에 있는 유일한 스툴을 잡으며 말했다.

"얘들아, 버거 먹고 싶니?" 게이브가 악취 나는 검은색과 흰색 줄무늬 앞치마를 두르고 흰색 플라스틱 장갑을 낀 채 나타났다. 그는 에밀리를 껴안으려고 달려들었다.

에밀리가 비명을 질렀다. "저리 꺼져! 그것들은 다 세균에 오염됐을 거라고!"

"맙소사, 게이브. 그만둬. 아니면 빠지던가." 핀이 앞치마를 거칠게 뜯어내며 말했다. "그리고 그 망할 헬멧 좀 벗어."

게이브는 테이블 위에 털썩 앉았다.

"자, 이제 회의를 시작해 보자." 핀은 마치 기조연설을 하려는 미국 대통령이라도 되는 양 일어나서 헛기침을 했다. 나는 터져 나오려는 웃음을 꾹 참았다. 고개를 돌리다 에밀리와 눈이 마주

쳤고, 우리는 무언의 메시지를 주고받았다. 저 멍청이!

"어…… 오늘 이 자리에 여러분 모두를 소집한 것은 FFP 은행의 첫 공식 이사회……."

누군가가 킬킬거렸다.

"FFP 은행의 공식 개회를 위한 이사회 때문이다." 핀은 킬킬거리는 소리에도 아랑곳하지 않고 계속했다. "그럼 제일 먼저, 중요한 것은 이 안에서 한 이야기들은 무엇이든 절대 밖으로 새어 나가서는 안 된다는 거다. 그러니까 내 말은, 우리 여섯 명끼리의 이야기라는 거야."

핀은 우리를 날카롭게 쏘아봤다. 에밀리와 코비, 나는 고개를 끄덕였다.

"게이브, 너 듣고 있니? 그 빌어먹을 핸드폰 좀 내려놔."

"응, 알았다고. 핀." 게이브가 여전히 핸드폰에서 두 눈을 떼지 않고 대답했다. 게이브는 플리핑 게임 중독이다.

나는 왜 게이브가 여기 끼어 있는지 알 수가 없었다. 게이브는 골칫거리다. 하지만 핀은 게이브 같은 덩치에 공격적인 성향을 지닌 누군가가 있으면 언젠가 도움이 될지도 모른다며 나를 안심시켰다. 제발 그럴 일은 없길 바란다.

"파블로?" 핀이 그를 향해 몸을 돌리며 말했다.

"물론 당연하지, 핀." 파블로가 말했다. "난 입 다물고 있을 수 있어."

이 마지막 말에 에밀리는 경련을 일으키듯 몸을 움찔거렸다.

나는 왜 파블로가 여기 있는지 묻지 않았다. 맞다. 파블로는 돈을 끌어올 수는 없겠지만 여자아이들을 끌어올 거다. 그 이유 하나만으로도 파블로는 일당들에게 두 팔 벌려 환영을 받았다.

내가 다시 고개를 돌렸을 때 핀은 여전히 모두 입을 다물어야 한다며 장광설을 지껄이고 있었다. 빨리 용건으로 들어가게 만들어야 했다.

"그래서 스피디랑은 어떻게 됐어?" 내가 끼어들었다.

"걔는 돈을 갚았지. 맞지, 코비?" 핀이 말했다.

코비가 고개를 끄덕였다. "이번 주랑 지난주에 11유로씩. 이제 한 주 남았어."

나쁘지 않다. "스피디는 돈이 어디서 났지? 다이어트라도 한대?"

"사촌이 하는 주유소에서 세차하는 일자리를 얻었어." 에밀리가 말했다.

나는 놀라서 고개를 들었다. 처음 듣는 소식이었다. 스피디가 어떤 종류든 꾸준하게 일을 한다는 걸 상상할 수가 없었다. 나는 막연히 스피디가 계속 먹어 대는 데 쓰는 돈이 부모님에게서 받은 용돈일 거라고만 생각했다.

"맞아, 그래서 우리가 걔한테 대출해 준 거야. 정기적인 수입이 있으니까." 코비가 냉정하게 말했다. "걔는 우리에게 확실한 투자처인 셈이지."

"너 또 영어 사전이라도 삼켰냐?" 내가 코비에게 말했다.

"나는 위키피디아를 애용하는데." 코비는 나를 보며 씩 웃었다. "그러니까 이것만 외워 둬. 확실한 투자처에만. 위험 요소가 있어서는 안 돼. 돈을 갚을 수 없는 사람에게는 누구라 해도 돈을 빌려주지 않아."

코비는 가방을 뒤적이더니 포스트잇 블록과 펜을 꺼내 들었다. 그는 포스트잇에 뭔가를 휘갈겨 쓰더니 한 장을 떼어 내 벽에다 붙였다. *'바위처럼 굳건하고 확실한.'*

"바위처럼 굳건하다라…… 마치 에이미 카힐처럼." 핀이 말하며 눈을 찡긋했다. 에이미 카힐은 여자 주니어 럭비팀 주장이자 인간 탱크다.

나는 고개를 끄덕였다. "맞아, 경기장에서 걔랑 얼굴을 마주 봐야 하는 녀석들이 불쌍하지."

"바위처럼 굳건하다, 마치 너랑 캐츠 사이처럼. 응?" 에밀리가 두 손가락을 꼬아 매듭 모양을 만들어 보이며 핀을 놀렸다.

"퍽도 재미있다." 핀이 악취 나는 앞치마를 에밀리 머리 위로 던졌다.

핀이 나를 가리켰다. "바위처럼 굳건하다, 마치 루크가 춤추는 모습처럼."

모두 웃음을 터뜨렸다. 심지어 게이브마저도 갑자기 대화에 끼어들었다. 핀이 폴짝 뛰어올라 안드로이드가 움직이듯 과장된 로봇 동작을 하며 나를 놀려 댔다. 게이브도 끼어들어 팔을 거칠게 마구 휘둘렀다.

"야, 그만해. 나 그 정도로 못 추지는 않거든." 내가 말했다.

"루키, 넌 무대를 완전히 불살라 버려."

"아이, 루크는 그냥 자기한테 어울리는 동작을 못 찾은 것뿐이야." 에밀리가 내 편을 들며 말했다.

코비는 초조하게 자기 패드를 두드렸다. "이것 봐, 얘들아. 회의 좀 계속하면 안 되겠니?"

모두 다시 진정하고 나자, 나는 이미 답을 알면서도 정말 중요한 핵심 질문을 했다. 답은 히죽거리는 핀의 얼굴에 다 쓰여 있었다. "그래서 결정 사항은 뭐야? 우리 이거 계속하는 거야?"

"그거야 두말하면 잔소리지." 핀이 잽싸게 말했다.

나는 보다 믿을 만한 대답을 듣고 싶어 코비를 쳐다봤다. 코비는 망설였다. 나는 눈을 가늘게 떴다. 분명 그가 망설이는 것을 봤다. 그러나 바로 다음 순간 코비는 고개를 끄덕였다.

"우린 이걸로 돈을 벌 수 있어, 루크. 계산이 나온다고. 하지만 중요한 건 금액을 작게 유지하는 거야. 몇 주씩만 소액을 빌려주는 거지. 너무 큰돈을 빌려주거나 오래 끄는 건 안 돼."

나는 고개를 끄덕였다. "좋은 생각이야, 코비. 합리적인 것 같다."

"그럼 우리 모두 동의한 거다. 작게 가자." 코비가 되풀이해서 말하며 눈을 동그랗게 뜨고 핀을 봤다.

핀은 게이브의 귓불을 손가락으로 퉁겼다. "게이브의 뇌처럼 말이지."

"핀의 에고랑은 정반대로." 에밀리가 말했다.

"에밀리 발 사이즈랑은 정반대로." 핀이 받아쳤다.

우리는 모두 일제히 에밀리의 발을 쳐다봤다. 인정할 수밖에 없는 게 여자애 발치고는 꽤 큰 발이었다.

"하하, 네 엉덩이를 시원하게 뻥 차 주기에 딱 어울리는 발이지, 피츠패트릭." 에밀리가 말했다.

"그리고 기억해. 단기 대출이야. 그러니까 짧은…… 음…… 그러니까 뭐 같으냐면……." 코비가 적당한 말을 찾지 못해 애를 먹었다.

"게이브가 주의를 집중할 수 있는 시간처럼." 핀이 눈을 굴리며 말했다.

"아니면…… 네 그 유명한 모델 경력처럼 짧게. 핀, 기억하니?" 핀이 다섯 살 때 아동복 카탈로그에서 짧은 모델 활동을 한 걸 떠올리며 내가 덧붙였다.

에밀리가 포즈를 취해 보였다. "쟤는 여전히 자기를 '예전에 모델이었던'이라고 소개한다니까. 안 그래, 핀? 아직 패션계 관계자라도 된다는 투라니까."

무슨 말인지 못 알아들은 듯 어리둥절한 파블로만 빼고 모두 폭소를 터뜨렸다.

"아니면 지난 시즌 루크의 골 득점 기록처럼 말이지." 핀이 내 등을 찰싹 때리며 앙갚음하듯 말했다.

나는 혀를 내밀었다. "그래, 퍽도 재미있구나."

하지만 핀의 말에는 일리가 있었다. 지난 시즌에 나는 컨디션이 매우 안 좋았다. 거의 골 그물망 뒤나 보고 앉아 있었으니까. 하지만 여름 내내 훈련에 참석해 왔다. 어서 빨리 첫 시합이 시작됐으면 좋겠다.

"잘 들어. 이것만 기억해. 작게." 코비가 지친 목소리로 말했다.

"그리고 짧게." 에밀리가 말했다.

포스트 잇이 추가됐다. '작게. 짧게.'

주머니 속에서 핸드폰이 부르르 떨렸다. 엄마에게 온 부재중 전화가 세 통이었다. 그리고 대체 어디 있는 거냐며 화가 나서 보낸 문자가 하나 와 있었다.

갑작스럽게 짜증이 치밀었다. 우리는 여기서 그냥 시간을 낭비하고 있는 것 아닌가. 정말 진지한 사업 전략 따위는 없고 말이다. "근데 대체 누구한테 돈을 빌려줄 건데?" 내가 큰 소리로 물었다. "진지하게 말이야, 얘들아."

"음, 스피디는 외상값을 갚으려면 또 목돈이 필요할 거야. 걔는 나머지 돈은 세차 아르바이트로 벌 수 있을 거라고 생각하고 있어." 핀이 말했다.

나는 계속해서 문제를 파고들었다. "하지만 그냥 별 볼 일 없는 고객 한 명만으로는 은행을 운영할 수 없어. 그건 은행이 아냐. 그냥 열네 살짜리들이 모여서 은행 놀이를 하는 거지."

바닥에서 게이브가 크게 혀를 차는 소리가 들렸다. 내 말 때문인지 아니면 게임에서 웃기는 상황이 벌어져서인지 확실치 않았다.

"먼저 풋볼팀에 소문을 낼 수 있지 않을까?" 내가 말했다.

"그래, 최소한 걔들은 우리가 잘 아니까." 코비가 말했다.

"어떻게 생각해, 핀?" 핀은 평소와 달리 조용했다.

"그래." 핀이 잠시 말을 멈췄다. "그냥 모두에게 다 공개해 버리는 게 좋지 않을까?"

핀답다. 항상 생각이 앞선다. "아, 핀. 그랬다간 우린 전교생의 놀림거리가 될 거야."

코비가 고개를 저었다. "안 돼. 우리가 아는 사람들에게만 대출해 주는 거야."

코비는 잠깐 멈칫하더니 곰곰 생각에 빠졌다가 '낯선 사람은 위험하다'라고 써서 벽에 붙였다. 코비가 진짜 대장이다. 조용하지만 분별력이 있고 엄청나게 머리가 좋다. 이 일도 분명 잘 통제할 것이다.

"그래, 맞아. 아무한테나 돈을 빌려줄 수는 없어." 내가 포스트

잇들을 다시 검토하며 말했다.

"좋아, 얘들아, 진정해. 알았어." 핀이 노려보며 말했다.

코비는 내 쪽으로 시선을 고정했다. "그럼 스피디의 대출과 똑같은 조건으로 계약하는 거야?"

"계약 조건이 어쨌다고? 경리부장." 핀이 여전히 부루퉁해서 말했다.

"좋아." 나는 핀을 무시해 버리고 말했다.

"그건 어떤 내용인데?" 에밀리가 물었다.

"모든 대출에는 이자가 10퍼센트 붙어. 그리고 대출 갚는 게 늦어지면 매주 3유로의 위약금이 추가되고." 코비가 또 다른 포스트잇으로 손을 뻗으며 대답했다.

그때 갑자기 게이브가 무릎을 꿇고 일어서더니 내 쪽으로 꼬깃꼬깃한 20유로짜리 지폐 두 장을 획 던졌다. "자, 받아."

나는 꼬깃꼬깃한 지폐를 잡았다. "이게 뭐야?"

"이번 주 세탁 비용이야. 헐링(하키와 비슷한 아일랜드 구기 종목)팀 유니폼 세탁비."

나는 얼굴을 찌푸렸다. "근데 이걸 왜 나한테 주는 거야?"

"얘들아, 나 너희에게 말할 게 있어." 게이브가 가슴을 부풀리며 말했다. "나 이제부터 돈을 모을 거야."

핀이 코웃음을 쳤다. "허. 무슨 돈? 이번 주에만 내가 몇 번이나 너 대신 돈을 내줬냐? 세 번? 네 번?"

게이브는 무심하게 돈을 가리켰다. "그리고 이게 내 첫 번째 예금이야. 나 대신 맡아 줄 수 있지?"

핀이 게이브의 어깨를 주먹으로 가볍게 쳤다. "지인 특별 금리를 원하는 거냐? 내가 관리하는 한 안 돼."

나는 돈을 들고 있었다. "그럼 덩치야, 너 세탁비는 어떻게 낼 생각이야? 다음 경기 때까지 냄새 풍기는 선수복 가방을 들고 다니긴 힘들 텐데. 너희 팀원들도 가만있지 않을걸."

그러자 게이브는 손을 흔들었다. "아니, 루크, 이 바보야. 사실은 나 한 번도 유니폼들을 세탁소에 가져간 적이 없거든. 아무도 안 그래. 그냥 엄마가 빨아 줘."

핀이 홱 돌아섰다. "잠깐만, 너 코치가 매주 세탁비를 준다고 했었잖아."

게이브가 고개를 끄덕였다. "응, 이번 주가 내 당번이야."

"근데 아무도 실제로 유니폼을 세탁소에 맡기지 않는다고?" 핀이 말했다.

"애들은 다 집으로 가져가서 엄마한테 빨아 달라고 하고." 나는 20유로짜리 지폐를 뚫어져라 보며 말을 맺었다. 뭔가 불편한 느낌이 온몸을 뒤덮었다. 돈의 출처에 신경을 써야 하나, 라는 생각이 들었다.

"어이, 이것 봐. 이건 도둑질 아냐?" 에밀리가 내가 속으로 걱정하던 말을 입 밖으로 꺼냈다.

코비가 움찔했다. "재투자라는 표현이 더 좋겠다."

"세상에 사랑을 널리 퍼뜨리는 거지. 우린 잘못한 게 아무것도 없어." 핀이 내 손가락에서 지폐를 낚아채며 말했다. 그리고 팔을 뻗어 게이브의 손을 잡고는 마구 흔들어 대며 악수했다.

"우리의 첫 번째 예금 고객을 소개합니다. 여러분, 가브리엘 오루크 씨입니다. FFP 은행의 고객이 되신 것을 환영합니다."

텔레토비

핀이 테이블 위에 샌드위치를 내팽개치고 자리를 잡고 앉았다. "우리 다음 고객이 누가 될지 한번 맞혀 봐! 슬라이더 컬리, 앨런 퀸, 퍼지 로네건."

나는 먹고 있던 초콜릿 머핀이 목에 걸릴 뻔했다. "텔레토비들? 말도 안 돼."

슬라이더, 앨런, 퍼지는 우리 학년에서 거의 전설에 가까운 존재들이다. 작년에 미술 재료실로 숨어들어서 페인트 싸움을 벌였는데 머리부터 발끝까지 빨강, 노랑, 파랑 페인트를 뒤집어쓴 채 나타나 텔레토비라는 별명이 붙었다.

"진짜, 진짜야. 진지하게 말하는 거야."

"이번엔 대체 뭔 짓을 저질렀는데?" 나는 큰 소리로 물었다. 전설로 남은 그 페인트 싸움을 뛰어넘는 짓을 저질렀다면 로켓을 타고 성층권 밖으로 날아간 것에 버금가는 대사건일 거다.

"들어 봐, 게네가 재활용 쓰레기통에 불을 질렀어." 핀이 샌드위치를 씹으며 말했다.

"대박. 자기들이 무법자들이냐 뭐냐." 파블로가 웃음을 터뜨리며 주먹으로 탁자를 내리치는 바람에 같은 탁자에 앉은 모든 애들의 잔이 흔들려 음료수가 흘렀다.

핀이 떼구루루 굴러가는 음료수 캔을 움켜잡았다. "아오, 가만히 좀 있어라. 파블로."

"화재경보기가 울렸을 때 나는 맨날 하던 화재 대피 훈련인 줄 알았지. 그때 지리 수업 시간이었는데 최소한 5분은 다들 그냥 자리에 앉아 있었어." 내가 말했다.

핀이 방정맞게 고개를 끄덕였다. "나는 수학 시간이었어. 라포 선생님은 대피하느라 수업을 못 해서 영 기분이 안 좋았어. 선생님이 제일 좋아하는 기하학을 시작하려는 참이었거든."

"그리고 전교생이 집에 돌아갔으니. 이건 뭐, 완전 땡큐지."

핀은 뒤로 기대앉았다. "난 덕분에 두 시간짜리 영어 수업을 빼먹었어. 에세이 숙제 하나도 안 했는데. 완전 땡잡았지 뭐냐."

나는 초콜릿 칩을 입에 털어 넣었다. "텔레토비들이 우리 모두한테 좋은 일을 한 셈이네."

"걔네 한 달 동안 정학 먹었어." 핀이 말했다.

"대체 정확히 뭔 일이 있었던 거야?" 내가 물었다.

"재활용 쓰레기들 가져다 버리라고 보냈더니, 거기 가서 카드보드 조각들이랑 라이터를 가지고 또 장난을 치기 시작한 거야." 핀이 신이 나서 말했다. "나머지는 뭐, 다 아는 대로고."

나는 씩 웃었다. "텔레토비들이 겁이 나서 파랗게 질렸겠네."

모두 웃음을 터뜨렸다.

"잠깐만, 얘들아. 얘기는 더 재미있어진다고." 핀이 말했다. "그러고 나서 게네들이 어떻게 했는지 더 믿을 수 없을걸. 불붙은 쓰레기통을 창고 속에 그냥 넣어 버린 거야."

"진짜야?" 파블로가 머리를 긁으며 말했다. "불붙은 걸 창고 안으로 가져갔다니. 대체 왜?"

나는 머리를 흔들었다. "완전 또라이니까 그렇지. 중증 말기 또라이."

"게네는 당연히 여름방학 동안 건물 밖에 방범 카메라들이 설치됐단 걸 생각도 못 했을 거고." 핀이 덧붙였다.

파블로가 휘파람을 불었다. "오호, 그러니까 그게 다 카메라에 고스란히 찍혔겠구나. 잘됐네."

나는 얼굴을 찡그렸다. "근데 진짜 게네는 작년에 그 난리를 치고 나서 좀 얌전히 굴어야겠다는 생각도 안 드나."

핀이 눈을 크게 떴다. "내 말이. 이제 10월밖에 안 됐는데 텔레토비들 완전 망했네."

나도 동의하며 머리를 끄덕였다. 그 애들은 이렇게 나가다간 학년말까지 학교에서 쫓겨나지 않으면 다행일 거다.

"얘들아, 너희 그거 들었어?" 나는 고개를 들어 코비를 봤다. 코비는 자기 사이즈보다 큰 밝은 보라색 우비를 입고 신이 나서 얼굴이 상기돼 있었다.

우리는 모두 중얼거렸다.

코비가 내 옆에 털썩 앉았다. "아니, 너희 파우더 키안 선생님이 뭐라고 했는지 들었어?"

나도 모르게 몸을 부르르 떨었다. 나는 우리 세인트 패트릭 학교의 총사령관인 파우더 선생님과 한 번 이상 마주친 적이 있다. '파우더'는 흰색보다 더 흰 백발 때문에 붙은 별명이었다. 그는 괴물 같은 덩치를 가진 전직 럭비 선수인데, 경기 도중 어떤 남자의 귀를 물어뜯어 떼어냈다는 소문이 있다. 아마 진짜는 아니겠지만 진짜라 해도 전혀 놀랍지 않다.

"창고가 완전 엉망이 됐고, 쓰레기통들도 다 타 버렸잖아. 선생님이 게네들이 변상하게 한대." 핀이 말했다.

코비는 도저히 참지 못하겠다는 듯 끼어들어 폭발할 것 같은 기세로 말했다. "그것뿐만이 아니야! 소방대 출동비까지 내야 된대."

핀의 눈이 번쩍였다. "진짜?" 나는 핀이 이미 머릿속으로 계산기를 두드리고 있다는 걸 알아챘다.

"이게 무슨 뜻인지 알겠지? 응?" 코비가 말했다.

핀이 신이 나서 고개를 끄덕이며 손을 마주 비볐다. "그들이 우리 잠재 고객들이란 소리지."

"안녕, 루크." 나는 고개를 들었다. 케이티 도일이 나에게 미소를 지으며 남은 핫초코를 들고 서 있었다.

"어, 안녕, 케이티." 나는 다른 아이들의 시선을 의식하며 인사했다. 애들이 모두 나를 얼빠진 듯 바라보고 있었다.

"자연스럽게 해." 핀이 입 모양으로 말하며 식탁 밑으로 나를 찼다.

"안녕, 애들아." 케이티가 마침내 다른 아이들에게도 인사를 건넸다. 하지만 눈은 여전히 내 쪽을 바라보고 있었다. "텔레토비들 화재 사건에 대한 소식 들었어? 모두 다 그 얘기뿐이더라."

걔넨 진짜 성층권에 도달한 게 맞다.

"암튼 난 이제 가 봐야겠다. 또 봐."

"안녕~ 케이티~~ 잘 가~~ 케이티~~!" 케이티가 자리를 뜨자 모두 합창을 했다.

"입 좀 닥쳐." 나는 계산대에서 돈을 내는 케이티를 바라보며 낮은 소리로 말했다.

"내 생간엔 쟤 너한테 홀딱 반한 것 같은데, 럭키 보이." 핀이 내 머리를 헝클어뜨리며 말했다.

"꺼져, 핀." 나는 애들이 소문을 내든 놀려대든 간에 뭐라도 시작하게 내버려 둘 수가 없었다.

핀은 혀를 내밀어 보였다. "예민하긴."

"네 우비는 대체 어떻게 된 거야, 코비?" 나는 화제를 바꾸며 말했다. 그 우비는 정말이지 너무…… 쨍한 보라색이었다.

"분실물 센터에서 가져왔어. 비상 상황이잖아. 내일 다시 갖다 놓을 거야."

진작 눈치챘어야 마땅했다. 코비는 항상 급히 필요한 게 있으면 분실물 센터에서 슬쩍 꺼내온다. 언젠가 내가 잃어버린 옷을 입고 나타나 주지 않을까 싶을 정도다.

코비는 우비 주머니를 뒤지더니 꼬깃꼬깃 접힌 종이를 꺼내어 테이블 중앙으로 밀었다. 핀이 종이를 움켜쥐었다. "설마 너……."

코비는 고개를 끄덕였다. "맞아. 지금까지 받은 신청자 명단이야."

핀이 휘파람을 불었다. "어쨌든 이번만은 게이브가 슈퍼스타네. 우리가 제시하는 저금 상품을 사방에 소문내고 있으니까. 물론 비밀스럽게 말이지만."

"힐링팀 거의 절반이 신청했어." 코비가 말했다.

"엄청 많은 세탁비가 우리 쪽으로 오겠구나, 응?" 핀이 말했다.

나는 깜짝 놀랄 만큼 긴 목록에 적힌 이름들을 훑어봤다. 왠지 모르겠지만 나는 게이브가 노련한 세일즈맨의 역할을 하는 모습을 전혀 상상할 수가 없었다. "게이브가 애들한테 실제로 뭐라고 하고 다니는지 혹시 누가 확인해 본 적 있어?"

"맞아, 우리가 같이 좀 다녀야 돼." 핀이 말했다. "게이브 혼자 다니게 그냥 둘 수 없어."

나는 머핀 포장 껍질을 손안에서 굴려 동그랗게 만들고는 핀에게 던졌다. "게이브가 어떤지 아는데, 엄청나게 허풍을 떨었을 거야."

"맞아, 저축 계좌를 열 때마다 매번 무료로 베이컨 샌드위치를 준다든지." 핀이 말했다.

"게이브라면 아마 저축 계좌를 열 때마다 스타쉽 엔터프라이즈(〈스타트렉〉에 등장하는 우주선)를 타고 여행하게 해 준다고 할걸." 나는 다시 한번 목록을 들여다보고 핀에게 건넸다. "누가 실제로 은행에 돈을 넣고 싶어 할 거라고 생각이나 했었나?"

핀이 고개를 흔들며 낄낄 웃었다. "그건 진짜 충격이지. 누구라도 그렇게 돈 관리를 허술하게 할 거라고는 생각도 안 했는데. 완전 잘못 생각했지 뭐!"

$$$

내 조언대로 우리는 텔레토비 두 명에게만 접근했다. 슬라이더 컬리와 앨런 퀸 말이다. 퍼지 로네건은 제외하기로 했다. 걔는 어디로 튈지 모른다. 그리고 퍼지네 아빠는 퍼지보다 더하다. 작년 14세 이하 결승 경기에서 퍼지는 대놓고 난폭한 태클을 걸어서 옐로카드를 받는 바람에 2등을 했다. 퍼지네 아빠는 머리 뚜껑이 완전 열려 경기장으로 쳐들어가 박치기로 심판을 기절시켜

버렸다. 퍼지네는 피하는 게 상책인 또라이들이다.

"맙소사. 얘들아, 난 그 정도로 심했는지는 몰랐어." 핀이 슬라이더와 앨런의 머리 너머로 내게 눈을 찡긋하며 말했다. 핀은 게네들과 운동장에서 만나기로 약속을 해 뒀다.

"우린 완전 폭삭 망했어." 슬라이더가 기름기 줄줄 흐르는 머리카락을 손가락으로 움켜쥐며 말했다.

그 아이들은 내가 생각했던 것 이상으로 큰 충격을 받은 것처럼 보였다. 솔직히 말해서 둘 다 꼴이 만신창이 같았다. 분명 파우더 선생님이 얘들 머리 위로 증기 기관차가 증기를 뿜듯 화를 폭발시켰을 거다.

"그럼 너희 부모님이 변상해 주신대?" 핀이 조심스럽게 물었다.

"그럴 리가 있냐." 앨런이 그네를 발로 차며 난폭하게 비웃었다.

나는 깜짝 놀라 비켜섰다. 앨런은 보통 꽤 느긋한 편이었다.

"우리 아빠는 일자리를 잃은 지 얼마 안 됐어. 먹고 죽으려고 해도 한 푼도 없다고." 앨런이 침울하게 말했다. 나는 이 소식은 듣지 못했다. 진짜 힘들겠다. 나는 앨런에게 갑작스러운 동정심을 느꼈다. 동시에 코비의 목소리가 귓가에 울렸다. 돈은 갚을 수 있는 사람에게만 빌려준다!

슬라이더는 머리를 저었다. "우리 부모님은 돈 안 내신대……. 원칙의 문제라면서."

아마 그럴 거라고 생각했다. 슬라이더의 아빠는 우리 동네 초

등학교 교장 선생님이다. 원치 않는 매스컴 보도들을 생각하고 얼마나 기분 나빠했을지 불 보듯 뻔하다.

"그래서 전단 배달하는 아르바이트하려고. 슬라이더네 삼촌한 테 부탁해서." 앨런이 말했다.

나는 안도의 한숨을 내쉬었다. 좋아. 그렇다면 어쨌든 믿을만 한 투자처라고 할 수 있겠다.

슬라이더가 툴툴거렸다. "그래, 뭐 뼈 빠지게 일해야지 별수 있냐. 삼촌이 우리가 어떤 상황인지 뻔히 아는데."

"적어도 뭐라도 있으니까. 빌어먹을 아침마다 6시에 일을 시 작해야 하긴 하지만." 앨런이 움찔하며 우리 쪽으로 몸을 돌렸다.

우와. 둘 다 만신창이처럼 보이는 게 당연했다.

"삼촌은 우리가 궁지에 몰린 걸 알고 돈을 쥐꼬리만큼만 줘." 슬라이더가 말했다.

앨런이 고개를 끄덕였다. "맞아. 이 속도로는 돈을 갚기까지 몇 년이나 걸릴 거야."

슬라이더가 콧방귀를 뀌고는 코를 닦았다. "불가능해. 파우더 선생님은 2주 안으로 돈을 갚으라고 했어. 이건 미션 임파서블이 라고."

그때 슬라이더의 말에 기회를 포착한 핀이 끼어들었다. "얘들 아, 혹시 너희 소액 대출에 관심 있니?"

앨런과 슬라이더가 의심이 가득한 얼굴로 핀을 쳐다봤다.

"꺼져, 피츠패트릭." 마침내 앨런이 이렇게 내뱉고는 자리를 뜨려고 몸을 돌렸다.

"잠깐만, 앨런. 나 진지해." 핀이 앨런의 팔을 잡으며 말했다. "네가 말 좀 해 봐, 루크."

"우리가 은행을 세웠어." 뭔가 바보스럽게 느껴졌지만 내가 말했다. 확실히 좀 이상하게 들린다.

핀이 둘을 다시 잡아끌었다. "그러니까 우리는 사업을 하려고 은행을 만든 거야. 대출 사업을 하려고."

"이건 엄격한 기밀 사항이야." 내가 끼어들어 말했다.

우리는 확실히 영업 기술을 좀 키워야 했다. 슬라이더와 앨런은 그다지 열광적인 반응을 보이지는 않았다. 아니, 오히려 심각한 거부 반응을 보였다.

앨런은 철벽이었다. "은행은 뭔 놈의 은행. 넌 교활한 사기꾼이야, 피츠패트릭."

"살아 움직이는 월가의 족제비지." 슬라이더가 다 안다는 듯 음흉하게 웃으며 말했다.

나는 핀의 머리를 헝클어트리며 분위기를 좀 가볍게 해 보려고 했다. "야, 심하다. 털북숭이 매머드쯤으로 해 줘라."

마침내 우리는 슬라이더와 앨런이 이 제안에 귀를 기울이도록 설득할 수 있었다. 처음에는 경계심이 강했다. 우리가 약을 올린다고 생각한 거다. 하지만 둘은 점차 생각을 바꿨다. 한마디로 그들은 정말 궁지에 몰려 있었고 간절한 처지였다. 둘 다 벌금을 갚기 위해 필사적이었다.

"너희 둘 다 112.65유로씩 갚아야 돼. 그러니까 어디 보자⋯⋯ 너희 둘에게 70유로씩 대출해 줄 수 있을 것 같은데?" 핀이 말했다. "그럼 반은 넘게 갚을 수 있어. 지금 파우더 선생님에게 70유로를 쥐여 주면 그렇게 들들 볶진 않을걸."

"맞아." 슬라이더가 바로 대답했다.

앨런이 손을 들었다. "잠깐, 조건은 뭐야? 그 대가로 얼마나 받을 거야?"

"15퍼센트. 그러니까 너넨 80.5유로를 갚아야 돼." 핀이 핸드폰의 계산기를 두드리며 말했다.

"8주에 걸쳐서." 코비의 포스트잇 메모를 떠올리려고 집중하며 내가 말했다.

앨런은 하품을 하고 눈을 비볐다. "좋아. 그렇게 하자. 아침에 계속 일찍 일어나야 하니 아주 죽겠다."

"그래, 적어도 파우더한 선생님한테 들볶이지 않아도 될 테니." 슬라이더가 말했다.

앨런이 앓는 소리를 냈다. "그리고 어쩌면 일주일에 한 번은 늦잠을 잘 수 있을지도 몰라."

나는 갑자기 미안한 마음이 들었다. 우리가 이 아이들의 불운을 이용해서 이익을 얻으려 하고 있는 건 아닌가 하는 생각이 문득 들었다. 하지만 젠장, 생각해 보면 이건 서로에게 이익이다. 슬라이더와 앨런은 아침잠을 좀 더 잘 수 있게 됐다. 우리는 수익을 올리고. 간접적으로는 파우더 선생님에게조차 좋은 일을 한 셈이다.

"퍼지는 어떻게 해?" 갑자기 슬라이더가 물었다.

핀이 얼굴을 찡그렸다.

"너희가 감당하기에는 너무 또라이라서 안 되겠지." 앨런이 넘겨짚으며 씩 웃었다.

나는 고개를 끄덕였다. "걔는 완전 골칫덩이야. 그리고 퍼지네 아빠 비위를 상하게 하기라도 하면 어떻게 될지 한번 생각해 봐."

"또라이!" 핀이 소리를 지르며 꼬맹이용 미끄럼틀 위를 거꾸로 달려 올라갔다.

나는 웃음을 터뜨렸다. "그러는 너야말로 또라이다, 핀. 이 놀림쟁이야."

나는 나중에야 핀이 대출 조건으로 이자를 15퍼센트로 올렸다는 것을 깨달았다. 바로 내 눈앞에서 그랬는데 눈치도 못 챘다. 이 뱀같이 교활한 녀석 같으니라고.

굶주린 쌍둥이

나는 귀에 익은 낮은 휘파람 소리를 들었다.

"루크, 여기야." 코비가 가정 교실 문 쪽에 서 있었다. 막 구워 낸 빵 냄새가 너무 좋아서 그것만으로도 몸이 그쪽으로 향하는 걸 거부하기 힘들었다. 코비는 우리 등 뒤로 문을 당겨 닫았다.

"무슨 일이야, 코비? 나 10시까지 어디 가야 돼."

나는 코비를 따라 더벅머리 두 개가 노트북 앞에 웅크리고 앉아 있는 교실 뒤편으로 갔다. 설리번 자매다. 핀은 애정을 담아 '굶주린 쌍둥이'라고 부른다. 세계에서 가장 키가 크고 비쩍 마른 여자애들이다. 과장이 아니라 이 자매의 허리 사이즈는 내 정강이 둘레 정도다.

"루크, 조와 루시를 아니?"

쌍둥이가 나를 올려다보며 잠깐 눈을 마주쳤다. 이 자매는 기묘한 한 쌍이다. 제멋대로인 곱슬머리, 진한 아이라인에 창백한 얼굴, 낡아 헤진 타이츠에 두꺼운 닥터마틴 부츠를 신고 있다.

나는 반쯤 고개를 끄덕였다. 그래, 당연히 이 아이들을 알고 있다. 그거야 전교생이 설리번 자매를 알고 있으니까. 모르고 지나칠 수가 없다. 하지만 이 자매와 한 번이라도 이야기를 나눈 적이 있는지는 전혀 기억나지 않았다.

"그러니까 얘들이 이 앱을 개발했거든." 코비가 소개를 하듯이 말했다.

"우리는 소프트웨어 플랫폼을 만들었어." 조가 바로 말을 자르며 끼어들었다.

"아, 미안. 소프트웨어 플랫폼이지." 코비가 허둥거리며 말했다. 약간 겁을 먹은 것처럼 보였다. 앉아 있는데도 쌍둥이는 고층 빌딩처럼 우뚝 솟아올라 코비를 내려다봤다.

나는 노트북 화면 위의 수없이 이어지는 코드들을 바라봤다. 설리번 자매가 소프트웨어를 만들 수 있다는 건 이미 알고 있었다. 작년에 설리번 자매는 신입생들이 학교 내에서 길을 찾을 수 있게 도와주는 무료 지도 애플리케이션을 만들었다. 거기에 몇 가지 장난스런 함정도 넣어 뒀다. 그래서 게이브는 오전 시간이 거의 절반쯤 지나도록 가상의 M15번 교실을 찾느라 애를 먹었다. 실제로는 우리 학교에 존재하지도 않는 M15 소총의 그 M15번 교실을 말이다. 나는 기대감이 가득한 눈길로 그 애들을 쳐다봤다.

마침내 쌍둥이 중 한 명, 조가 내 눈길을 알아채고 이야기를 시작했다. "우리는 많은 양의 정보를 비교할 수 있는 소프트웨어

플랫폼을 만들었어. 데이터 매칭이지."

"데이터 매칭." 내가 머뭇거리며 반복해 말했다.

"이건 서로 짝을 지어 주는 매치 메이킹 앱이야." 코비가 끼어
들었다.

"매치 메이킹…… 정말?" 나는 놀란 기색을 숨길 수 없었다. 굶
주린 쌍둥이는 고스 스타일이다. 소녀 같은 여자애들이 아니다.
나는 빌리지 주변에서 그 애들을 봤다. 피어싱, 십자가, 음침한
눈매. 애들은 결코 분홍색 솜털이 달린 어그 부츠를 신는 그런
스타일이 아니다.

조가 눈썹을 아치 모양으로 치켜세웠다. "네가 무슨 생각을 하
는지 알아. 우리 같은 애들이 이런 걸 하리라고는 전혀 생각도
못 했겠지, 응?"

"아냐, 아냐." 나는 거짓말을 했다. 그 말이 완전 맞지만.

"흠, 뭐, 이건 상업적인 거야. 우린 이 앱이 잘 팔릴 거라고 생
각해." 조는 말을 멈추고 내 반응을 기다렸다.

그때 한 가지 생각이 떠올랐다. 혹시 내가 이 짝짓기 프로그램
앱에 실험용 기니피그가 돼 주길 바라는 건가? 세상에 맙소사!

"어, 멋지네. 근데 나한테 맞는 것 같지는 않다." 나는 어색하게
더듬거리며 말했다. "나는 축구에 전념하고 있거든. 여자애들처
럼 다른 데 신경 쓸 겨를이 없어."

조가 씩 웃었다.

"그러니까 내 말은, 여자애들을 좋아하지만 이런 앱으로 상대를 찾거나 그럴 생각은 별로 없거든." 나는 재빨리 말했다.

설리번 자매는 마주 보더니 웃음을 터뜨렸다. 나는 코비를 한 번 째려보고는 나가려고 몸을 돌렸다.

"루크, 기다려." 코비가 내 앞을 막아섰다. "조, 그냥 어떻게 되는 건지 말해 줘."

조가 고개를 끄덕였다. "그냥 간단한 개념이야. 이 앱을 사용하면 사람들이 큐피드 역할을 할 수 있는 거야."

나는 이어질 말을 기다렸다.

"너는 일단 이 앱에서 서로 좋은 짝이 될 것 같다고 생각하는 두 사람을 태그할 수 있어. 그럼 이 앱이 알아서 프로그램을 돌려 데이터 매칭이라는 마술을 부리고, 만약 앱에서 너의 제안에 동의하면 두 사람을 연결해 주는 거야."

그 순간 나는 깨달았다. 쌍둥이들은 돈이 필요한 거다. 그래서 나를 여기 부른 거다. 나는 조의 아이디어를 머릿속에서 굴려 봤다. 사실 꽤 나쁘지 않은 아이디어다.

"우리가 코비에게 널 불러 달라고 했어. 너희의 새로운 사업에 대해서 들었거든." 조가 계속해서 말했다.

"우리는 대출이 필요해." 루시가 처음으로 입을 열며 불쑥 끼어들었다.

나는 조심스럽게 그 애들을 마주보기 위해 몸을 돌렸다.

"계산은 다 해 봤어." 조가 숨도 쉬지 않고 말했다. 그 애의 눈이 반짝거렸다. 신이 난 조는 사실 꽤 예뻐 보였다. 음, 그러니까 적어도 그렇게 무섭게 보이지는 않았다는 거다. "이건 정말 엄청난 성공을 거둘 거야."

나는 쿵 소리를 내며 자리에 앉았다.

"우리 생각엔 이 앱을 1.99유로에 판매할 수 있을 것 같아. 전교생의 절반만 구입하게 만들어도 수익이……"

"천 달러가 넘겠네." 내가 말을 맺었다.

"맞아. 그리고 나는 이 앱이 그 이상으로 성공할 거라고 생각해."

나는 부드럽게 휘파람을 불었다. "대출은 왜?"

"앱을 시장에 내놓으려면 자본이 좀 필요해."

"얼마나?"

"150."

나는 숨을 헉 들이마셨다. 너무 큰 금액이다.

"큰 금액이란 거 알아, 하지만 우리는 진짜 이 앱이……."

삐- 소리가 중간에 끼어들었다.

"아, 컵케이크!" 조가 부르짖으며 오븐 중 하나로 부리나케 달려갔다. "마지막 판을 태워 버렸어. 점심시간에 이 컵케이크들을 다시 만들게 생겼네."

나는 재빨리 이 제안을 어떻게 하면 좋을지 생각했다. 좋다.

이 자매에게 돈을 빌려주자. 우리 학년 아이들에게만 앱을 팔아도 대출을 갚을 수 있다. 그렇게 위험하지는 않다. 그런데 만약 앱이 정말 너무 잘 팔리면 어쩌지? 일을 진행하는 도중에 앱을 더 개선해서 가격을 올리거나 부가 서비스로 돈을 더 벌게 된다면? 이 사업 아이디어에 투자해서 이걸 우리의 자본으로 삼을 방법이 있을까? 나는 냉정함을 유지하고 그 애들이 적극적으로 나서게 두기로 결정했다.

"앱 이름은 뭐야?"

"태그드." 조가 교실 건너편에서 연기에 둘러싸인 채 베이킹 트레이를 만지작거리며 소리쳤다. 확실히 조가 모든 대화를 담당했다. 루시는 노트북으로 고개를 다시 돌려 키보드를 맹렬하게 두드리고 있었다.

"왜 돈이 필요한 거야?"

"주로 그래픽 작업 때문이야. 코드는 우리가 다 만들었지만 화면 위에 멋지게 보이는 부분이 필요하잖아. 전문적으로 말이야."

나는 등을 뒤로 기대어 앉았다. "그럼 정확히 어떻게 작동하는 거야?"

"자, 여기 루시를 한번 예로 들어 볼게. 루시가 우리 학년의 남자아이를 사귀고 싶어 한다고 가정해 보자."

"그래." 나는 얼굴을 찡그리고 있는 루시를 바라봤다. 루시가 코드를 짜는 데 완전히 몰입해 있는 걸 보니 상상력을 발휘하기가 쉽지 않았다.

"그리고 나한테 누가 루시와 잘 어울릴지 딱 떠오르는 애가 있어."

그 순간 갑자기 말도 안 되게 게이브와 루시가 함께 있는 모습이 머릿속에 떠올랐다. 나는 미소를 지었다. 게이브와 루시라니, 두 익살꾼이 손을 잡고 깡충거리는 모습이 그려졌다. 게이브가 목석 같은 루시의 마음을 움직이기 위해 온갖 폼을 다 잡고, 루시는 우리 학교 대표 또라이이자 바보인 게이브에게 자기가 만든 복잡한 코드를 자랑하는 모습. 나는 낄낄거리며 터져 나오려는 웃음을 간신히 삼켰다.

조는 의심스러운 눈으로 나를 노려봤다. "진지하게 듣지 않을 거면 꺼져, 루크."

나는 표정을 가다듬었다. 그 애들을 자극해서 일을 망치고 싶지는 않으니까. 특히 대화가 이렇게 흥미진진해지고 있을 때 말이다.

"그러니까 루시가 태그드에 가입했어. 나이, 외모, 좋아하거나 싫어하는 스포츠, 음악, 영화 등등으로 자기 프로필을 채워 넣는 거야. 일반적인 정보들이지."

나는 고개를 끄덕였다. 지극히 일반적인 것 같았다.

조는 코비 쪽으로 손을 흔들었다. "그러면 나는 주위를 살펴보다가 이런 생각이 떠오르는 거야. 흠, 루시랑 여기 있는 코비랑 아주 잘 어울릴 것 같은데."

나는 눈썹을 치켜세웠다. 루시조차 이 이상하기 짝이 없는 제안에 잠깐 이쪽을 노려봤다. 그사이 코비는 얼굴이 빨갛게 달아올라 갑자기 자기 발에 엄청난 흥미라도 생긴 것처럼 발만 내려다봤다.

조는 계속해서 말했다. "코비도 태그드에 프로필을 올려놓았다는 걸 알 수 있어. 그럼 내가 루시랑 코비를 짝지으면 좋겠다고 입력하는 거야. 그러고 나서 소프트웨어가 데이터를 체크하고 이 둘의 조합에 동의하면 루시와 코비는 서로 태그되는 거지!"

"그다음엔 어떻게 되는데?"

조는 어깨를 으쓱했다. "그것뿐이야."

"그럼 그게 무슨 소용이 있어?"

"아무 소용없어." 내가 뭔가를 놓치고 있다는 듯 조가 나를 보며 얼굴을 찡그렸다.

"그냥 재미야. 재-미. 누가 누구랑 태그됐는지를 보는 거지. 내가 장담하는데 모두가 그 얘기만 하게 될 거야. 사람들은 늘 남 얘기하기를 좋아하잖아."

내가 의심한 대로 이 앱은 말 그대로 완전히 무의미했다. 하지만 이건 분명 대히트작이 될 거다.

"일단 지금은 멤버십을 우리 학교 학생으로 한정했어." 조가 덧붙였다.

"왜?"

"단순해. 이 학교 전교생의 데이터베이스와 학생 ID 번호를 손에 넣었으니까."

나는 눈을 굴렸다. 이 학교의 IT 서버 보안은 그 어느 때보다도 느슨했다.

"회원으로 가입하려면 누구든 이름과 학생 ID 번호를 입력하고 프로필을 추가해야 해."

나는 고개를 끄덕이고 손목시계를 힐끔 쳐다봤다. "얘들아, 이 회의를 방해하긴 싫지만 나는 2분 안에 수업에 들어가야 해."

"그래서, 어떻게 생각해?" 조가 머뭇거리며 말했다.

나는 생각에 잠겨 있는 듯한 표정을 지으려고 노력했다. 이 아이디어를 정말 신중하게 검토하고 있는 것처럼.

"글쎄. 대출해 주기에는 굉장히 큰돈이라서. 아무래도 동료들하고 이야기를 해 봐야 할 것 같아." 사실은 그렇지 않았지만 이렇게 말하는 게 더 전문적으로 보일 것 같았다.

조는 웃음을 억지로 삼켰다. "네 동료들?"

음, 아무래도 그렇게 보이지 않았나 보다.

이 사업 아이템은 엄청난 성공을 거둘 게 확실해 보였다. 여기에는 그저 돈을 빌려주는 것보다 더 큰 자리를 차지할 기회가 분명히 있을 것 같았다. 우리는 투자 이야기는 한 적이 없었다. 좀 무리일지도 모르지만, 우리에게 행운의 기회가 주어진다면 핀이 반대할 것 같지는 않았다. 나는 도박을 해 보기로 결심했다.

"만약에 많은 사람이 태그드를 사서 이 앱이 크게 성공한다면 아주 멋진 일이겠지. 너희들에게는 말이야. 하지만 아무도 관심을 보이지 않을 위험도 있어. 그 위험 부담을 우리가 지고 가는 거고."

나는 말을 멈췄다. 컵케이크 굽는 냄새 때문에 입에 침이 고였다. 코비는 나를 신중하게 바라보며 고개를 끄덕였다. 나는 조심스럽게 손을 흔들었다. 내가 전략을 바꾼 걸 제발 알아채길 바라면서.

"그러니까 만약 거기에 우대 조건이 있다면……."

나는 일부러 말끝을 흐리며 조가 미끼를 물기를 기다렸다.

"라즈베리랑 화이트 초콜릿 컵케이크?" 조가 재미있어하며 제안했다. 내가 뭘 암시하고 있는지 그녀는 정확히 알고 있었다.

"투자자로 우리 사업에 참여하고 싶다는 거야? 대출해 주는 대신?" 순간적으로 스크린 뒤에서 고개를 빼꼼 내민 루시와 곁눈으로 아리송한 시선을 교환하던 조가 마침내 말했다.

나는 곧바로 대답하지 않았다. 뜸을 들이는 게 더 나았다.

조가 컵케이크를 식히기 위해 틀에서 꺼내 철망 선반에 올렸다.

"그러니까 우리를 너희의 재정적인 파트너로 생각하라는 거지." 나는 조를 바라보며 대답을 기다렸다.

조는 잠시 멈칫했다. 우리는 침묵 속에서 협상의 눈빛을 주고

받았다.

"좋아. 다운로드할 때마다 너희에게 수익의 일부를 나눠 주는 건 어때?" 조가 마지못해 수긍하듯 말했다. "10퍼센트?"

껌값이다. 나는 대답조차 하지 않고 그저 계속해서 조의 눈을 정면으로 바라봤다.

조는 겸연쩍은 듯 코를 문질렀다. "25퍼센트."

"30." 내가 재빠르게 말했다.

"25."

"좋아."

우리는 악수로 합의했다.

"그 앱을 우리 IT 전문가인 파블로에게 보여 줘. 그 애가 테스트해 보게 해."

당연히 설리번 자매는 아무런 반대도 하지 않았다. 내가 장담하는데 그 애들은 파블로의 이름만 듣고도 거의 미소를 지을 뻔했다. 나는 컵케이크를 집어 들고 문 쪽으로 향했다.

"맛있는데." 나는 입 안 가득 컵케이크를 물고 웅얼거렸다.

코비가 내 팔을 잡았다. "우리 'IT 전문가'라는 파블로 얘긴 대체 뭐야?"

나는 문을 닫았다. "혹시 우리가 뭐든 요구할 게 있을 때를 대비한 안전장치야. 설리번 자매는 파블로 앞에선 흐물흐물해져서 맥을 못 출 테니까."

"그렇지."

"게다가 여자애들 사이에 파블로가 그 앱에 올라와 있다고 소문이 퍼지면……."

"그래, 접속이 너무 많아서 소프트웨어가 다운될지도 몰라." 코비는 씩 웃었다.

"그 투자 아이디어 말이야, 아주 아주 마음에 들어."

사실 너무 뜻밖으로 진행된 일이었기 때문에 코비의 찬성을 얻어 내서 안심이 됐다. "핀이 이 얘길 들으면 미친 듯이 화를 낼 거야."

코비가 코웃음을 쳤다. "자기가 먼저 그 생각을 하지 못한 데 광분할걸."

$$$

설리번 자매와 나의 거래 소식은 곧 핀의 귀에 들어갔다. 그날 저녁 핀은 축구 연습 전에 나를 기습 공격했다. 물론 핀은 내가 독단적으로 설리번 자매와 협상했다는 사실이 결코 마음에 들지 않았을 것이다. 우리에게 막대한 수익을 가져올 수도 있는 거래에서 '거래의 달인'인 자신을 빼고 마음대로 협상을 했다니. 핀은 씩씩거렸지만 결국 이 거래에 만족한다고 인정할 수밖에 없었다. 핀의 얼굴을 관찰하는 건 정말 재미있었다.

"제기랄, 루크! 굶주린 쌍둥이하고 내가 사업을 하게 됐다는 얘기는 대체 뭐야?"

"우리겠지, 핀. 수익은 셋으로 나누기로 한 거 기억해."

"맞아, 그래. 그러니까 나도 거기 있었어야지."

"진정해, 핀. 넌 나한테 고마워해야 돼."

"그러니까 계약 조건이 뭐야?"

"코비하고 얘기 안 했어?"

"안 했어. 그 멍청이가 나한테 전화를 다시 걸지 않았어."

나는 미소를 지었다. 코비는 소란이 가라앉을 때까지 몸을 사리고 있었다. 나는 운동 가방 안에서 축구화를 더듬어 찾았다. 일부러 큰 소리를 내며 축구화를 양손에 쥐고 팡팡 마주 두들겼다. 신발 바닥의 징들 사이에서 흙덩이들이 떨어졌다.

"아, 얼른, 루크. 봐, 곧 연습이 시작되잖아. 빨리 털어놔."

나는 핀이 안달이 나 죽을 지경임을 알 수 있었다. 그는 모든 것을 알고 있기를 원했다.

"그 애들이 앱을 만들었어." 마침내 내가 핀의 안달을 조금 누그러뜨리기 위해 입을 열었다. 그래도 일부러 약간 애매하게 굴었다. "우리는 매번 판매금의 일부를 수익으로 받을 거야."

"얼마나?"

"25퍼센트."

"앱을 얼마에 판매하는데?"

"1.99유로."

핀은 잠시 침묵했다. 머릿속으로 계산해 보는 것 같았다.

"나쁘지 않네." 마침내 핀이 말했다. "그래도 매번 앱이 팔릴 때마다 고작 50센트야. 전교생의 절반이 그 앱을 산다고 해도……."

"그럼 약 300파운드가 되지." 내가 말했다.

"순수익이야. 나는 괜찮은 것 같은데."

"뭐…… 하지만 내가 곧 뛰어넘을 거야, 루크." 핀이 내 쪽으로 축구공을 던지며 말했다.

"이건 경쟁이 아냐, 핀. 이 답답아."

"질까 봐 두렵냐, 응?"

나는 입을 다물었다. 진심으로 핀과 이런 식의 관계가 되고 싶지 않았다. 일이 걷잡을 수 없이 빠르게 엉망이 될 수도 있었다.

정육점 도마

"그러니까 다시 정리해 보자. 이제 우리가 대출뿐만 아니라 투자를 한다는 거야?" 에밀리가 손에 든 종이를 보고 찡그리며 말했다. 설리번 자매와 나의 거래에 대한 소문을 들은 게 분명했다.

"맞아, 아가씨." 핀이 근육을 만들어 보이며 말했다. "돈이 되거든!"

"나는 우리가 그러기로 한 기억이 없는데. 지난번 모임에서는 대출에 대해서만 이야기했잖아. 투자에 대해서는 아무 말도 없었어."

"워, 워, 진정해. 음, 너는 그냥 장부 정리나 해. 궂은일은 우리한테 맡기고."

"위험-해." 에밀리는 눈썹을 치켜세우며 새된 목소리로 노래했다.

"이것 봐. 너도 돈을 받잖아, 안 그래? 그러니까 불평은 그만해." 짜증이 난 핀이 눈을 번뜩이며 말했다.

에밀리는 몸을 돌려 핀의 팔을 세게 쳤다. "어디 한마디만 더

해 봐, 피츠패트릭. 그럼 난 빠질 테니까. 난 이렇게 사서 하는 고민은 사절이야."에밀리는 씩씩거리며 팔짱을 꼈다.

나랑 눈이 마주쳤을 때 핀은 에밀리에게 맞은 걸 되돌려 줄 참이었지만 바로 마음을 바꿔 대신 아픈 척을 하며 호들갑스럽게 팔을 문질러 댔다. "맙소사, 에밀리, 진짜 너무 아프잖아."

"어쩌라고." 에밀리는 만족한 듯한 표정으로 말했다.

둘의 으르렁거림이 잠깐 멈췄다. 나는 기회를 놓치지 않았다. "에밀리랑 코비 둘 중에 누가 통계를 좀 내줄 수 있어?"

우리는 벤처를 시작한 지 4주째에 접어들었고, 나는 수치를 정확하게 파악하고 싶었다. 핀이 독단적으로 일을 추진한 건 아닐까 염려스러웠다. 핀은 왠지 의심스러울 정도로 기분이 좋았다.

"대출금은 돌려받은 게 세 건이고, 아직 못 돌려받은 게 여덟 건이야." 코비가 말했다.

"여덟 건?" 그럴 줄 알았다.

핀이 손가락으로 코비를 가리키며 말했다. "하지만 우리가 다 잘 처리하고 있어. 맞지?"

"그래, 머커가 돈을 갚으면 다시 흑자로 돌아설 거야."

나는 얼굴을 찌푸렸다. "머커 맥그래스? 제발 아니라고 해 줘."

핀이 어깨를 으쓱했다. "럭비화를 도둑맞았대. 사실 걔가 그냥 탈의실에 럭비화를 놓고 왔는데 누가 버렸다는 소문을 듣긴 했어. 냄새가 너무 지독해서. 어쨌든 엄마한테 들키지 않고 럭비화를 다시 살 돈이 필요했대."

"게다가 시니어 컵 준결승전 전에 말이야." 에밀리가 덧붙였다.

"머커는 캐시카우(지속적으로 수익을 창출하는 상품이나 사업)야, 루크. 방학 동안에 농장에서 일해서 돈을 버는 게 분명해. 학기 중간 방학이 끝나자마자 빌린 돈을 갚으러 찾아올 거야."

"만약 나타난다면 그러겠지. 다시는 머커를 볼 수 없을지도 몰라." 머커는 아주 가끔 학교에 나왔다. 그것도 아주 좋게 말해서 그렇다는 거다. 9월 학기가 시작한 후로 나는 머커를 딱 한 번 봤다. 그것도 학교가 아니라 경기장에서 말이다.

에밀리는 자기 명단을 내려다봤다. "안나리사 머피는 어떻게 된 거야, 핀?"

나는 귀가 쫑긋해졌다. "모나리자, 그 애가 대출을 받고 싶어 해?"

"으–흠."

핀이 손을 흔들었다. "걔가 만들어 낸 뭐 태닝하는 게 있어."

"커피콩에서 추출한 수제 셀프 태닝 오일이야." 에밀리가 말했다. "전부 천연 성분으로 만든 거래. 100퍼센트 유기농으로."

핀이 우리를 둘러봤다. "그럼 대출해 주는 거야? 찬성이야, 반대야?"

코비가 에밀리를 팔꿈치로 쿡 찔렀다. "이 태닝 상품이 팔릴 가망이 조금이라도 있어?"

에밀리가 코를 찡긋했다. "어, 물론이지. 얘들아, 얘는 안나리사라고. 안나리사가 게릴라 기업가라는 거 잘 알잖아."

핀이 코웃음을 쳤다. "퍽이나. 걔는 그저 입이 엄청 싼……."

나는 핀에게 펜 뚜껑을 튕겼다. "억지 부리지 마. 이 은행도 다모나리자한테 영감을 얻어서 생각해 낸 거잖아."

핀은 멈칫하지조차 않았다. "그래, 안나리사에게 돈을 줘."

"그리고 로지 번이 있어." 에밀리가 말했다.

"너희 반에 있는 그 커다란 안경을 쓴 조용한 아이?" 내가 말했다.

"그래, 바로 그 애야."

"걔는 왜 대출을 받으려고 하는데?"

"학용품."

"뭐?"

"연필, 펜, 자, 계산기. 학용품 몰라?"

"부업으로 하는 벤처야." 코비가 말했다. "걔가 사실 장사 수완이 꽤 있거든."

"오, 우리 귀여운 코비가 짝사랑하는 거야?" 에밀리가 코비의 머리를 부비며 말했다.

코비의 얼굴이 빨개졌다.

"학용품이라. 아주 멋진 대형 금융 거래구나, 어?" 핀이 얼굴을 찡그리며 말했다.

"모든 대출이 다 계산에 포함돼, 핀." 코비가 더 진지한 목소리를 내며 말했다. "특히 로지 번 같은 경우는 신뢰할 수 있는 대상이니까."

"너의 그 플레이보이식 투자랑은 달라. 루크, 뭐야?"

나는 핀을 보며 히죽히죽 웃었다. 핀은 여전히 골이 난 채였다. "플레이보이란 말이 나왔으니까 하는 말인데, 파블로는 어디 있어?"

"좋은 질문이야." 핀이 말했다.

에밀리가 뚱한 표정을 지었다. "학교 마치고 설리번 자매의 멍청한 앱을 봐주러 남았어."

"걱정할 건 아무것도 없을 것 같은데, 에밀리. 굶주린 쌍둥이가 파블로를 아침으로 먹어 버릴걸." 핀이 낄낄거렸다. "뭐랄까, 파블로에게 데이팅 앱을 가지고 놀게 두다니…… 나는 지금 그게 걱정된다. 고양이한테 생선을 맡기는 꼴이지."

에밀리는 몹시 화가 나 보였다.

"다른 대출들은 어때?" 나는 또 다른 말다툼이 일어나기 전에 재빨리 말했다.

핀은 초조해 보였다. "우리가 이것들을 꼭 하나하나 설명해야 할 필요가 있냐, 루크? 에밀리의 장부를 봐. 자세한 것들은 거기 다 적혀 있어."

에밀리가 나에게 몇 장의 종이를 넘겼다.

나는 눈을 가늘게 떴다. "여기 조명 좀 밝게 할 수 없냐, 핀?"

우리는 여전히 낡은 정육점에서 몰래 만났다. 악취는 가셨지만 두꺼운 먼지 막이 우리 머리 주변을 맴돌며 앞을 보기 힘들게 만들었다.

핀은 내 말을 무시하고 대신 자기 옆에 있는 철제 테이블 밑으로 다리를 뻗어 커다란 나무토막을 끌어냈다.

그는 그 나무토막을 에밀리 쪽으로 밀었다. "이거 정육점 도마야. 생살을 썰던 거지. 그러니까 내 말은, 생고기를 썰던 거라고."

에밀리는 바로 부르르 떨며 자기 의자를 핀에게서 멀리 옮겼다. "그거 나한테서 멀리 치워 버려, 핀. 저 시커먼 얼룩들 좀 봐. 역겨워."

핀은 도마의 한쪽 면에 달린 두 개의 작은 클립을 풀어 책처럼 펼쳤다. 그러자 돌돌 말린 지폐들로 가득 찬 숨겨진 칸이 드러났다.

"우리 은행 금고야." 핀이 티끌만큼의 빈정대는 기색도 없이 말했다. 그는 도마를 마루 한가운데 놓았다. "전부 세어 봐, 코비."

코비가 돈을 꺼내서 세기 시작했다.

"그럼 이 도마는 어디다 숨겨 둘 건데?" 나는 걱정스럽게 말했다. "우리가 가진 현금을 전부 여기에 보관할 작정처럼 보이는데."

핀의 얼굴이 환해졌다. "아하, 걱정 마, 루크. 당연히 그것도 다 생각해 뒀어."

핀은 도마를 들더니 방 한구석으로 가서 몸을 굽혔다. "마침이 도마가 마룻장에 있는 틈에 딱 들어맞지 뭐야. 바로 여기야."

핀이 쾅 소리가 나게 도마를 내려놓았다. 나는 핀의 어깨 너머로 고개를 내밀어 봤다. 거리를 두고 보니 나무 도마는 감쪽같이 숨겨져서 마치 마루의 일부처럼 보였다. "나쁘지 않은데? 핀."

"멋지지. 가끔은 얘들아, 내 머리가 얼마나 뛰어난지 나도 정말 놀란다니까."

그때 뒤쪽에서 서성이는 소리가 나 핀의 자기도취를 방해했다.

"쉿, 무슨 소리지?"

먼지에 둘러싸인 출입구에서 키가 큰 그림자가 나타났다.

"뭐야?!" 나는 깜짝 놀라는 바람에 깔고 앉아 있던 나무 상자를 쓰러뜨렸다.

에밀리와 코비가 비명을 질렀다. 핀은 벽 쪽으로 뒷걸음질 쳤다.

"이-야, 먼지 참 근사하다."

"게이브." 나는 숨을 크게 몰아쉬며 말했다.

핀이 펄쩍 뛰었다. "게이브, 맙소사, 너 때문에 우리 다 심장마비 걸릴 뻔했잖아."

게이브가 방 안으로 걸어 들어왔다. 마우스피스와 스포츠 헬멧을 포함한 훈련복을 완전히 갖춰 입은 채였다.

"아니면 이건 뭐 다스 베이더(《스타워즈》의 등장인물)인가?" 나는 활짝 웃었다.

"쟤 괜찮은 거니?" 에밀리가 말했다. "정신이 완전히 나간 것처럼 보이는데."

게이브는 먼지 입자들을 잡으려고 손을 이리저리 흔들고 있었다.

핀이 고개를 끄덕였다. "응, 훈련 후엔 늘 이래. 훈련 시간이 엄청 혹독해서 그런가 봐. 정신이 다시 정상으로 돌아오는 데 시간이 좀 걸려. 뭐, 게이브로서는 정상인 상태지만."

핀이 게이브의 얼굴 앞에 손을 흔들었다. "어이, 안녕."

아무 반응이 없었다.

핀이 딱 소리를 내며 손가락을 튕겼다.

아무 반응도 없었다.

핀은 바닥에 있던 납작해진 카드보드 상자를 집어 들어 게이브의 머리를 찰싹 때렸다.

게이브는 눈을 깜박거리더니 마침내 핀을 알아봤다.

"게이브, 너 여기서 뭐 하는 거야? 훈련받는 줄 알았는데."

"일찍 끝났어, 핀."

"그럼 그 망할 놈의 헬멧 좀 벗어."

게이브가 헬멧을 밀어 올려 벗었다. 그러자 그의 귀 뒤에서 두툼하게 말은 지폐 뭉치가 떨어졌다.

내가 그걸 잡았다. "이게 뭐야?"

게이브가 느릿느릿하게 운동화를 차서 벗고는 바닥에 미끄러져 앉아 흙투성이 양말 속에서 발가락을 꼼지락댔다.

펀이 손가락 마디를 꺾어 딱딱 소리를 냈다. "저축 계좌에 넣을 돈을 더 가져온 거지? 맞지, 게이브?"

게이브가 맞다는 표시로 가슴을 두드렸다.

"게이브, 사람들이 각각 너에게 정확히 얼마를 줬는지 기록해 둬야 해." 에밀리가 돈을 지켜보며 말했다.

게이브는 윙크를 하며 머리 한쪽을 톡톡 두드렸다. "여기 다 들어 있어."

"걱정이다. 정말 걱정이야." 에밀리가 히죽 웃으며 중얼거리다가 나와 눈이 마주쳤다.

에밀리 말이 맞았다. 우리가 상대하는 사람이 알버트 아인슈타인이 아니라는 건 분명했다. 아니, 아인슈타인의 아주 먼 10대 손 사촌도 안 될 거다. 그냥 존재하는 것, 그리고 헐링 경기를 하는 것만 빼면 게이브가 이룬 일은 아무것도 분명하지 않았다. 솔직히 말해서 게이브는 그냥 존재하는 것조차 문제였다. 그가 이 예금 사업을 정말 관리할 수 있을지가 미심쩍었다. 만약에 해낸다면 아마도 게이브가 처음으로 뭔가를 해낸 것이 될 거다.

"게이브, 너 정확히 뭐라고 하고 다니는 거야? 실토해."

"시간 낭비야. 벌써 맛이 갔다고." 에밀리가 나에게 말하며 가늘게 코를 고는 게이브를 가리켰다.

핀이 게이브의 뺨을 톡톡 쳤다. "게이브, 일어나, 이 멍청아."

아무 반응이 없다. 핀이 몸을 숙여 게이브의 귀에 입을 갖다 댔다.

"게이브, 일어나! 네 저축 거래에 대해서 말 좀 해 보라고."

게이브의 눈이 잠깐 깜박거렸다. "배터."

나는 귀를 쫑긋 세웠다. "애 뭐라고 한 거야?"

에밀리가 어깨를 으쓱했다. "버터?"

"배터." 게이브가 다시 움직였다. 그러더니 꿈을 꾸는 것 같은 상태로 널브러졌다. "배터…… 배터…… 배터…… 바…… 브…… 으으음…… 배…… 터."

에밀리가 귀를 막았다. "누가 쟤 좀 말려 봐."

게이브가 벌떡 일어섰다. 눈은 여전히 감은 채였다. 그는 완전히 슬로 모션으로 허공에 떠서 스쳐 가는 뭔가를 잡으려는 듯이 에밀리를 향해 팔을 쭉 뻗었다. "배터 배-배-배-배."

에밀리가 날카로운 소리로 비명을 지르며 게이브의 손을 후려쳤다. "이 더러운 앞발 치워!"

게이브는 동작을 다시 멈추고는 서서히 에밀리 쪽으로 비스듬히 몸을 구부렸다.

"으엑. 역겨워." 에밀리가 코를 틀어쥐었다. "마치 치피 식당에 간 것처럼 지독한 식초 냄새가 나."

"치피, 배터, 그거야." 핀이 손가락을 딱 튕기며 춤을 추듯 몸을 흔들었다. "부숴 버린 거지."

게이브가 커다란 소리로 트림을 했다.

"이 짐승." 에밀리가 코와 입을 막으며 방 건너편으로 멀찌감치 떨어지면서 말했다.

"배터 버거 밀 딜. 게이브가 제일 좋아하는 거." 핀이 말했다. "배터 버거와 감자튀김이 2유로지."

에밀리가 요란하게 숨을 내쉬었다. "무슨 말인지 모르겠어."

코비가 머리를 긁적였다. "나도 모르겠어. 그게 우리 저축 계좌랑 무슨 상관이야?"

"아오 쫌, 얘들아. 2유로로 배터 버거와 감자튀김. 그게 거래 조건인 게 분명해." 핀이 해석해 줬다.

"새로 만든 계좌 한 개당 이자가 2유로라고?" 나는 얼굴을 찡그렸다. "세기의 계약이로구나."

그것만 가지고는 아이들이 이렇게 줄을 설 리가 없다. 뭔가가 더 있는 게 분명했다.

코비는 이제 집에 돌아가야 했다. "매 예금마다 2유로씩?"

"게이브?" 핀이 빽 소리를 질렀다. "듣고 있냐? 매번 저금할 때마다 2유로씩이라고 했어? 그게 계약 조건이냐고?"

이 시점에서 게이브는 바닥에 대자로 누워 버렸다. 핀이 게이브의 정강이를 가볍게 찼다. 게이브는 팔을 불쑥 추켜올리더니 몹시 지친 듯 성의 없이 엄지손가락을 치켜들었다. 그러고는 조커같이 활짝 미소를 지으며 아기 같은 자세로 몸을 웅크렸다.

에밀리가 눈을 굴렸다. "농담이 아니라, 정말 얘 뇌가 배터 버거인 것 같아."

$$\$ \$ \$$$

"아빠, 인터넷이 또 안 돼요."

파블로의 조언에 따라 나는 태그드 앱의 시험 버전에 가입하려고 했지만 자꾸 다운이 됐다.

아빠는 나중에 라우터를 확인해 보겠다며 뭐라고 웅얼거리곤 다시 TV로 고개를 돌렸다. 나는 그렇게 쉽게 포기하지는 않았다. "라우터는 아까 확인해 봤어요. 오렌지색 빛이 계속 깜박거려요. 뭐가 잘못된 게 분명해요."

"제발 조용히 골프 좀 볼 수 없겠니? 나중에 인터넷 회사에 전화해 보마."

"지금 당장 필요해요. 학교 과제 때문에요." 나는 거짓말을 했다.

아빠는 내 말을 무시하고 열여덟 번째 홀에 시선을 고정했다.

"아빠?"

갑자기 아빠가 버럭 화를 냈다. "루크. 인터넷 끊겼다. 됐니? 더 이상 인터넷 안 된다고."

"뭐라고요?" 나는 혼란스러워서 어쩔 줄 모르며 말했다.

"인터넷을 끊을 수밖에 없어. 돈이 너무 쪼들린단다. 이제 제발 좀 그만하면 안 되겠니?"

아빠는 방에서 뛰쳐나가며 문을 부서져라 쾅 닫았다.

"맙소사." 나는 대체 무슨 일이 일어나고 있는 걸까 생각하며 중얼거렸다. 아빠는 늘 태평스러운 쪽이었다. 불같이 화를 내는 건 엄마 몫이었다. 아빠가 마지막으로 화를 낸 적이 언제인지 기억조차 할 수 없었다.

나는 쿵쾅거리며 계단을 뛰어 올라갔다.

5분 후 나는 화장실 변기 위에 앉아서 카푸어 씨의 인터넷 회선에 로그인했다. 이웃 주민인 카푸어 씨는 마침 이런 인터넷 보안에 대해서는 무지했다. 아주 쉬운 패스워드를 입력해 보자 겨우 두 번 만에 연결됐다. 한 가지 사소하게 불편한 점은 카푸어 씨네 인터넷은 위층 화장실에서만 연결된다는 거였다.

나는 태그드 앱의 등록 페이지까지 갔지만 거기서 다시 연결이 끊겨 버렸다. 이번엔 나도 포기했다. 엉덩이가 아파 죽을 지경이었다.

아빠가 기분이 좀 나아지면 다시 이야기를 해야만 했다. 하지만 최근에 아빠는 마치 불청객이라도 된 양 집 안에서 빈둥거리며 시간을 보냈다. 사무실로 가는 것도 그만뒀다. 누가 보면 틀림없이 가택 연금이라도 된 줄 알 거다.

엄마의 병원 근무가 파트타임으로 줄어든 후부터 상황이 좋지 않다는 건 알고 있었다. 하지만 정말 터무니없는 상황이 돼 가고 있었다.

패디 타란티노

"패디. 패디. 패디 타란티노. 패디 타란티노. 패디 타란티노." 내가 전화를 받자마자 핀의 목소리가 그 이름을 줄줄이 반복했다.

나는 손으로 얼굴을 문질러 눈에 고인 잠을 씻어 내 보려 했다. 완전히 곯아떨어져 있던 참이었다. 내 소중한 토요일의 늦잠 시간이―오늘은 모처럼 아주 오랜만에 축구 시합이 없는 토요일이었다―핸드폰 울리는 소리로 산산이 조각났다.

핀은 거듭거듭 그 이름을 반복했다. 마침내 내가 더 이상 무시할 수 없을 때까지.

"핀, 세상에 맙소사. 너 지금 몇 신지 알아?"

"닥쳐. 빨리 메일 확인하고 다시 나한테 전화해."

"뭐?"

"그냥 네 이메일 확인하고 나한테 다시 전화하라고."

"안 돼."

"그렇게 해."

핀은 전화를 끊어 버렸다.

나는 전화를 내던지고 머리 위로 이불을 뒤집어쓰고는 흰색 점들이 보일 때까지 눈을 꼭 감았다. 하지만 아무리 노력해도 벌어진 커튼 사이로 쏟아져 들어오는 햇빛이 여전히 보였다. 나는 잠에서 완전히 깨 버렸다. 이 망할 놈의 핀.

5분 후 나는 화장실 변기 위에 앉아 메일에 로그인했다.

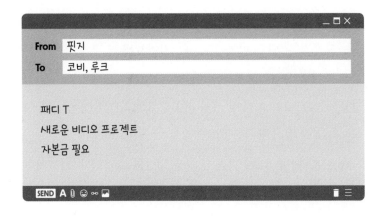

나는 인터넷 연결이 제발 끊어지지 않고 버텨 주기를 바라며 이메일 아래쪽에 있는 동영상 링크를 클릭했다. 마침내 동영상이 로딩됐다. 나는 플레이 버튼을 클릭하고 기다렸다. 처음에는 아무것도 나타나지 않았다. 그러다가 마치 암탉 소리처럼 기묘한 꼬꼬댁 소리가 났다. 나는 그다지 놀라지 않았다. 모두 패디 타란티노가 괴짜라는 걸 알았다. 하지만 그는 최고의 브이로거이기도 했다. 2년 전 패디는 고양이 동영상을 올렸는데, 그 동영상 때문에 갑자기 영웅적인 위치에 올랐다.

이야기는 패디의 방 창틀에 나타나곤 했던 연한 적갈색의 도둑고양이로 거슬러 올라간다. 이 고양이는 패디가 R&B 음악을 틀 때마다 머리와 엉덩이를 살랑살랑 흔들어 댔다. 그 고양이는 미니어처 사자를 연상케 하는 흔치 않은 갈기 같은 털이 덥수룩하게 나 있었다. 패디는 그 고양이를 촬영해 마치 고양이가 노래를 부르는 것처럼 보이게 동영상을 편집한 후 업로드했다. 나머지는 모두가 다 아는 이야기다. 세드릭이라 불린 그 고양이는 하룻밤 사이에 온라인상에서 돌풍을 일으켰다. 그 후로 패디의 동영상은 모두 널리 퍼졌다. 그의 비디오 스트리밍 계정에는 말 그대로 수백만 명이 몰려들었다.

나는 조바심을 내며 다시 동영상 링크를 클릭했다. 자그마한 병아리가 장난감 차고의 경사로를 총총거리며 오르락내리락하고 있었다. 마침내 병아리가 카메라 쪽으로 목을 구부리더니 선이 굵은 남자 목소리로 으르렁거리듯 말했다. "돈 내놔, 이 자식아."

아마도 이것이 패디 타란티노식의 자금 요청인가 보다.

$ $ $

"패디는 준비가 됐어."

"좋아." 핀이 펄쩍 뛰어오르며 말했다.

"좋아." 나는 날카로운 초록색 눈에 올빼미 같은 얼굴을 하고 우리보다 한 계단 아래에 앉아 있던 여자아이에게 미안하다는 듯 반쯤 미소를 지어 보이려 애쓰며 메마른 목소리로 되풀이해 말했다. 핀이 쿵쾅대며 거칠게 옆을 지나쳐 갔기 때문이다.

우리는 패디의 대기실, 다시 말하자면 패디네 지하실 계단에 앉아 있었다. 그곳은 몹시 붐비고 혼잡스러웠다. 우리 사이에는 기타를 치는 두 힙스터들과 올빼미같이 생긴 애가 있었다. 마치 경쟁이 엄청나게 치열한 탤런트 쇼 오디션 대기 줄 같았다.

몇 분 후 우리는 패디를 따라 그의 집 마당으로 나와, 우리 안에서 기분 좋게 꿀꿀대며 마구 먹어 대는 여섯 마리의 분홍색 아기 돼지들을 쳐다보며 섰다.

핀이 얼굴을 찌푸렸다. "이것들은 돼지잖아."

"너 참 똑똑하구나, 핀."

"정확히 말하면 새끼 돼지야." 패디가 말했다. "다음번으로 뜰 녀석들이지."

"돼지가?" 핀이 의심스러워하는 듯한 말투로 말했다.

"그냥 보통의 돼지들이 아니야, 핏지. 귀염둥이들이지."

우리는 패디 쪽으로 몸을 돌렸다. 정보가 뭔가 더 나오길 기대하면서.

"봐 봐." 패디가 호주머니를 뒤적이더니 작은 호루라기를 꺼냈다. 그가 호루라기를 날카롭게 불자 새끼 돼지들이 순서대로 일어섰다. 그리고 다시 한번 호루라기를 불자 우리 안에서 일렬종대로 무리를 짓기 시작했다. 새끼 돼지들은 자그마한 분홍색 다리를 높이 차올렸다.

패디가 뒤로 물러서서 반응을 기다렸다. 그가 세 번째로 호루라기를 불자 우두머리 새끼 돼지가 서서히 멈췄다. 뒤따르던 새끼 돼지들은 멈추느라 앞으로 미끄러졌다.

"대단한데." 핀이 말했지만, 나는 핀의 표정으로 보아 그가 무슨 영문인지 몰라 어리둥절해 있다는 걸 알 수 있었다.

패디가 자랑스럽다는 듯 활짝 웃었다. "다 나 혼자 한 거야."

내가 지적했다. "맨 앞에 있는 돼지 말이야. 저 녀석 자기가 뭘 하는지 알고 있어."

"사실 암놈이야. 나는 다이애나 공주라고 불러."

나는 1분 정도 생각에 잠겼다. "다이애나 공주라…… 만화에 나오는 원더우먼처럼 말이야?"

패디가 고개를 끄덕였다. "그 작은 새끼 돼지는 선구자야. 타고난 리더지. 다른 새끼 돼지들은 다이애나의 몸짓 하나하나를 따라 해."

핀이 조바심을 냈다. "자, 이쯤에서 본론으로 들어가자. 내 친구 패디, 정확히 왜 돈이 필요한 거야?"

"애완동물 호텔."

핀이 코웃음을 쳤다. "하."

나는 패디를 힐끗 봤다. 그는 웃고 있지 않았다. 돼지들을 유심히 보고 있었다.

나는 패디의 뜻을 파악했다. "그러니까 애완동물 맡기는 곳을 말하는 거지? 개나 고양이를 위한?"

"빙고."

나는 주위를 둘러봤다. "여기에서 동물들을 맡아 줄 수 있어?"

패디는 고개를 세차게 흔들어 댔다. "내가 다른 훈련법을 연구하는 동안 동물들을 맡아 줄 안전한 곳이 필요해."

"안전한 곳이라니, 왜? 얘네들 가격이 비싸?"

"내가 장담하는데, 일단 내가 이 동영상들을 업로드하기 시작하면 이 아이들의 몸값은 값을 매길 수 없을 정도가 될 거야."

우리는 패디를 따라 꿀꿀대는 새끼 돼지들을 바라봤다.

"디지털상에서 유행병처럼 번질 거야." 패디가 무미건조하게 말했다. "완전히 뒤집어지는 거지."

나는 의심하지 않았다. 패디는 항상 최신 동향을 잘 파악하고 있었다. 모두가 패디의 마술을 조금이라도 원했고, 그래서 그의 집 지하실에 그렇게 길게 줄을 서 있는 거였다.

패디가 갑자기 호루라기를 불며 우리 문을 열었다. 새끼 돼지들이 뛰어올랐다.

핀은 이리저리 움직이며 어쩔 줄 몰라 했다. "대체 뭐 하는-?"

여섯 마리가 총총거리며 핀을 에워쌌다.

"너 팬들 생겼다, 핀." 나는 새끼 돼지들이 핀의 발에 대고 코를 쿵쿵대며 그르렁거리는 소리 너머로 놀렸다.

나는 패디에게 몸을 돌렸다. "그런데 저 새끼 돼지들은 어디서 났어?"

"아빠가 아는 나이 많은 사람한테서 샀어. 쟤네들은 한 배에서 태어난 새끼들 중에 가장 약한 녀석들이었어."

"가장 약한 녀석들이라고? 쟤들이 너를 그렇게 친숙하게 여기는 것도 당연하구나, 핀." 나는 핀이 발을 번갈아 들어가며 깡충깡충 뛰는 걸 보고 낄낄거리며 말했다.

"퍽도 재밌다." 핀이 퉁명스럽게 말했다.

패디는 더러운 양동이를 집어 들더니 핀에게 건넸다. "자, 여기. 얘네 목마른 것 같다."

핀이 움찔했다. "아니야, 괜찮아, 패디. 얘네는 새로 훈련받는 애들이잖아."

"물을 채워 주면 다시 우리로 들어갈 거야."

핀이 양동이를 가지고 씨름하는 동안 나는 계속해서 마음 한 구석에 걸렸던 부분을 짚고 넘어갈 기회를 잡았다. "네 지하실에 줄 선 사람들이 저렇게 많잖아, 패디. 저 사람들은 너한테 자기 동영상을 추천해달라면서 돈을 내지. 안 그래?"

"맞아, 하지만 너무 오래 걸려. 아까 그 음악하는 타입들은 돈을 받으려면 평생 걸려. 동전이나 받고 얼마나 멋진지 자화자찬하면서 시내에서 버스킹을 하느라 너무 바쁘거든."

나는 눈썹을 치켜세웠다.

"음, 가장 짭짤하게 돈을 벌게 해 주는 건 여자애들이랑 그 애들의 페이스페인팅이야. 믿거나 말거나."

무슨 말인지 알아듣는 데 1분 정도 걸렸다. "화장 말이야?"

패디가 고개를 끄덕였다. "실로 눈썹을 완벽하게 다듬는 방법이라든가 이마 한가운데에 난 커다란 뾰루지를 없애는 방법에 대한 동영상을 올리는 거야. 그럼 성공할 확률이 크지. 나는 여자애 몇 명이랑 같이 작업했는데 수익이 꽤 짭짤했어."

"우와, 진짜?" 나는 실로 눈썹을 손질한다는 게 대체 뭔지 궁금해하며 말했다.

"루크, 넌 온라인에 더 자주 접속해야겠다." 패디가 마치 내 생각을 읽기라도 한 듯 중얼거렸다.

만약 패디가 내 처지를 알았더라면……. 나는 딱딱한 화장실 변기 시트를 떠올렸다.

"세드릭 동영상으로 벌어들인 돈은 다 어쩌고?" 나는 계속해서 궁금한 부분을 집요하게 추궁했다.

패디는 집 쪽을 다시 가리켰다. "재투자했지. 저 안에 있는 최신 편집 기기들을 사느라고 말이야. 엄청 비싼 기기들이야."

그 말은 충분히 믿을 수 있었다.

"그래서 애완동물 맡기는 곳에 먼저 줄 현금이 필요해." 패디가 말했다. "어디 좀 좋은 데로. 돼지우리 말고. 나는 얘들이 보살핌을 잘 받았으면 하거든."

핀이 신발에 달라붙은 흙덩이들을 떼어 내기 위해 자갈을 차면서 우리 쪽으로 다가왔다.

"좋아, 패디. 남자답게 허심탄회하게 말하자고. 사업 얘기를 해 볼까. 우리는 한몫을 원해. 파이의 한 조각이랄까, 어…… 오, 오렌지에서 우리 몫의 한 모금이랄까, 무슨 말인지 알지?"

패디가 핀에게 의아한 눈길을 보냈다.

나는 눈썹을 치켜세웠다. "살살, 핀. 살살 해."

나는 패디의 어깨에 손을 두르고 바로 본론으로 들어갔다. "핀의 말은, 우리가 투자를 제안하고 싶다는 거야. 대출 조건으로 말이야. 그래도 관심 있어?"

패디는 우리에게 양 엄지손가락을 치켜들었다. "동영상으로 버는 돈의 일부를 줄게. 그러니까, 20퍼센트."

"30." 핀이 반사적으로 말했다.

패디가 받아쳤다. "25."

돼지들이 닫힌 우리에서 탈출해서 핀 쪽으로 다가오고 있었다. 핀이 손을 불쑥 내밀었다. "패디, 계약 체결이야."

군중 위로 파도타기

나는 머리 위로 날아오는 책가방을 피했다.

핀은 멈춰서 어둡고 사람들로 가득한 방을 가만히 둘러봤다. "믿을 수 없어. 완전히 믿을 수 없어."

우리는 몸싸움을 하며 군중 속으로 더 들어갔다.

"이건 정말 상상을 초월하는 규모다."

나는 고개를 끄덕였다. "완전 대성공을 거뒀다고."

"어떻게?" 핀이 어리벙벙해서 말했다. "대박 인기 있는 것도 아니잖아."

나는 어깨를 으쓱했다. "이메일?"

우리는 굶주린 쌍둥이에게 오전 8시 30분에 학교 도서관으로 오라는 수수께끼 같은 이메일을 받았다.

"아, 너희 여기 있었구나." 우리는 그 자리에서 움직이다가 들썩이는 무리 탓에 우리 쪽으로 떠밀려 온 코비와 눈이 마주쳤다. "론칭 행사에 온 걸 환영해."

핀이 고개를 저었다. "대체 애들을 어떻게 다 모은 거야?"

코비가 활짝 웃었다. "음, 조와 루시가 태그드 앱에 대해서 몇 주 전에 발표를 했거든. 훨씬 전부터 오늘 앱을 론칭한다고 말했어. 그게 엄청난 관심을 끌었어."

"조심해, 친구." 핀이 가까스로 덩치 큰 1학년생에게 걸려 넘어지는 걸 피하며 말했다.

"그렇지만 왜 여기에 다 이렇게 모인 거야?" 나는 굶주린 쌍둥이가 본부를 세운 도서관의 가장 높은 곳을 가리키며 말했다.

"왜냐하면 오늘 처음으로 여기 들어오는 선착순 스무 명한테 앱을 평생 무료로 제공하기로 했거든." 코비가 말했다. "론칭 특별 행사야."

"1학년이랑 2학년 전체가 여기 다 온 게 틀림없어!" 핀이 부르짖었다.

"그리고 몇몇 3학년들도."

핀의 얼굴이 슬롯머신에서 잭폿이 터진 걸 상상하듯 환해졌다. "대박, 3학년은 이런 거에 전혀 관심 없을 줄 알았는데."

나는 웃음을 터뜨렸다. "불쌍한 파우더 선생님은 오늘 아침 정문에서 당직을 섰는데 어리둥절해 보이더라. 대부분의 전교생이 왜 이렇게 일찍 등교했는지 몰라서."

핀이 끙 소리를 냈다. "아마 벌을 줄 지각생 명단이 너무 없어서 실망한 걸걸."

나는 문 쪽을 바라봤다. "걸리지 않은 게 놀라운데."

"아직은." 핀이 말했다.

"여기 소리가 꽤 시끄러운데."

코비가 손을 들었다. "괜찮아, 선생님들은 모두 교무실에서 매우 중요한 특별 회의를 하는 중이야."

"생각해 보니까 파우더 선생님 오늘 유난히 말쑥해 보였어. 특별히 코너 맥그레고어를 입었잖아."

"회색에 분홍색 줄무늬? 멋진데." 핀이 낄낄거리며 말했다.

코비가 우리 사이에 끼어들었다. "어쨌든 그래서 이 말도 안 되는 시간에 론칭 행사를 하게 된 거야." 아무리 코비같이 헌신적인 아이라도 아침잠은 소중했다.

핀이 동의하듯 손가락을 흔들었다. "그래서 건물의 완전 반대쪽에서 진행하는 거고. 머리 좋네."

"바로 그거야. 교무실에서 가장 먼 곳이니까."

나는 코비의 등을 찰싹 쳤다. "잘 생각했어, 코비."

앞쪽에선 아이들이 책상을 쾅쾅 두드리기 시작했다. 나는 까치발로 섰다. 일어서 있는 조가 보였다.

"발표다."

"발표한대."

"발표한다."

도서관 전체에 쉿 하는 소리가 퍼졌다.

"음, 모두 감사합니다." 조가 더듬거렸다. "오늘부터 태그드 앱을 공식적으로 다운로드할 수 있습니다."

커다란 환호성이 터졌다.

조는 미소를 짓고 좀 더 편안해진 얼굴로 말했다. "오늘 처음으로 온 몇몇 행운의 고객들은 무료로 앱을 받았습니다."

더 큰 환호성이 터졌다.

나는 감탄하며 코비 쪽으로 얼굴을 돌렸다. "쟤 정말 괜찮은데."

코비는 더 잘 보려고 목을 길게 뺐다. "뭐 발표할 계획은 아니었던 것 같은데, 안 그래?"

조가 자기 핸드폰을 집어 들었다. "그리고 이미 태그가 달린 사람들이 있습니다. 가장 먼저 태그된 두 사람을 발표하자면…… 두구두구……."

책상을 두드리는 소리가 뒤따랐다.

"게이브 오루크와 마틸다 브레넌."

"마틸다 브레넌." 핀이 씩 웃었다. "진짜? 게이브가 걔를 아침식사로 먹어 버릴걸. 완전 생쥐 같은 애잖아."

방 전체에 폭소가 터졌다. 방 한가운데서 누가 양팔을 번쩍 추켜올리더니 신나서 흔들어 댔다.

나는 곧바로 그 멀쑥한 팔을 알아보고 눈썹을 치켜세웠다. "어, 이런."

곧바로 게이브의 몸이 모두의 머리 위로 들렸다. 그는 떠들썩하게 환호성을 지르며 신나서 활짝 웃고 있었다. 파도를 타듯 게이브의 몸이 군중 위에서 넘실대며 앞으로 밀려왔다.

당연히 연호가 시작됐다.

"게이브!"

"게이브!"

"게이브!"

방의 다른 쪽에서는 커다란 비명이 들렸다.

불쌍한 마틸다 브레넌은 어쩔 도리가 없었다. 비치볼처럼 허공에 번쩍 들렸다. 아이들은 순식간에 마틸다를 둘러싸고 몇 번이고 행가래를 쳤다.

"틸다!"

"틸다!"

"틸다!"

바로 그때 방 전체에 형광등이 켜졌다.

몹시 화가 난 파우더 키안 선생님이 문으로 들어왔다. "대체여기서 뭣들 하는 거야!" 아이들을 헤치고 들어오는 파우더 선생님의 뒤로 호기심 어리고 부유해 보이는 방문객 무리가 따라 들어왔다. 그중 한 명은 어깨에 커다란 TV 카메라를 메고 있었다.

파우더 선생님은 광분하며 말했다. "그 애를 내려놔!"

아이들이 마틸다 브레넌을 놔주자 그녀는 쿵 소리와 함께 마룻바닥에 주저앉았다.

"모두 여기서 나가, 당장." 방이 침묵에 휩싸이자 선생님이 말했다. "수업 들어가."

그는 크게 한숨을 들이쉬고 양복 매무새를 다듬은 다음 방문객들을 돌아보며 사과했다. "제발 기억에서 이건 지워 주십시오. 우리 학교 학생들은 평소에는 훨씬 행실이 바르답니다."

그러자 방문 그룹의 리더인 것 같은 엄청나게 높은 하이힐을 신은 세련된 여자가 한발 앞으로 나섰다. "키안 씨, 아주 멋집니다. 정말 멋져요. 사실 바로 이게 우리가 찾던 겁니다." 그녀는 미국식 억양이 섞인 허스키한 목소리로 느리게 말했다.

파우더 선생님이 얼굴을 찡그렸다. "미스 칼라한-"

그녀가 손을 들었다. "오, 캔디스라고 불러 주세요."

"미스 칼라한, 이런 일은 어쩌다가 한 번 일어난 겁니다. 믿어 주세요. 다시는 이런 일이 없을 겁니다."

내가 서 있는 곳까지 선생님의 이 악무는 소리가 들리는 듯했다. 캔디스가 말을 하려고 입을 열었지만 선생님은 계속 말을 이었다.

"이곳 세인트 패트릭 학교는 매우 평범합니다. 특별히 흥미로운 일도 극적인 일도 없지요. 그저 지켜야 할 규칙이 있고, 교훈을 가르치고, 시험을 치릅니다. 흔히 말하듯 기름을 잘 친 톱니바퀴처럼 돌아가지요. 그러니까 만약 여러분들이 극적인 드라마를 찾으신다면 관찰 다큐멘터리를 촬영할 학교를 잘못 고르신 것 같군요."

파우더 선생님의 말은 격렬한 신음을 토해 내더니 이상하게 훌쩍거리기 시작한 마틸다 브레넌의 소리에 중단됐다. 마틸다는 불안정하게 바닥을 기면서 어지러워서 창백해진 얼굴로 튀어나올 것 같은 눈을 굴렸다.

그러다 도서관 마룻바닥에 온통 토했다.

그것도 여러 번.

캔디스는 신이 나서 손뼉을 쳤다. 그러고는 자기가 한 짓을 깨닫고 손을 숨기며 부르짖었다. "아유, 누가 저 가여운 아이를 좀 도와줘요!"

바로 그때 아이들의 어깨 위에서 밀쳐지던 게이브가 제트비행기처럼 위로 휙 내던져졌다. 게이브는 팔을 쭉 뻗고 유유히 착륙하려 했지만 불행하게도 멈추지 못했다. 그는 바닥을 가로질러 쭉 미끄러져서는 토사물 웅덩이 쪽으로 위험하게 돌진했다.

나는 도저히 볼 수가 없었다. 그래서 손으로 얼굴을 가린 채 제발 단 한 번만이라도 게이브가 제정신을 차리길 기도하며 살짝 벌린 손가락 사이로 힐끔 엿봤다. 게이브는 파우더 선생님이 줄 수 있는 그 어떤 벌보다 더 끔찍한 운명을 맞이하기 천 분의 1초 전이었다. 방에 있던 사람들이 모두 숨을 헉 들이쉬며 움찔거렸다. 마틸다의 배속에서 나온 내용물이 코에 닿기 직전에, 게이브는 한 손으로 바닥을 짚고 벌떡 몸을 일으켜 토사물 위쪽으로 재주넘기를 해서 캔디스 옆에 두발로 착지했다. 그리고는 그녀에게 유들유들하게 윙크를 해 보였다.

방 안에서 박수와 함성이 터져 나왔다. 게이브는 마치 영웅처럼 몇 번 허리를 숙여 절을 했다. 파우더 선생님은 거의 참지 못하고 폭발하기 직전이었다. 하지만 방문객들이 있었다.

방 안의 무리는 빠르게 해산했다. 선생님은 청소부를 불렀다.

"그러니까 마틸다와 게이브란 말이지. 내 생각엔 아마 이루어지진 않을 것 같다." 핀이 나를 밀치고 복도를 뛰어가며 씩 웃었다.

"게이브가 상심할 게 분명해!" 나는 소리쳤다.

가려던 길로 접어드는데 누가 어깨를 두드렸다.

조가 나를 물끄러미 내려다보며 눈을 반짝였다. "태그드 말이야, 벌써 100건이 넘게 팔렸어."

나는 손목시계를 흘끔 쳐다봤다. "앱 스토어에 올라간 지 한 시간도 안 됐는데."

"이건 시작에 불과해." 조는 만족스러운 얼굴로 어슬렁거리며 가 버렸다.

나는 가만히 서서 조의 긴 그림자가 건너편 바닥으로 사라지는 걸 바라보며 머릿속으로 이 소식을 정리했다. 지난 한 시간 동안 우리는 바로 50파운드를 벌었다. 그냥 서서 아무것도 안 했는데. 정말 아무것도. 오늘 저녁쯤에는 몇 백 파운드를 벌 수도 있다. 그럼 주말까지 얼마를 벌 수 있을지 누가 알겠는가?

불편한 생각이 떠올랐다. 나는 핀이 결국 소 뒷걸음치다 쥐 잡는 격으로 노다지를 만난 건가 궁금했다. 이게 불로 소득이라는 건가.

"어이, 루크 모리세이."

나는 홱 돌아섰다. 얼굴 쪽으로 농구공이 날아와 코를 스쳤다. 뒤로 비틀거리며 물러난 나는 바로 탱크톱에 긴 반바지를 입고 땀을 흘리는 호리호리한 3학년 세 명에 의해 구석으로 몰렸다.

가장 키가 큰 아이가 농구공을 다시 잡더니 검지로 공을 돌리며 나를 계속 뚫어지게 노려봤다.

"응." 나는 열기를 느끼며 불안하게 중얼거렸다.

다른 남자아이가 내 손목을 움켜쥐더니 손을 뒤집었다. 그들은 내 손바닥에 차례로 돈을 내려놨다.

"배터 버거 딜 세 건이다. 친구."

나는 순간적으로 혼란에 빠져 빙글빙글 돌아가는 농구공을 바라봤다.

한 명이 나를 쿡 찔렀다. "야, 듣고 있냐? 게이브 오루크의 특별 저축 세 건이라고."

나는 눈을 깜박이며 손을 꼭 움켜쥐었다. 게이브의 저축 상품에 대한 소문이 퍼지고 있었다.

어쨌든 농구팀까지는 소문이 퍼진 거다.

다크 비숍

핸드폰을 확인했다. 핀에게서 부재중 전화 한 통. 나는 빨리 걷는 데 집중하려고 애썼지만 머릿속에는 텅 빈 TV 화면이 자꾸 떠올랐다. 빅 더비 매치를 보려고 TV를 켰는데 텅 빈 검은 화면만 나왔다.

이용 불가능한 채널입니다.

구독이 취소됐습니다.

아빠가 밤낮으로 골프 경기를 보고 또 보며 대부분의 시간을 보낸다는 걸 생각해 봤을 때, 스포츠 채널을 끊어야 할 정도라면 우리 집 형편이 정말 쪼들리는 게 분명했다. 부모님이 나에게 상황이 얼마나 나쁜지 명확하게 털어놓은 것은 아니다. 하지만 북극의 바닷물처럼 집안 분위기는 매분마다 싸늘해지고 있었다. 나는 이 은행 사업 아이디어가 정말 큰 목돈을 만들어 줄 수 있을지 궁금했다. 그 스포츠 채널 패키지 비용은 만만치 않았다.

핀이 부르는 소리가 들렸다. "천천히 와, 급할 거 없어."

그제야 내 걸음이 달팽이처럼 느려졌다는 걸 깨달았다.

"빨리 오라고. 머커 감독이 여기 와 있어." 핀이 앞서며 재촉했다. "어젯밤 더비 대회 봤냐? 대박 놀랍지 않냐."

나는 애매하게 반쯤 고개를 끄덕였다.

머커 맥그래스는 머리부터 발끝까지 검은색으로 차려입고 문에 서 있었다. 머커가 들고 있는 핸드폰 불빛 때문에 우리는 그가 거기 있다는 걸 겨우 알았다.

그는 우리 뒤쪽을 내다봤다. "너희가 여기 온 거 누가 또 알아?"

"아니."

"확실해? 누구 미행한 사람 없어?"

"없어. 맙소사, 머커. 대체 왜 이렇게 비밀스럽게 구는 건데? 무슨 마피아 조직 회합도 아니고."

나는 몸을 부르르 떨었다. "안으로 들어가면 안 될까?"

"이쪽이야." 우리는 머커를 따라 옆문으로 들어가 좁은 골목길을 지나 그의 정원에 있는 헛간으로 건너갔다.

머커는 헛간 문 앞에서 멈췄다. "이제 이건 우리만의 일이다. 누구에게도 말하면 안 돼. 아무에게도."

우리는 고개를 끄덕였다. 추워 죽을 지경이었다.

나는 머커를 겨우 지나쳐 길고 커다란 갈색 상자들로 꽉 들어찬 헛간 안으로 들어갔다.

핀이 주위를 둘러봤다. "대체 이 상자들은 뭐야, 머커?"

"재고."

핀이 나를 보며 눈썹을 치켜세웠다.

나는 상자 속을 슬쩍 들여다봤다. "신발?"

머커가 몸을 뻗어 흰 신발 상자를 꺼내 나에게 던졌다. "한번 봐 봐."

나는 상자를 열고 작게 소리를 질렀다.

"대박! 이거 호날두 신상이잖아." 핀이 축구화를 움켜쥐며 말했다.

"최고급 라인이야." 머커가 부드럽게 말했다.

"스피디의 새 신발이랑 똑같은 거네." 내가 중얼거렸다.

"맞아." 핀이 손가락으로 축구화를 쓰다듬었다. 그러더니 고개를 들고 얼굴을 찌푸렸다. "잠깐만. 스피디가 나한테 자기 축구화를 다크 비숍한테서 샀다고 했는데. 내 생각엔 그거 분명 짝퉁인 것 같아."

머커는 아무 말도 하지 않았다.

핀의 눈이 접시처럼 휘둥그레졌다. "말도 안 돼. 설마."

머커는 여전히 아무 말도 하지 않았다.

"말도 안 돼. 놀리는 거지?" 핀이 숨 가쁘게 말했다.

머커가 코를 찡긋했다.

핀은 축구화 바닥을 마주 두드려 딱딱거리는 소리를 냈다. "머커 맥그래스. 너 지금 네가 바로 다크 비숍이라는 거야? 전설의 암거래상으로 최신 스포츠용품이란 용품은 다 구해 준다는 그……"

"가장 싼 가격으로 구해 주지." 내가 말을 맺었다.

"다른 상자 꺼내 봐." 핀이 믿을 수 없다는 듯 말했다.

"불가능해." 내가 계산해 보며 말했다. "다크 비숍이 생긴 지가 얼마나 오래됐는데."

머커가 껌 한 개를 입안에 톡 던져 넣었다. "티미 형에게 사업을 물려받았어. 형이 대학 갈 때. 물론 형이 여전히 수익을 떼어 가지."

핀이 고개를 들었다. "티미? 너 지금 '그' 머커 맥그래스 말하는 거냐?"

"원조지." 머커가 말했다.

머커는 별명 또한 형 티미에게 물려받았다. 티미는 엄청나게 고약한 냄새가 나는 목장부츠를 신고 등교한 이후로 영원히 머커 맥그래스로 불리게 됐다. 소문으로는 그 냄새가 속이 뒤집어질 정도로 너무 고약해서 파우더 선생님조차 할 말을 잃었다고 한다. 티미는 모든 면에서 다듬어지지 않은 다이아몬드 원석이었다.

어린 머커의 발 또한 관심거리였다. 나는 직접 그 냄새를 맡아 본 적이 없지만, 이 녀석도 형처럼 발 냄새가 난다는 이유로 같은 별명이 붙었다. 핀은 운동화를 가까이 들고 꼼꼼히 살펴보며 디자이너 로고도 긁어 봤다.

머커는 핀을 쳐다봤다. "얘들아, 그거 짝퉁 아니야."

"그럼 어디서 훔쳐 온 거구나." 핀이 뜨거운 물건이라도 만진 듯 신발 상자 안에 운동화를 떨어뜨리며 말했다.

나는 머커를 물끄러미 바라봤다. 키가 크고 마른 체격에 흔들리는 팔, 삐쭉삐쭉한 진저색 머리카락, 주근깨가 난 둥근 얼굴에 두꺼운 뿔테 안경. 평범한 암거래상의 모습은 아니었다.

머커는 고개를 세차게 흔들었다. "훔친 물건 아니야. 프로모션 상품이라고."

"아하, 그럼 중고품이구나." 핀이 머커를 손가락으로 톡톡 두드리며 말했다.

"아니, 아니라고 얘들아." 머커는 핀의 심문에 약간 짜증이 난 듯했다. "그러니까, 좋아. 엄밀하게 말해서 새 물건은 아니야. 원래 주인이 한 명 있었는데 사용하지 않은 제품이야."

"그냥 이 모든 제품을 어디에서 가져왔는지 우리한테 말해 줄 수 없어?" 나는 여전히 의심스러워하며 말했다.

"루크 말이 맞아, 이 녀석아." 핀이 말했다. "털어놓으라고."

"내가 내부 사람하고 연줄이 있어. 삼촌이 스포츠용품 중개상 일을 하거든. 삼촌이 모든 제품을 할인 가격으로 주는 거야." 마침내 머커가 실토했다.

핀은 상자에 기대어 고개를 흔들었다. "말도 안 돼. 젠장. 머커, 무슨 말을 해야 할지 모르겠다. 이 녀석, 너는 다크호스야."

"다크 비숍이지." 내가 덧붙였다.

머커가 매일같이 학교에 나타나지 않은 것도 당연했다. 이 비즈니스 왕국을 뒤에서 조종하면서 어떻게 학교생활에 충실하겠는가?

핀이 얼굴을 찡그렸다. "그래, 대체 그 이상한 이름은 뭐냐? 무슨 〈반지의 제왕〉에서 나온 것 같은데."

머커는 너무 당연한 거 아니냐는 듯한 표정으로 우리를 쳐다봤다. "검은색 칸에서만 움직이는 비숍이잖아."

핀과 나는 힐끔 시선을 주고받았다. 우리 둘 다 무슨 말인지 전혀 알아듣지 못했다.

"너희들은 체스를 두지 않는구나." 머커가 말했다. "이건 체스 용어야. 비숍. 그러니까 체스 말."

"네 말이 맞아, 머커. 보드게임은 영 내 취미가 아니라서."

머커가 얼굴을 찡그렸다. "보드게임? 말도 안 돼. 체스는 인생이라고, 핀. 이 녀석아. 체스는 인생이야."

또 한 번 놀랐다. 머커와 체스라니, 언뜻 연결 지어 생각하기 어려웠다.

날카로운 바람이 헛간을 정통으로 통과했다. 나는 손바닥을 마주 비비며 귀가 덮일 때까지 내 울 모자를 잡아당겼다.

"그래서 우린 대체 여기서 정확히 뭘 하는 거야, 머커?" 나는 얼른 이 대화가 우리가 이곳에 온 진짜 목적으로 이어지기를 바라며 말했다.

머커가 코 위로 안경을 바짝 밀어 올렸다. "나한테 좋은 사업 기회가 있거든."

핀의 눈이 빛났다. "좋아, 머커. 우리는 좋은 사업 기회를 아주 좋아하거든."

"머커가 말 좀 하게 둬, 핀." 핀이 또 끼어들기 전에 내가 말을 잘랐다.

"지난밤에 삼촌하고 얘기를 나눴어. 정말 잘 팔릴 것 같은 기가 막힌 아이템이 있대. 그런데 반드시 이번 주까지는 정리를 해야 한다는 거야. 그래서 현금을 좀 급히 손에 쥐어야 해."

"이 운동화로 짭짤하게 수익을 올리고 있지 않아?" 내가 재빨리 말했다. 최소한 우리 축구 클럽에서는 절반이 이 운동화를 신고 있었다. 그리고 주말에 있는 우리 시합에서 상대 팀 골키퍼조차 자기도 그 운동화를 주문한다고 떠들어 댔었다. 머커의 운동화는 요즘 운동화 시장에서 그랜드 슬램이라 불릴 정도로 인기가 좋았다.

"시기가 안 좋아. 지금 재고는 엄청 많고 현금은 충분치가 않거든."

"얼마가 필요한데?" 내가 말했다.

"250파운드."

핀이 입을 쩍 벌렸다. "세상에 머커, 250파운드라고?"

"조건은 뭐야?" 핀이 드라마 찍는 걸 무시하고 내가 말했다.

머커가 얼굴을 찡그렸다. "말할 수 없어. 비밀을 맹세했다고."

핀이 웃음을 터뜨렸다. "뭐라고, 머커? 우리가 아무것도 모르고서 그냥 돈을 건네줄 거라고 생각하는 거야, 이 자식아?"

"난 입 다물 거야. 그래도 날 믿어야만 해. 너희들한테도 정말 큰 이익이 될 거라고 맹세해."

나는 뒤로 기대어 앉아 헛간에 쌓인 물건들을 둘러보며 재빨리 세어 봤다. 내가 생각했던 것처럼 머커는 수백만 파운드어치의 재고를 깔고 앉아 있었다.

핀이 손을 쭉 뻗더니 이를 드러내고 활짝 웃었다. "내가 거절할 수 없는 제안을 해 보시지, 머커."

머커는 신중하게 생각을 곱씹었다. "너희 대출 이자가 얼마지?"

"20퍼센트." 핀이 곧바로 대답했다.

"너희가 입을 닫는다면 25퍼센트를 낼게."

"좋아."

"그리고 우리한테 운동화 한 켤레씩 줘." 내가 불쑥 끼어들었다.

"좋아." 머커가 손을 내밀었다.

핀이 나를 쳐다봤다. 나는 고개를 끄덕였다. 우리는 계약을 체결하고 악수했다. 머커는 수익성이 좋은 안정적인 투자처였다. 코비도 자랑스러워할 거다. 게다가 멋진 운동화 한 켤레도 덤으로 왔다. 좋은 날이다.

핀이 휘파람을 불었다. "아직도 믿을 수 없어. 저 친절한 거인 머커 맥그래스가 다크 비숍이라니."

머커가 눈썹을 치켜세웠다. "비밀 지켜, 애들아. 그럴 거지? 조폭 거물이라는 내 명성을 망치고 싶지 않아."

그때 내게 어떤 생각이 떠올랐다. 나는 정육점에서 대출금을 돌려받지 못할 경우에 대해 나눈 이야기를 머릿속에서 재생시켜 봤다. "왜 우리한테 럭비화 한 켤레를 살 금액만 빌린 거야, 머커? 이것 좀 봐, 너는 운동화에 완전히 둘러싸여 있잖아."

"그냥 한번 간을 본 거야. 너희 사업이 진짜인지 보려고." 머커가 말했다. 그러고는 핀을 향해 고개를 기울이며 씩 웃었다. "이 녀석이 관련되면 어떻게 될지 알 수 없으니까."

"현명하기도 해라." 핀은 한껏 이탈리아 마피아 흉내를 내며 머커의 어깨를 치는 척했다.

"아, 그런데 우리 은행 이야기는 어디서 들었어?" 궁금한 마음에 내가 물었다.

"체스."

"뭐?"

"루시 설리번하고 청소년 클럽에 같이 다녀. 거기에서 체스를 두거든."

나는 감탄했다.

광고를 할 필요도 없었다. 벌써 소문은 났다.

칼에 찔린 돼지

래퍼티 선생님이 어슬렁거리며 교실로 들어섰다. 평소와는 달리 교육 전문가처럼 한껏 격식을 차린 정장 차림새였다. "조용!"

하지만 학생들의 웅얼거림은 계속됐다.

선생님은 구석에 한껏 쪼그리고 앉은 TV 촬영팀을 가리켰다. "좋아, 좋아, 교실에 TV 카메라가 돌아가고 있으니 흥분하는 건 이해하겠지만 카메라가 없는 것처럼 행동해야 한다. 그냥 평소대로 행동해."

"선생님, 지금 그 셔츠 평소에 입으시던 거예요?"

"완전 쫙 빼입으셨는데요."

"평소 입으시던 회색 후드 티는 빨았어요?"

"카메라 의식하신 거야."

"방송 출연으로 새로운 직업을 찾으시려는 거죠? 그렇죠?"

"그래서 갑자기 새 셔츠를 사신 거구나."

교실에서 폭소가 터졌다.

"됐다, 그만해라. 다들 교과서 꺼내서 7단원, 마케팅을 펴라."

이 지시에 툴툴대는 소리가 연이어 터졌다.

"마케팅 더 해요?"

"아, 또 마케팅이에요?"

"오늘은 좀 더 흥미로운 주제를 다룰 거다. 온라인 마케팅."

불평하는 소리가 더 흘러나왔다.

래퍼티 선생님은 '바이럴'이란 단어를 칠판에 휘갈겨 썼다. 그때 문을 똑똑 두드리는 소리가 들렸다.

"네?"

패디 타란티노의 얼굴이 문가에 나타났다. "선생님."

"패디, 아주 좋아. 들어오렴." 래퍼티 선생님이 헛기침을 했다. "오늘 우리는 인터넷상의 바이럴 캠페인에 대해서 이야기해 볼 거다. 그리고 시작하기에 앞서 패디가 직접 찍은 고양이 동영상을 잠시 보여 줄 거야. 인터넷에서 바이럴로 유명해진 영상이지. 누구 바이럴이라는 단어의 뜻이 뭔지 말해 줄 수 있을까?"

"머커 맥그래스의 신발에서 나는 냄새를 말하나요, 선생님?"

"'바일(vile)'이 아니라 '바이럴(viral)'이라고 하셨거든!"

모두가 와하하 웃음을 터뜨렸다.

"자, 모두 조용히 해라. 바이럴 마케팅은 어떤 상품이나 서비스에 대한 정보와 의견이 한 인터넷 사용자에게서 다른 사용자에게로 전파되는 걸 말한단다."

"독감처럼요, 선생님." 포지 이건이 지껄였다.

래퍼티 선생님은 얼굴을 찡그렸다. "뭐, 어느 정도 그렇다고 할 수 있지. 자, 어서 준비하렴, 패디."

패디는 노트북을 열었다.

"좋아. 어떤 사례가 있을까. 누가 온라인에서 바이럴로 유명해진 사례를 들어 볼 수 있겠니?"

"모나리자 머피는 바이럴에 대해선 뭐든 다 알아요, 선생님."

안나리사 머피의 얼굴이 발갛게 물들었다.

래퍼티 선생님이 고함을 질렀다. "이제 그만!"

포지 이건이 손을 위로 마구 흔들었다. "패디의 고양이 동영상이요, 선생님. 그 동영상들이 바이럴로 유명해졌어요."

반 전체가 끙 하고 신음 소리를 냈다.

"포지, 이 멍청아."

"포지가 그럼 그렇지."

래퍼티 선생님이 한숨을 내쉬었다. "생각을 좀 해라, 이건. 그건 방금 내가 말했잖니. 패디의 동영상 말고 다른 사례를 한번 말해 보렴."

"어, 선생님, 선생님! 애 좀 제발 멈춰 주세요!" 갑자기 에밀리가 교실 뒤쪽의 자기 자리에서 벌떡 일어나더니 코를 골며 그녀의 책상 한쪽에 고개를 기대고 있는 게이브를 가리켰다.

래퍼티 선생님은 크게 한숨을 내쉬고는 이를 갈았다. 선생님은 교실 뒤쪽으로 걸어가서 핸드폰을 꺼내 들었다. 그리고 핸드폰을 게이브의 귓가에 가져다 대고 가장 높은 볼륨으로 알람을 울렸다.

게이브는 깜짝 놀라 의자에서 벌떡 일어났다.

"아, 오루크 군. 정신이 돌아온 걸 환영하네. 내가 다시 수업 시간에 너를 깨워야 한다면 그땐 방과 후에 남아야 할 거야."

게이브가 눈을 껌벅이며 턱에 흐른 침을 닦아 냈다.

"얘들아, 좀 말해 봐라. 그냥 사례 한 개만 말해 보라는 건데도 안 되겠니." 래퍼티 선생님이 말했다.

"트윙클 트윙크스요." 에밀리가 말했다. "뷰티 블로거예요. 조회 수가 엄청나요."

래퍼티 선생님이 휙 돌아봤다. "잘했다, 에밀리. 계속해 보렴."

"음, 그러니까 속눈썹을 물들이는 동영상을 올렸는데 바이럴로 유명해졌어요."

"속눈썹을 물들인다고? 그렇구나." 래퍼티 선생님이 난감해하며 말했다.

"그리고 블로그에 실로 눈썹을 다듬는 법도 올라왔는데, 완전 혁명적이었어요." 에밀리가 덧붙였다. 나머지 여자애들도 웅성거리며 동의했다.

또 실로 눈썹 다듬기다. 나는 다 안다는 듯 나에게 눈을 찡긋해 보이는 패디를 쳐다봤다.

래퍼티 선생님은 난감해하며 자신의 눈썹을 문질렀다. "음, 맞다. 좋은 사례구나, 에밀리. 누구 다른 사례를 알고 있는 사람?"

게이브가 벌떡 일어나 자기 오토바이 헬멧을 확 뒤집어썼다. "루크, 내가 네 아버지다."

모두 킬킬거렸다.

"루크, 내가 네 아버지다!" 게이브가 큰 소리로 말했다.

"게이브, 앉아."

"게이브는 지금 〈스타워즈〉 이야기를 하고 있는 거예요, 선생님. 새로운 〈스타워즈〉 영화요." 핀이 통역해 줬다.

래퍼티 선생님은 처음엔 아무 반응도 하지 않고 게이브가 헬멧을 벗으며 활짝 웃고는 다시 자리에 털썩 앉는 것을 그냥 보기만 했다.

"그래그래, 맞다. 그 영화의 프리뷰가 바이럴로 회자됐지." 래퍼티 선생님이 천천히 말했다.

"붐." 핀이 말했다.

"와우." 래퍼티 선생님이 깜짝 놀라 고개를 흔들었다. "내가 이런 말을 하게 되다니 믿을 수가 없지만 잘했다, 게이브."

게이브는 아무런 반응도 하지 않았다. 다시 정신이 멍해져 있었다.

래퍼티 선생님은 프로젝터 쪽으로 몸을 돌렸다. "좋아. 내 생각에는 우리가 이 동영상들을 보는 게 좋겠구나. 패디, 제일 먼저 뭘 보여 주겠니?"

패디는 늘 그렇듯 지나치게 열광적으로 뻔한 연설을 하기 시작했다. 하지만 반 아이들은 집중하지 못했다. 뭔가 소란스러운 일이 바로 밖에서 일어나고 있었다. 패디가 본격적으로 이야기를 시작하고 있는데 갑자기 커다란 비명 소리가 들리더니 날카롭게 우는 일련의 소리들이 뒤따라 들렸다. 갑자기 패디의 안색이 창백해졌다. 그는 달려가 교실 문을 열어젖혔다. "오, 안 돼!"

"무슨 일이야?" 래퍼티 선생님이 그를 뒤따라가며 말했다.

"제 돼지들이에요, 선생님. 아무래도 돼지들이 탈출한 것 같아요."

"너의…… 뭐라고?"

패디의 마케팅 '수업'의 클라이맥스는 곧 유명해질 그의 새끼 돼지 군단을 미리 구경하는 시간이 되고 말았다. 패디는 돼지들을 학교로 행진시켜 안으로 데리고 와서는 교실 밖 로커 근처에 있는 분수식 식수대에 묶어 뒀던 것이다.

나는 그 광경을 더 잘 보고 싶어 자리에서 벌떡 일어났다. TV 방송국에서 나온 카메라맨은 내 뒤에서 별로 떨어지지 않은 곳에 서 있었는데 이런 드라마 같은 장면을 화면에 담으려다가 나에게 발이 걸려 넘어질 뻔했다.

"선생님, 저것들 좀 제발 여기서 치워 주세요! 제 새 외투를 엉망으로 만들고 있다고요!" 엄청난 충격을 받은 1학년생 한 명이 바닥 쪽에 있는 자기 로커 안에서 기분 좋게 낮잠을 자고 있는 새끼 돼지 한 마리를 가리키며 비명을 질렀다.

래퍼티 선생님에게는 안타까운 일이지만 그는 이 장면을 본 첫 번째 선생님이었기 때문에 이 혼란을 혼자서 감당할 수밖에 없었다.

"선생님, 저것들한테서 고약한 냄새가 나요."

"맙소사. 돼지들이 제 점심 도시락을 먹어 버렸어요, 선생님."

다른 새끼 돼지들은 목공실 밖의 코너에서 꿀꿀거리며 음식물이 흘러나온 몇몇 점심 도시락을 정신없이 먹어 치우고 있었다.

"패디, 어떻게 좀 해 봐라." 래퍼티 선생님이 어쩔 줄 몰라 하면서 말했다.

패디는 허둥지둥 호루라기를 찾아서 크게 불었다. 하지만 새끼 돼지들은 건성으로 이리저리 움직이며 여전히 음식에 코를 박고 있었다.

"아, 이제 정말 재미있어지는구먼. 파우더 선생님 왔다." 핀이 복도를 쿵쿵거리며 걸어오는 덩치 큰 그림자를 향해 턱을 까딱하며 말했다. "아주 때 맞춰서 도착했네."

바로 그 순간 목공실의 문이 활짝 열렸다. 커다란 스크루 드라이버를 손에 든 학교 관리자 탱크 씨였다. 그는 첫 번째 새끼 돼지에게 걸려 두 번째 새끼 돼지 위로 넘어졌다. 그 바람에 그가 손에 들고 있던 드라이버가 새끼 돼지의 발을 관통했다. 새끼 돼지는 고통스러운 비명을 질렀다. 탱크 씨는 마구 욕하며 피범벅인 무기를 손에 든 채 비틀거리면서 일어났다.

여자아이들은 겁에 질려 움찔했다. 패디는 히스테리에 빠져 황급히 달려갔다.

"대체 이게 다 무슨 난리야?" 파우더 선생님이 으르렁거리는 목소리로 말했다.

"호-호." 핀이 신이 나서 말했다. "이건 완전히 아수라장인데."

파우더 선생님의 걸음이 빨라졌다. TV 촬영팀이 카메라를 그의 얼굴에 직접 들이밀었다.

"이거 내 앞에서 치우지 못해요." 파우더 선생님은 카메라를 움켜쥐다가 균형을 잃고 미끄러져 예쁘게 쌓여 있던 끈적거리는 돼지 똥 더미 위로 발라당 넘어지고 말았다.

핀은 신이 나서 손을 마주 비볐다. "오늘 대체 뭔 날이냐. 갈수록 더 재미있어지는데!"

"너네 뭐가 그렇게 신나서 보는지 모르겠다."

뒤를 돌아보자 에밀리가 한쪽 발로 바닥을 톡톡 치고 있었다.

그녀는 대혼란이 일어나고 있는 쪽으로 고개를 까닥하며 말했다. "저건 다이애나 프린스야."

핀이 눈을 가늘게 떴다. "누구라고?"

"저기 누워서 피를 질질 흘리고 내장이 쏟아져 나온 돼지 말이야. 다이애나 프린스라고. 우리의 스타 새끼 돼지."

우리는 서로를 멍하니 쳐다봤다.

에밀리는 짜증이 나서 어쩔 줄 모르겠다는 듯 자기 이마를 손바닥으로 찰싹 쳤다. "너희들은 가끔 진짜 멍청해. 저 돼지가 다른 새끼 돼지들의 리더라고. 다른 새끼 돼지들은 다 저 돼지를 흉내 낸단 말이야. 그런데 저 돼지가 없으면……."

패디의 마당에서 행진하는 돼지들의 이미지가 머릿속에 떠올랐다. 분명 다이애나 프린스가 앞장 서서 지휘하고 있었다. 나는 그제야 깨달았다. 다이애나 프린스는 이 새끼 돼지들을 하나로 묶어 주는 접착제 역할을 했다. 다이애나 프린스가 없으면 주장이 없는 팀이나 마찬가지인 것이다.

"이런 젠장. 그러니까 지금 네 말은 다이애나 프린스가 없으면 행진하는 새끼 돼지들도 다 없어질 수 있단 말이야?"

"그으래, 그럼 어떻게 될까?" 에밀리가 생각해 보라는 듯이 물었다.

나는 움찔했다. "그럼 돼지 동영상도 찍을 수 없다는 건가?"

핀이 예상하고 있던 수익들을 떠올리고 충격을 받은 듯 날카로운 비명을 토해 냈다. "돼지 동영상이 물 건너갔다고?"

에밀리가 눈을 굴렸다. "드디어 이해했니?"

프로모

"피츠패트릭 군. 아니, 웬일로 여기까지 행차하셨나?"

핀은 순진한 얼굴로 샤인 선생님을 내려다보며 미소를 지었다.
"네, 선생님? 전 여기 뮤지컬 오디션을 보러 왔는데요."

샤인 선생님이 손을 내저으며 줄을 서도록 핀을 쫓았다.

"좋아. 모두 잘 들으세요. 마지가 '푸드, 글로리어스 푸드(뮤지컬
〈올리버 트위스트〉 1막에 등장하는 곡)'를 연주할 거예요. 최대한 큰 목
소리로 노래하세요. 큰 목소리로 당당하게, 그래야 내가 들을 수
있으니까. 가사는 저기 칠판 위에 적혀 있어요."

샤인 선생님이 마지에게 고개를 끄덕이자 그녀는 피아노 연주
를 시작했다.

"기억하세요. 큰 목소리로 당당하게!"

우리가 노래를 부르자 샤인 선생님은 소대를 점검하는 훈련
담당 부사관처럼 열을 따라 차례로 걸었다. 가끔씩 걸음을 멈추
고 발끝으로 서서 귀를 쫑긋 세운 채 모든 음을 놓치지 않고 꼼
꼼하게 확인했다. 선생님이 내 쪽으로 점점 가까이 다가오자 나

는 목소리가 떨리는 것을 느낄 수 있었다. 내 옆에서는 바비 맥도나가 오리처럼 꽥꽥거리고 있었다. 하지만 선생님은 우리가 거기 서 있지도 않은 것처럼 아무 신경도 쓰지 않고 휙 스쳐 지나가 버렸다.

핀이 서 있는 곳까지 다다르자 선생님은 갑자기 자리에 딱 멈춰 섰다. 핀은 가슴을 최대한 부풀리고 고함 소리로밖에 들리지 않을 만큼 있는 대로 큰 소리를 내고 있었다. 하지만 샤인 선생님은 포커페이스를 유지하며 얼굴 표정 하나 바꾸지 않았다. 줄의 맨 끝까지 다다르자 선생님은 하이힐 끝으로 휙 돌더니 손뼉을 딱 쳤다. 마지가 피아노 연주를 멈췄다.

"나쁘지 않군요. 다시 해 봅시다. 내가 어깨를 두드리는 사람은 노래를 멈추세요."

선생님은 이번에는 줄 뒤쪽으로 우리에게 안 보이게 걸었다. 우리의 사고 판단력을 엉망으로 만들려는 거다. 나는 어깨 너머로 흘깃 훔쳐봤다. 샤인 선생님은 핀 쪽으로 다가가면서 두통이 심한 사람처럼 오만상을 하고 있었다. 선생님이 다가온 것을 느낀 핀은 한층 더 목소리를 높였고, 최대한 런던 말씨를 흉내 내면서 큰 소리로 노래를 불러 젖혔다.

샤인 선생님은 평생 남을 상처라도 받은 듯 반응했다. 선생님은 눈 깜짝할 사이에 핀의 어깨를 두드렸다. 나는 고개를 돌려 똑바로 서서 계속 노래를 불렀다.

톡톡.

"넌 그만하렴." 나는 내 어깨를 두드리는 선생님의 손길을 느꼈다.

톡톡.

"그리고 너도, 바비."

바비 맥도나― 꽥꽥이 오리― 도 떨어졌다.

톡톡.

톡톡.

톡톡.

선생님의 얼굴이 마침내 풀어졌다. "좋아. 이제 소리가 훨씬 나아졌네."

선생님은 다시 손뼉을 쳤다. 강당이 조용해졌다.

"계속 노래를 부르고 있던 사람들은 축하해요. 코러스 라인에 합격했어요. 아닌 사람들은 코러스에 남아 있을 수는 있지만 마임을 해야 해요."

"마임이라고요?" 핀이 진심으로 경악하며 말했다. "하지만 선생님, 그건 너무 치욕적이에요."

샤인 선생님이 이글거리는 눈으로 핀을 노려봤다. "개막 공연의 구빈원 장면에 등장하는 마임하는 고아들. 그게 내가 줄 수 있는 유일한 역할입니다."

"하지만 선생님, 저는 전직 모델 출신인데……."

줄 선 아이들 사이로 소리를 죽인 웃음이 터져 나왔다.

"게다가 저는 TV 리얼리티 노래 경연 오디션도 봤다고요."

샤인 선생님의 눈썹이 한껏 위로 올라갔다. 선생님은 안경을 벗고 곤혹스러운 표정으로 핀을 쳐다봤다. "정말이니? 그래서 오디션에 합격했니?"

핀이 한숨을 쉬었다. "음. 아니요."

킬킬거리는 소리가 더 커졌고 과장된 웃음소리들이 연이었다.

"심사위원들이 뭐라고 평했는지 물어보세요, 선생님."

나는 뒤를 돌아봤다. 아이들의 무리가 갈라지며 핀을 물고 늘어질 준비가 된 킴벌리 파렐의 모습이 드러났다.

'원한에 사무친' 킴벌리 파렐이다. 핀에게 피해를 입은 아이들 중 가장 악명 높은 한 명이다. 핀은 1학년 우승컵 결승전 날에 의식이라도 치르듯 확성기로 동네방네 떠들며 킴벌리를 차 버렸다. 그 후로 킴벌리는 핀을 잡아먹지 못해 안달이었다.

샤인 선생님이 홀을 내려다봤다. "킴벌리, 뭐가 그렇게 재미있니?"

"심사위원들이요. 어…… 심사위원들이 재한테 뭐라고 했는지 방금 떠올랐거든요, 선생님." 킴벌리가 더듬거렸다. 연기를 하고 있는 거다. "그때 뭐라고 했었지, 피츠패트릭? 여우가 울부짖는 소리라고 했었나?"

샤인 선생님이 핀을 향해 돌아서며 팔짱을 꼈다. "말해 보렴.

우리 모두 심사위원들이 뭐라고 했는지 듣고 싶구나."

핀이 불편한 듯 어깨를 돌렸다.

"피츠패트릭 군?"

핀은 시선을 정면에 고정했다.

"인터넷에 올라와 있어요, 선생님." 킴벌리가 히죽 웃으며 핸드폰으로 손을 뻗으면서 덧붙였다.

"알았어, 알았어." 핀이 어깨를 늘어뜨리며 말했다. "심사위원들이 제 노래를 듣고 마치 최신 보이밴드의 해체 소식에 10대 소녀들이 울부짖는 소리랑 죽은 고양이를 놓고 여우들이 싸우는 소리가 교차되는 것 같다고 말했어요."

샤인 선생님은 이죽거리는 미소를 지으며 말했다. "그럼 우리 이야기는 그걸로 결론이 난 셈이로구나."

줄 선 아이들 사이에서 들리던 숨죽인 웃음소리가 히스테릭한 웃음소리로 바뀌었다.

"안됐지만 불합격이다." 선생님이 나를 가리켰다. "너희 둘 다 나가렴. 당장."

"하지만 선생님, 저는 마임으로도 만족해요." 내가 항의했다.

샤인 선생님은 손을 번쩍 들었다. "안 돼. 이 뮤지컬은 진지한 일이야. 망칠 여지를 둘 수 없다."

나는 굳이 토 달지 않았다. 그때 강당 한쪽에서 코비가 우리에게 미친 듯이 신호를 보내고 몸을 굽히는 것이 흘깃 보였다.

"너희들 여기서 뭐 하는 거야?" 코비가 의아해하는 얼굴로 강당을 훑어보며 물었다.

나는 코비를 쿡 찔렀다. "왜 이래 코비, 학교 뮤지컬이잖아. 일주일에 두 시간은 확실히 수업을 빼먹을 수 있다고."

"공연 개막 준비 기간이 되면 수업을 더 많이 빼먹을 수 있어. 근데 우린 기회를 놓쳐 버렸어." 핀이 앓는 소리를 냈다. "망할 놈의 킴벌리 파렐이 방정맞게 입을 놀려대는 바람에."

나는 입술을 깨물었다. "그럼 네 노래는 흠잡을 데가 없었단 거야?"

"음, 너희들 기분을 북돋아 줄 소식이 있어." 코비가 말했다. 그는 우리 손에 빳빳한 재활용 곽을 하나씩 쥐여 주며 눈을 반짝였다. "우리의 첫 번째 배당금이야. 여기서 열어 보지 마."

핀의 얼굴이 다시 활짝 폈다. "얼마야?"

"75."

"좋은데." 나는 내 첫 투자금을 거의 회수한 셈이었다.

핀이 코웃음을 쳤다. "쥐꼬리네."

"왜 이래, 핀. 시작이 아주 괜찮은데."

코비가 고개를 끄덕였다. "그래. 느긋하게 생각해, 핀. 느긋하게 생각하자고."

"좀 더 박차를 가해야 해. 대박을 칠 강타자들을 끌어들여야 한다고. 특히 패디의 돼지들 주가가 폭락하게 된다면 더더욱 말이야."

코비가 핀을 물끄러미 봤다. "너 못 들었어?"

"뭘 못 들어?"

"돼지들 소식 못 들었어?"

핀의 얼굴이 창백해졌다. "제발 말하지 마. 결국 돼지고기 다 짐육이 돼 버린 거야?"

"아니면 베이컨?" 내가 끼어들었다.

코비가 고개를 내저었다. "아냐, 얘들아. 들어 봐. TV 촬영팀이 '학교를 아수라장으로 만든 새끼 돼지들' 사건을 전부 다 찍은 거 알지?"

우리는 고개를 끄덕였다.

코비의 목소리가 흥분으로 떨렸다. "방송국 사람들이 그걸 실생활 다큐멘터리 광고로 업로드했어. 인터넷에 쫙 깔렸다고. 그리고 누가 그 쇼의 스타가 됐는지 맞혀 봐."

"파우더 선생님?"

"아니. 당연히 다이애나 프린스지. 우리의 절름발이 새끼 돼지."

핀의 입이 쩍 벌어졌다. "말도 안 돼. 챔피언!"

"그건 그렇고, 파우더 선생님도 그 뒤를 바짝 따르고 있어."

나는 눈을 데굴데굴 굴렸다. "그 TV 촬영팀이 파우더 선생님이 삐끗해서 돼지 똥 무더기 위로 미끄러지는 장면을 아주 멋지게 찍었지."

"그리고 바로 그 뒤를 이은 파우더 선생님의 전형적인 고함 소리도." 코비가 말했다.

나는 동영상 사이트에 로그인하려고 핸드폰을 꺼냈다. "그래, 또 우리가 뭘 놓쳤니?"

"글쎄. 광고로 방송된 뒤로 패디는 다이애나가 상처를 어떻게 회복하고 있는지 보여 주는 동영상을 올리고 있어. 다이애나는 붕대를 감은 그 작은 발목을 질질 끌면서 마룻바닥을 가로지르고 말이야. 인기 폭발이야."

나는 코를 찡그렸다. "다리 세 개인 새끼 돼지가 이 정도로 영웅이 될 줄 누가 생각이나 했을까?"

"핵심적인 팔로워 무리들이 생겼어. 패디는 이런 추세라면 전체 온라인 채널을 다이애나에게 할애할지도 몰라."

"패디는 학교 건물 안에 그 돼지들을 데려오는 게 위험하다는 걸 분명 알고 있었을 거야." 내가 의미심장하게 말했다.

"위험을 감수한 보람이 있었지 뭐." 코비가 말했다. "어쩌면 약간 소동이 일어나길 바랐는지도 몰라."

"물론 돼지가 드라이버에 찔리게 될 줄은 몰랐겠지." 핀이 말했다. "그건 기대하지 않았던 보너스야."

"그럴 리가 없어. 패디는 그 돼지들을 사랑한다고."

"걱정했잖아, 코비. 나는 돼지들한테 투자한 게 완전히 물 건너간 줄 알았다고." 핀이 혀를 내밀었다. "그 쪼끄만 새끼 돼지들이 하룻밤 사이에 우리 이윤을 두 배로 불려 줄 수도 있어. 모두 승자인 셈이네."

"음, 래퍼티 선생님만 빼고. 파우더 선생님의 보복이 만만치 않았을걸."

"하. 래퍼티 선생님은 카메라 앞에서 폼을 잡고 있었던 거야."

나는 핀을 쳐다봤다. "그렇게 생각해?"

"당연하지. 만약 방송국에서 오지 않았더라면 그 프레젠테이션을 하라고 패디를 불러들였을 리가 없잖아. 이번에 아주 호되게 당한 거지."

"아냐, 그러기엔 래퍼티 선생님은 너무 지적이야."

"날 믿어. Z-리스트 라디오의 유명인사로는 만족하지 못해서 이제 TV 출연에 눈독을 들인 거라고."

래퍼티 선생님은 나중에 비즈니스 스터디 수업 시간에서 세 발 새끼 돼지 사건 전체가 바이럴 마케팅의 인상적인 사례라고 마지못해서 인정했다. 그리고 그 사건으로 파우더 선생님이 그렇게나 좋아했던 옅은 파란색 양복은 돼지 피와 똥으로 얼룩져 영영 엉망이 돼 버렸는데, 래퍼티 선생님은 그 옷 때문에 몇 번이고 파우더 선생님의 언어 폭격을 견뎌 내야만 했다고 자기도 모르게 고백했다.

로치 멀그루

"뭐가 그렇게 재미있냐?" 나는 키득거리며 옹기종기 모여 있는 여자아이들 무리에 펄쩍 끼어들었다. 여자아이들은 모두 꺅 비명을 지르며 즉시 등 뒤로 핸드폰을 숨겼다.

"쟤네들 대체 왜 저래?" 매점 식탁에 앉아 있는 아이들 쪽으로 어슬렁거리며 걸어가면서 내가 물었다.

"태그드 앱. 쟤네들 그거에 완전히 푹 빠졌다니까."

파블로가 시끄럽게 끙 소리를 냈다.

핀이 파블로에게 헤드록을 걸더니 머리를 마구 헝클어뜨렸다. "불쌍한 파블로. 완전히 괴롭힘을 당하고 있다니까. 너무 여러 번 태그당해서 프로필을 아예 한꺼번에 삭제해 버려야 했어."

"아주 미칠 지경이라고, 애들아." 파블로가 몸을 흔들어 핀을 떨치며 말했다. "걔들은 무슨 늑대 무리 같아. 여자애들이 나를 완전히 포위했어."

나는 웃음을 터뜨렸다. 파블로에게는 아무런 동정심도 느끼지 못했다. 잘생겨서 고달픈 녀석.

"태그드가 이렇게 성공적일지 미처 몰랐는걸." 나는 누가 태그드에 투자하도록 이끈 일등 공신인지 떠올리길 바라며 핀 쪽을 돌아보고 말했다. 하지만 핀은 핸드폰으로 문자를 보내느라 정신이 팔려 눈치를 채지 못했다.

"정말 믿을 수 없을 정도야, 친구." 핀 대신 파블로가 대답했다. "거의 전교생이 다운로드했더라고."

"진짜야?"

파블로가 나를 쳐다봤다. "너 태그드에 가입 안 했니?"

나는 고개를 저었다. 프로필을 만들려고 시도했다가 실패한 후로 그냥 관둬 버렸다. 뭐, 별로 내 취향도 아니었고.

"내가 충고하는데. 절대 가입하지 마, 친구."

핀이 힐끗 고개를 들어 나를 봤다. "흥. 루크는 너랑 똑같은 문제를 겪을 일은 없을 거야, 파블로. 호날두가 아니니까."

나는 가슴을 부풀려 보이며 눈을 찡긋했다. "이 탄탄한 몸을 보고도?"

사실 앱을 론칭한 후 나는 그게 어떻게 돼 가고 있는지 제대로 확인해 보지도 않았다. 이 일을 코비에게 그냥 맡겨 뒀다. 나는 머리를 흔들고는 태그드에서 얻을 수 있는 이익이 얼마인지 정확히 알아보기 위해 코비를 만나야겠다고 머릿속에 새겨 뒀다.

나는 팔꿈치로 핀을 쿡 찔렀다. "누구한테 문자 보내는 거냐?"

"너는 알고 싶지 않을 거다, 루키."

"아하, 여자애한테 보내는구나. 태그드에서 매칭된." 파블로가 호들갑스럽게 눈을 깜박거렸다. 나는 핀을 곁눈질하며 카테리나와 여전히 사귀고 있을까 궁금해했다.

"너희가 물어보기 전에 말하는데, 여전히 사귀고 있단다." 핀이 재빨리 확인 사살하며 파블로를 노려봤다. "쓸데없는 소문 내지 말라고."

하지만 파블로는 이미 벌떡 일어나 매점에 길게 늘어선 줄 쪽으로 가고 있었다.

"그거 새 핸드폰이야?"

핀이 부끄러운 듯 고개를 끄덕였다. "응, 새로 샀어."

나는 핸드폰을 집어 들었다. "우와, 핀. 이거 최신 안드로이드폰이잖아. 가격이……."

"아, 알았어, 알았어." 핀이 황급히 대답했다. "그냥 나 자신한테 선물을 좀 해 주자고 생각했어."

나는 휘파람을 불었다. "이미 돈을 펑펑 쓰고 있구나."

핀이 씩 웃었다. "왜 안 돼? 곧 돈이 밀려들어 올 텐데. 우리가 손대는 것마다 노다지라고."

핀의 말이 맞았다. 우리는 승승장구하고 있는 듯 보였다.

핀이 핸드폰을 다시 가져갔다. "사실대로 이야기할게. 네가 꼭 알아야겠다면 말이야. 내가 지금 문자를 보내고 있는 사람은 로치 멀그루야." 핀이 조그맣게 속삭이며 나에게 화면을 보여 줬다.

"당첨금을 청산하기 위해 대출이 필요하대."

"멀그루라고?" 나는 눈을 가늘게 떴다. 로치 멀그루는 학교 내에서 가장 규모가 크고 유혹적인 도박금 장부를 운영했다. 짭짤한 수입을 얻을 만큼 충분히 관심을 끈다고 여겨지는 게 있으면 무엇이든지 내기를 걸었다. 마지막으로 그와 마주했을 때 나는 매년 있는 선생님들과 6학년생들 간의 테이블 퀴즈 대회의 결과에 돈을 걸었다가 20파운드를 잃었다. 전문 주제는 스포츠였다. 당황스럽게도 선생님들은 압승을 거뒀고 올해 6학년생들이 멍청이들이라는 것을 보여 줬다.

"로치라면 생각해 볼 만하지. 근데 너도 알다시피 걔는 엄청 변덕스럽잖아. 완전 기회주의자라고. 그리고 걔는 시내에서 왔다고. 누구랑 뭐 하고 돌아다니는지도 우린 전혀 모르잖아."

"곧 큰 건이 있는 것 같아." 핀이 말했다. 내 말을 무시하기로 작정한 듯했다. "아주 짭짤한 건이야."

나는 미심쩍은 눈길로 핀을 바라봤다. "뭔데? 내기?"

"아직 말 안 했어. 만나서 의논하고 싶대."

"요~ 얘들아." 게이브가 나타나 우리 반대편에 털썩 앉았다. 그는 커다랗고 녹슨 비스킷 깡통을 꺼내더니 뚜껑을 열었다.

"뭐 하는 거야?" 나는 깡통 안을 살피려고 몸을 굽히며 말했다. 깡통 안은 텅 비어 있었다.

"점심." 게이브가 태평스럽게 말했다. 그는 테이블 위에 커다란 샐러드 봉지 세 개를 내려놓더니 차례차례 깡통 속에 쏟아부었다.

핀이 깡통을 쿡 쳤다. "대체 이건 뭐야?"

"샐러드."

핀이 고개를 저었다. "그건 알겠는데, 대체 왜 게이브 네가 산더미 같은 양배추를 먹고 있냐고."

"코치님이 녹색 채소를 더 많이 먹으래."

"음, 그래. 녹색 채소로 가득하니 됐네."

"문제는 내가 샐러드를 싫어한다는 거야."

"지금 뭐 하는 거야?"

게이브는 이를 상하게 하는 슈퍼마켓 브랜드의 값싼 콜라를 꺼내더니 샐러드 채소 위에 마구 뿌려 댔다. 그러고는 콜라를 한 모금 마시고 꺼억 트림을 내뱉더니 플라스틱 포크를 집어 들고 샐러드를 먹기 시작했다.

"문제 해결." 게이브는 이 사이에 녹색 찌꺼기가 가득 낀 채로 활짝 웃으며 말했다.

$$\$ \$ \$$$

로치 멀그루는 드라마틱하게 손을 번쩍 올렸다. "스피디 오닐 대 모세스 오바야. 최종 승자는."

핀이 숨을 헉 들이마셨다. "오바야? 그 5학년?"

"맞아."

"걔는 로켓처럼 빠르잖아."

"그렇지."

"달리기야?"

"이런, 아니야. 그건 너무 지루하지." 로치가 혀를 차며 말했다.

"그럼 뭐야?" 핀이 초조하게 물었다.

로치가 눈을 빛냈다. "페널티킥 대결이야. 먼저 5점을 득점하는 쪽이 이기는 거야."

나는 휘파람을 불었다.

"오바야가 눈 감고도 이길걸." 핀이 말했다. "의심할 여지 없이 전교 최고의 스트라이커잖아. 아니, 실제로 전국 최고일 거야."

"나라면 그렇게 자신하지는 않을 거야, 핀." 로치가 말했다. "둘은 그야말로 막상막하라고. 넌 어느 쪽에 걸겠어, 루크? 너야말로 미드필드에서 스피디에게 공을 넘겨주는 역할을 하고 있잖아."

나는 크게 숨을 내쉬었다. "지금까지 실적으로 보면 스피디는 최근 우리가 뛴 모든 경기에서 아주 잘했어. 분명 오바야의 골 기록을 거의 따라잡았을걸. 글쎄, 정말 둘 사이에 큰 차이는 없을 것 같다."

"맞아." 핀이 말했다. "하지만 오바야는 정말 뛰어난 마지막 주자란 말이야."

"스피디의 마무리도 올해 들어 엄청 좋아졌어." 내가 반박했다. "게다가 스피디는 요즘 경기장에 천막을 치고 지낼 기세인걸. 연습을 진짜 많이 한다고."

핀이 허공에 주먹을 날렸다. "빌어먹을. 로치, 너 그럼 아주 보석 같은 라인업을 짠 거로구나. 학교 최고의 스트라이커들 맞대결이네. 스피디 대 오바야."

"오바야가 정말 하겠다고 했어?" 소문에 의하면 오바야는 꽤 진지한 성격인 듯했다. 그런 오바야가 과연 로치나 우리 일당들과 엮이고 싶어 할지 매우 의심스러웠다.

로치는 느릿느릿 웃으며 앙상하게 성긴 머리카락을 흔들었다. "아직은 아니지. 바로 그래서 너희들이 필요한 거야, 루크. 너희가 오바야를 좀 꼬셔 줘야겠어."

"너는 할 수 없어?" 나는 어째서 로치가 우리를 끌어들이려는 건지 궁금해하며 물었다.

로치가 콧방귀를 뀌었다. "아아, 오바야는 나랑은 말도 안 하려고 할걸. 걔는 나를 인간쓰레기 취급해."

로치는 뒤로 기대며 끌을 움켜잡았다. 우리는 목공실 뒤에 서서 그가 뒤죽박죽 섞인 대각선 모양으로 놓인 나무 조각에 홈을 조각하려는 모습을 지켜봤다.

"뭘 만드는 거야? 로치?" 핀이 얼굴을 찡그리며 물었다.

"작은 발판이야."

"정말? 근데 이건 삼각형 모양인데?"

로치가 씩 웃었다. "맞아, 아직 만드는 중이야."

"그럼 대출에 관한 얘긴 뭐야?" 내가 물었다.

"그냥 얼마 안 되는 돈이야, 얘들아. 내기 배당금을 나눠 주려면 300달러 정도가 필요하거든. 누가 아주 운이 좋았단 말이야. 우리 도박 중개자들한테는 언제나 안 좋은 소식이지만."

"300이라고." 나는 눈을 동그랗게 뜨고 핀을 봤다. 지금까지 우리가 대출해 준 것 중에 가장 큰 금액이다.

로치가 내 표정을 봤다. "이봐, 나는 돈 계산은 정확하다고. 이번 페널티킥 대결 내기로 이자를 쳐서 갚을 거야."

"걱정 마. 틀림없이 빌려줄 테니까. 300달러는 이제 네 거야." 핀이 안심시켰다. "코비에게 서류 작업을 하라고 할게."

"워, 잠시, 먼저 계산을 좀 해 봐야 할 것 같아, 로치." 나는 핀이 완전히 경솔한 결정을 내리기 전에 얼른 끼어들어 말했다. "상의해 보고 며칠 후에 곧 알려 줄게."

핀이 못마땅한 듯 나를 노려봤지만 신경 쓰지 않았다.

"아아, 그래, 루크. 하지만 너무 오래 끌지는 마."

"그런데 이 페널티킥 대결 말이야. 언제 어디서 하는 거야?" 대화 주제를 돌리기 위해 내가 물었다.

"3주 후 우승컵 시합이 끝나고 나서. 아마 지역 경기장에서 열리겠지."

"좋아." 나는 끝을 집어 들고 모서리를 손가락으로 쓸어 봤다. 여전히 로치와 엮이는 게 괜찮을지 의심스러웠다. 그는 우리가 잘 알지 못하는 상대였다. "그럼 계약 조건이 뭐야? 만약에 우리가 오바야를 시합에 끌어들인다면?"

"경기에 건 모든 판돈에서 나온 수익금 중에 일부를 주지." 로치가 즉시 답했다.

만약 모든 게 계획대로만 된다면 상당한 금액이 될 거다. 나는 로치의 뒤에서 신이 나서 벌써 자축의 춤을 추고 있는 핀을 바라봤다.

로치는 뒤로 물러나서 자기가 한 작업을 감탄하듯 바라봤다. "너희들도 판돈을 걸래?"

핀이 손을 마주 비볐다. "당연하지, 로치. 당연히 그래야지. 난 오바야에게 돈을 걸 거야."

희미하게 종이 울리는 소리가 들렸다. 나는 핀을 쿡쿡 찌르고 문 쪽으로 갔다.

"아, 그건 그렇고 얘들아. 내가 여자 주니어 하키팀 경기에 내기를 걸었거든. 혹시 관심 있니?"

나는 얼굴을 찡그렸다. "아니. 가자."

핀의 얼굴이 생기를 띠었다. "잠깐만, 확률은 어떤데, 로치?"

로치는 발판에서 고개를 들었다. "음, 너희도 여자 하키팀이 다음 경기에서 세인트 메리랑 대결하는 거 알지? 그 기계 인간

톤즈 투히가 수비수로 있는 팀 말이야. 그렇지만 동점에 배당금을 가장 많이 주고 있어."

"우리 팀에는 누가 있는데?" 핀이 물었다.

로치가 선수 명단을 읊어 줬다.

핀은 케이티 도일의 이름을 듣더니 미소를 지었다. "아아아, 루크의 여자 친구네."

로치의 눈이 휘둥그레지더니 내 쪽으로 몽당연필을 획 던졌다. "말도 안 돼. 그런데도 그렇게 암말 안하고 잠자코 있었구나. 모리세이, 이 짐승. 페어플레이를 해야지."

나는 얼굴이 발갛게 달아오르는 걸 느꼈다. "내 여자 친구 아니야. 난 걔를 잘 알지도 못한다고."

"그럼 곧 여자 친구가 될 아이라고 해 두자." 핀은 내 팔을 질질 끌고 걸어가며 계속해서 떠들어 댔다. "작업 중이거든."

로치의 눈썹이 올라갔다. "아하, 그래. 그럼 이 발 받침대랑 비슷한 상태구나? 나도 지금 이걸 작업하는 중이거든."

"이건 엄청난 로맨스야. 이쪽을 눈여겨보라고, 로치." 핀이 내 머리카락을 헝클어뜨리며 로치를 향해 말했다.

"좋아, 좋아. 그럼 어떻게 될지 보고 거기에 판돈을 걸어야겠다. 어때?" 로치가 입이 귀에 걸리도록 싱글싱글 웃으며 소리쳤다.

골든 티켓

머커 맥그래스가 얼굴을 찌푸렸다. 그는 뒷문의 자물쇠를 사납게 만지작거렸다. "안전한 거 확실해? 이 장비는 진짜 비싼 거라고."

핀이 정육점 주위로 손전등을 이리저리 비췄다. "주위를 한번 둘러봐. 자존심이 있는 도둑이라면 여기 발을 들일 리가 없어."

머커는 코를 훌쩍이며 마치 자기 아기들이라도 되는 것처럼 갈색 상자들을 손으로 어루만졌다. 그는 몸을 돌리더니 핀에게 50유로짜리 지폐 뭉치를 던졌다.

핀이 돈을 내게 건넸다. 내가 다시 돈을 코비에게 전달하자 그는 돈을 세기 시작했다.

"걱정하지 마, 머커." 핀이 태평스럽게 제일 가까이 놓인 상자 위에 털썩 주저앉았다. "여기는 아주 오랫동안 비어 있었어. 아무도 가까이 오지 않는다고."

머커가 약간 긴장을 풀었다. "고마워, 얘들아. 상자들을 아무 데나 둘 수는 없었어. 확장 공사를 하느라 인부들이 집에 막 드나들고 해서 말이야."

"이제 계산 다 끝났어." 코비가 이렇게 선언하고는 머커에게 고개를 끄덕이고 다시 지폐를 돌돌 말았다.

머커가 고개를 끄덕였다. "그럼 내가 이 장비들을 되찾아야 할 땐 어떻게 하면 되지?"

"그냥 나한테 전화하면 내가 와서 열쇠로 따 줄게. 복잡할 거 없어." 핀이 쉽게 말했다.

머커가 체중을 다른 쪽 발로 옮겼다.

"괜찮아, 머커?" 머커가 불편해하는 걸 눈치채고 내가 물었다.

머커는 조용히 등에 멘 가방을 내려놓더니 또 다른 신발 상자를 꺼냈다. 뚜껑을 열자 희미하게 빛나는 카드들로 가득 찬 갈색 봉투가 드러났다. 머커가 카드 한 장을 꺼내 들자 핀이 그걸 낚아챘다.

"데이비드 로메로를 만나세요. 세상에 맙소사. 루크, 데이비드 로메로야."

핀이 눈을 빛내며 흥분해서 더듬거렸다. 입에 침이 고이는 것 같았다.

"머커, 이 자식, 이 티켓들은 완전 금덩이들이야."

나는 핀의 어깨 너머로 카드를 읽었다. "피, 땀 그리고 눈물' 스포츠 숍에서 데이비드 로메로와 일대일로 만나세요."

"멋지지, 응?" 머커가 끼어들었다.

나는 휘파람을 불었다. "대박. 진짜 멋진데. 로메로는 지난 시즌 프리미어 리그에서 가장 높은 평가를 받은 선수라고. 게다가 이번 시즌에서 이미 골을 뻥뻥 터뜨리고 있고."

"완전 대박이지. 내 점수표는 이미 최고점을 찍었어." 핀이 자랑스럽게 말했다.

머커는 무슨 말을 하는지 몰라 혼란스러운 듯 핀을 쳐다봤다.

"판타지 풋볼 말하는 거야." 내가 설명했다.

머커는 여전히 잘 모르겠다는 표정으로 고개를 끄덕였다.

"넌 프리미어 리그 팬은 아니구나?" 내가 물었다.

머커가 입술을 씰룩거렸다. "응, 별로 내 취향은 아니야. 그저 사업을 위해서 시합을 보려고 하는 정도지."

"그러니까 로메로가 정말 여기에 오는 거야?" 나는 다시 한번 티켓을 바라보며 의심스럽게 물었다.

머커는 어깨를 으쓱했다. "그 가게에서 진행하는 프로모션 행사인가 봐."

"근데 이것들은 어떻게 구했어?"

"삼촌한테서. 근데 문제는 앞으로 몇 주 동안은 팔지 못한다는 거야. 이 행사가 공식적으로 발표될 때까지는 말이야. 그래서 이것들도 보관할 수 있는 안전한 곳을 찾고 있었어."

"더 찾을 필요 없어, 머커." 핀이 팔을 활짝 펼치며 말했다.

머커가 확신이 서지 않는 듯 핀의 손에서 티켓을 도로 낚아챘다.

핀이 손가락을 딱 튕겼다. "좋은 생각이 있어."

그는 벌떡 일어나 더러운 스테인리스 스틸 싱크대로 다가가더니 싱크조의 양쪽 끝을 당겼다. 몇 번 세게 잡아당기자 싱크대에서 싱크조가 분리됐다.

핀이 오래된 수도관의 안쪽을 가리키며 말했다. "티켓들을 저 안에 숨겨."

머커가 수도관에 물기가 없는지 확인하기 위해 파이프 안쪽에 손가락을 넣어 휘저었다.

"물은 안 나와. 수도 펌프가 잠겨 있거든." 코비가 머커를 보며 말했다.

핀이 싱크대를 걷어찼다. "여기는 버려진 곳이야. 아무것도 작동을 안 해."

머커는 생각에 잠긴 듯 자기 이마를 문질렀다. "너희들 로메로에 관한 비밀을 지켜 줄 수 있어?"

"물론이지." 핀이 자신 있게 말했다.

나는 머커의 얼굴을 바라봤다. 머커가 정말 묻고 싶은 게 뭔지 알 수 있었다. '저 녀석들을 믿을 수 있을까?' 아마도 그는 우리가 자기 장비들과 티켓을 나눠 가지지는 않을지 걱정하는 걸 거다.

나는 머커의 눈을 똑바로 바라봤다. "걱정하지 마, 머커. 우린 신뢰할 수 있는 동료들이야."

그는 고개를 끄덕이며 계속 내게서 눈을 떼지 않았다.

나는 핀의 어깨 위에 손을 올렸다. "이 쓰레기 같은 녀석은 어떨지 잘 모르겠지만, 어쨌든 나랑 코비는 믿어도 돼." 나는 분위기를 가볍게 해 보려고 말했다.

핀이 씩 웃었다. "하, 아주 재밌고만."

머커는 잠시 멈칫하더니 갈색 봉투를 단단히 말아서 수도관 속으로 깊이 밀어 넣었다. 잠시 후 그가 다시 일어서서 고개를 끄덕이자 핀이 싱크조를 제자리에 끼워 놓았다.

"그럼 우리도 티켓을 받을 수 있을까, 머커? 우리가 여러모로 네 편의를 봐주고 있으니까 말이야?"

머커가 핀을 보고 기다리고 있었다는 듯 천천히 웃었다.

"티켓 한 장 줄게. 너희끼리 싸워서 이긴 녀석이 가져."

$$\$ \ \$ \ \$$$

"에밀리에게는 입도 뻥긋하지 마. 이건 정말 우리 세 명만의 비밀이야."

나는 핀을 쳐다봤다.

"뭐가? 물품이랑 티켓을 보관해 주기로 머커랑 약속한 건 어차피 은행이랑 아무 상관도 없다고." 핀이 방어적으로 말했다.

나는 코비가 어떻게 나올지 기다렸지만 그는 그저 어깨를 으쓱하더니 머커에게 받은 돈을 삼등분으로 나눠 우리에게 한 다

발씩 쥐여 줬다.

나는 코비의 손목을 움켜잡았다. "새 손목시계야, 코비?"

코비의 얼굴이 환해졌다. "응, 이거 터치스크린이야. 한번 볼래?" 그는 신이 나서 다른 화면을 쓸어 넘겨 보여 줬다.

"비싸?"

코비가 고개를 끄덕였다. "하지만 그만한 값어치가 있지. 어쨌든 이 돈 벌어서 다 뭐해? 써야지, 안 그래?"

"부모님이 이거 봤어?"

"부모님한테는 할인점에서 샀다고 말했어."

"근데 부모님이 그 말을 실제로 믿었단 말이야?"

코비가 어깨를 으쓱했다. "넌 뭐 샀어?"

"아직 아무것도 안 샀어."

"전혀? 아무것도?" 핀이 못 믿겠다는 듯이 물었다.

나는 손톱을 물어뜯었다. "그게 바로 자기 통제력이라는 거란다. 핀."

사실 수중에 들어오는 돈으로 무엇을 해야 할지 확신이 서지 않았다. 우리는 이미 은행으로부터 또 다른 이익금을 나눠 받았다. 이번에는 사려 깊게도 반짝거리는 금색 포장지로 포장돼 있었다. 센스 있는 코비의 서비스였다.

이런 작은 돈뭉치들이 내 침대 매트리스 밑에 꾸준히 쌓이고 있었다. 하지만 그러는 동안에도 아래층의 우리 부모님은 무일

푼 신세였다. 집안에 돈이 나올 구석이라곤 없었다. 엄마는 마치 핵전쟁으로 지구 종말이라도 온 것처럼 갑자기 싸구려 토마토 수프 캔을 비축했다. 지구 종말이 왔을 때 어쩌면 쓸모가 있을 정신 산만한 오렌지색 캔을 천장까지 가득 쌓아 올린 지하 생존 벙커로 들어가게 되는 건 아닐까 하고 반쯤은 기대했을 정도다. 하지만 엄마가 토마토 수프 캔을 사들인 건 그렇게 흥미로운 사건 때문은 아니었다. 그저 슈퍼마켓에서 토마토 수프 캔을 대량으로 구매하면 큰 폭으로 할인을 해 주기 때문이었다.

아빠 또한 위태위태한 상태였다. 어느 날 나는 아빠가 텅 빈 TV 화면에 대고 리모컨 버튼을 마구 눌러 대는 것을 우연히 목격했다. 차 얼룩이 밴 더러운 컵들에 둘러싸여 지난 크리스마스 비스킷 깡통에 남은 부스러기들을 씹어 대면서 말이다. 걱정스럽게도 TV는 심지어 전원에 연결돼 있지도 않은 상태였다.

암울하고 절망적인 느낌이었다.

"지극히 멍청한 짓이지." 핀이 내 생각을 방해하며 놀려 댔다.

"사실은 새 옷이나 좀 장만할까 생각하고 있어." 나는 거짓말을 지어내며 핀을 무시했다.

"그래, 새 운동복을 사는 것도 좋겠다." 코비가 격려하듯 전에는 상태가 훨씬 좋았던 내 후드티 쪽으로 고개를 기울이며 말했다.

나는 얼굴을 찡그렸다. "하지만 내가 비싼 옷을 입고 집으로 돌아가면 부모님이 분명 눈치 챌 거란 말이야. 우리 엄마가 어떤지 알잖아."

"매의 눈을 가지셨지." 핀이 말했다.

"바로 그거야. 모든 걸 눈치 챈다고." 비록 엄마 아빠는 최근에 너무 다른 곳에 정신이 팔려 있어서 아마 빨래통에 새 옷이 들어 있어도 눈 하나 깜짝 안 할 것 같았지만 나는 그렇게 말했다.

"뭐, 나는 내가 뭘 할지 정확하게 알아." 핀이 손가락 사이로 50유로 지폐를 문지르면서 눈을 빛냈다.

우리는 핀을 쳐다봤다.

"쓰고, 쓰고, 또 쓸 거야."

스펙스 콜론

에밀리는 거의 포기하겠다고 선언할 준비가 된 것처럼 보였다. "콘니치와."

패디 타란티노가 얼굴을 찡그렸다. "아니, 아니야. 곤니-치-와."

"내가 방금 그렇게 말했잖아."

"곤니-치-와."

"빌어먹을, 내가 방금 바로 그렇게 말했다고. 패디. 이 멍청아." 에밀리가 씩씩대며 말했다.

"알았어. 진정해, 진정해. 자, 다시 한번 해 보자."

패디가 팔꿈치로 나를 쿡 찔렀다. 나는 다시 한번 에밀리 쪽으로 마이크를 디밀었다.

에밀리는 다시 시도했다. "콘니-치-와."

패디가 고개를 저었다.

에밀리는 풀이 죽은 표정으로 한숨을 내쉬었다. "대체 내가 왜 일본어를 하고 있는지 다시 한번 설명해 줄래?"

"하려고 시도하고 있는 거지." 내가 끼어들었다.

"왜냐하면 내 새끼 돼지들이 더 국제화돼야 하니까. 그래야 내가 돈을 더 벌 수 있다고."

"우리가 돈을 더 벌 수 있는 거지." 내가 명랑한 목소리로 패디의 말을 정정했다.

하지만 지금도 우리는 너무 많은 돈을 벌어들이고 있어서 얼마나 벌어들이고 있는지 알 수 없을 정도였다. 그런 생각만 해도 소름이 돋았다. 핀은 반대였다. 나는 '수익'이라는 말이 나올 때마다 핀이 좋아서 속으로 공중제비를 넘는 걸 볼 수 있었다.

"나는 네가 새끼 돼지들한테 목소리를 내게 한다는 사실도 몰랐어, 패디." 나는 다시 새끼 돼지들을 떠올리며 말했다.

"그래, 돼지들은 고개를 끄덕일 수 있어. 마치 서로에게 인사하는 것처럼 말이야." 패디는 자랑스러워하는 부모라도 된 듯 말했다. "나는 새끼 돼지들이 '안녕'이라고 말하게 할 거야. 그리고 다른 말도 몇 마디 더."

에밀리가 고개를 들어 쳐다봤다. "그러면 정확히 왜 내가 필요한 거야?"

"여러 가지 동영상을 섞으려면 여자 목소리를 들려줘야 하니까."

나는 씩 웃었다. "성 평등이지."

"바로 그거야."

"패디, 얼마나 더 오래 걸려?" 고개를 들자 문가에 주근깨로 잔뜩 뒤덮인 창백한 얼굴이 보였다.

패디가 몸을 홱 돌렸다. "스펙스, 우리 이제 막 시작했다고."

주근깨투성이 얼굴이 쯧 하고 혀를 차더니 사라져 버렸다.

"쟤는 누구야?" 내가 물었다.

"스펙스 콜론. 쟤네 아빠가 여기에 농장을 가지고 있어. 하지만 스펙스가 다른 모든 걸 맡고 있다고 할 수 있지."

"쟨 기저귀 막 뗀 것처럼 보이는데." 에밀리가 눈썹을 치켜세우며 말했다. "내가 장담하는데 잘해 봐야 열 살일걸."

패디가 눈을 깜박였다. "거의 맞췄네. 쟤는 열한 살이야."

나는 휘파람을 불었다. "싼 노동력이군."

패디가 믹싱 데스크의 버튼 몇 개를 만지작거렸다. "하지만 아주 교활한 새끼 여우 같은 녀석이라고. 이 녹음 장비들을 가지고 나랑 계약을 했어. 보통은 고객들한테 바가지를 엄청 씌운다고."

"장비들이라니 너무 오버하는 거 아냐? 여긴 그냥 벽에 계란판을 붙인 건초 헛간이라는 걸 생각해 보면 말이야." 에밀리가 말했다.

"스펙스에게는 속임수가 절대 통하지 않는다고. 너무 영리한 녀석이거든." 패디가 장황하게 떠들어 댔다. "좋아, 음, 다시 해 보자."

에밀리가 깊은 한숨을 내쉬었다. "곤니-치-와."

"완벽해!" 패디가 박수를 치며 말했다. 그는 녹음된 걸 다시 들어 보려고 재생 버튼을 눌렀다.

아무 소리도 나지 않았다.

"대체 왜 이래?" 패디가 다시 버튼을 눌렀다.

라디오는 먹통이었다.

"그거 이리 줘 봐." 패디가 내 손에서 마이크를 낚아채고는 마이크 머리를 톡톡 두들겼다. 하지만 아무 일도 일어나지 않았다.

"재부팅해 보지 그래?" 내가 제안했다.

패디는 마이크 코드를 뽑았다 끼우고 라벨이 붙어 있지 않은 케이블을 다시 일일이 확인했다. 여전히 아무 일도 생기지 않았다. 그는 뺨을 부풀리더니 입술을 시끄럽게 푸푸거렸다.

나는 주위를 살펴봤다. "혹시 다른 여분의 장비가 있어?"

패디는 어깨를 으쓱하고는 책상 위에 놓여 있던 워키토키(휴대용 소형 무전 송수신기)를 집어 들었다. "여기는 패디. 본부 나와라."

반대쪽에서 스펙스의 목소리가 들려왔다. "여기는 본부. 말하라."

"마이크가 고장 났다. 마이크가 고장 났다. 알았나."

"로저."

"여벌 마이크가 있는가. 확인 바람."

"로저. 여벌은 없다. 5분 안에 가겠다. 오버."

패디는 대답하려고 입을 열었지만 무전 연결은 이미 끊겨 있었다. 연결이 끊기자마자 문 두드리는 소리가 요란하게 들렸다.

"세상에, 빠르기도 해라." 에밀리가 비꼬듯이 말했다.

"안녕." 그을리고 꾀죄죄한 남자의 얼굴이 문가에서 나타났다. 뒤이어 키가 작고 깡마른 남자가 뒤따랐다. 두 명 모두 말도 안 되게 큰 배낭을 메고 있었다.

"무슨 일이죠, 형씨들?" 패디가 그들을 쳐다보며 물었다.

"아, 음, 우리는 캠프장을 찾고 있다."

패디가 얼굴을 찡그렸다. "캠프장이라니, 미안하지만 어딘지 전혀 모르겠네요."

"여기 근처에 캠프장이 있어?" 내가 에밀리를 돌아보며 물었다.

"내가 알기로는 없어."

그들은 게처럼 옆으로 걸으며 방 안쪽으로 슬금슬금 들어왔다. 앞장선 남자가 농장 쪽을 가리켰다. "그렇지만 표지판은 이쪽이라고 하던데."

그들은 우리의 멍한 표정을 잠시 쳐다보더니 다시 문 쪽으로 뒷걸음질 치기 시작했다.

갑자기 패디가 의자에서 벌떡 일어났다. "잠깐, 잠시만요. 당신들은 어느 나라에서 왔죠?"

"브라질."

패디의 얼굴이 밝아졌다. "브라질. 축구의 본고장 말이죠? 예?" 그는 상상 속의 골을 헤딩하는 포즈를 취하며 그들을 다시 방 안으로 안내했다.

패디가 손을 불쑥 내밀었다. "전 패디라고 해요. 당신은?"

"나는 필리프고 이쪽은 내 형…… 어, 필리프야."

"둘 다 이름이 필리프예요?"

두 사람은 열성적으로 머리를 끄덕였다.

"별나군." 패디는 잠시 생각에 잠겼다. "좋아요. 아미고(친구). 그럼 당신을 필리프 원, 그리고 당신을 필리프 투라고 부를게요."

필리프 원이 씩 웃으며 더 이상 휠 수 없을 것 같은 이를 드러냈다.

나는 의자를 뒤로 끌어당겼다. 뭔가 불쾌하기 짝이 없는 냄새가 내 쪽으로 솔솔 풍겨 오고 있었다. 이 떠돌이 여행객들은 아마도 몇 주 동안 샤워를 못 한 것 같았다.

에밀리가 마이크를 만지작거리며 내게 입 모양으로 뭐라고 말했다.

"뭐라고?" 나는 못 알아듣고 되물었다.

에밀리가 다시 입 모양으로 뻐끔거리며 말했다.

나는 무슨 말인지 들으려고 몸을 더 기울이다가 그만 균형을 잃고 에밀리를 향해 정면으로 넘어졌다. 에밀리의 의자가 기우뚱하면서 우리는 요란하게 꽈당 소리를 내며 마루 위로 넘어졌다. 우리 둘의 몸이 엉겼다. 고개를 들자 얼굴이 너무 가까이 붙어 있었던 터라 서로의 코가 닿았다. 하지만 기묘하게도 우리 둘 다 꼼짝도 하지 않았다. 그러니까 내 말은, 곧바로 몸을 움직이지 않았다는 거다. 에밀리는 내 눈을 계속 쳐다봤다. 내가 결국 당황해서 시선을 돌릴 정도로 대담하게. 마치 그 순간이 영원히 계속될 것처럼 느껴졌다. 아주 순간적으로 에밀리에게 키스할까 하는 생각이 내 머릿속을 스쳐 지나갔다.

에밀리가 갑자기 키득거렸다. "내가 하려고 했던 말은 '힙스터 경계경보'였어." 그녀의 목소리가 넓은 헛간에 울려 퍼졌다. 에밀리가 손에 쥐고 있던 최고 볼륨으로 맞춰진 마이크가 갑자기 작동되기 시작한 거다.

나는 깜짝 놀라 뒤로 물러났다.

"아이쿠." 에밀리가 낄낄거리며 마루 위에 누웠다.

패디는 헛기침을 하더니 다시 새로 만난 친구들에게로 관심을 돌렸다. "그러니까 당신들은 브라질어를 하죠, 맞나요?"

"브라질계 포르투갈어야." 나는 마룻바닥에서 일어나 땀으로 축축한 손바닥을 소매에 문질러 닦으며 패디의 말을 정정했다. 지금 에밀리랑 나 사이에 대체 무슨 일이 있었던 거지? 나는 입술을 핥으려 했지만 입안이 너무 바싹 말라 혀가 입천장에 딱 달라붙었다.

패디가 사교적인 매력을 발산했다. "필리프, 우리 잘 만났어요. 당신 형제가 어디로 가는지는 모르겠지만 아주 급한가요?"

"이봐, 저 사람들은 노숙자라고. 패디, 모르겠니?" 에밀리가 속삭였다.

"마이크에 대고 포르투갈어로 몇 마디 좀 해 주실 수 있을까요?"

필리프 원은 이 제안을 곰곰이 생각했다. "가능하지, 아미고."

"당신은요?" 패디가 필리프 투를 가리키며 물었다.

"그는 영어 못 한다. 그래서 내가 말한다." 필리프 원이 말했다.

패디가 내 쪽으로 몸을 돌리며 명랑하게 손을 마주 비볐다. "루크, 네가 생각해 낼 수 있는 축구 관용구들을 몽땅 적어 줄래? 나는 내 새끼 돼지들이 멋진 게임을 펼치는 모습을 그려 보고 있어. 그리고 그 동영상을 최초로 브라질어로 홍보하는 거야. 판을 완전 뒤집어 버릴 패가 우리 손에 들어온 거라고."

바로 그때 얼굴이 빨개진 스펙스가 문에서 등장했다. "미안. 내가 좀 늦었지." 그는 의심스런 눈으로 두 명의 배낭여행자들을 쳐다봤다. "당신들은 누구죠?"

"그 사람들은 캠프장을 찾고 있어." 에밀리가 말했다.

스펙스의 얼굴이 누그러졌다. "텐트 가지고 있어요?"

필리프 원이 고개를 끄덕였다.

"1박에 20유로예요. 몇 밤이나 있을 거죠?"

두 형제는 불편한 눈길로 서로를 바라봤다.

그때 워키토키에서 목소리가 흘러나왔다. "아들아, 이리 내려와라. 주도로에 망할 놈의 어린 암소들이 돌아다니고 있다."

"로저, 아빠."

스펙스는 배낭여행자들을 물끄러미 쳐다봤다. "이봐요. 지금 1박 비용을 저한테 내시고 얼마나 오래 머물지는 나중에 결정하세요." 그가 초조하게 말했다.

형제는 한참 동안 주머니란 주머니와 배낭까지 다 뒤지더니 마침내 스펙스에게 동전 한 무더기를 건넸다.

스펙스는 동전을 세더니 고개를 끄덕였다. "캠핑장은 왼쪽으로 돌아가서 놀이터를 지나면 있어요. 밤 11시 이후에는 소란스럽게 굴면 안 되고, 불 피우면 안 돼요." 스펙스는 뒷주머니에서 종이 묶음을 꺼내더니 뭔가를 휘갈겨 쓰고 그들 각자에게 영수증을 건네줬다. "여행자 정보는 안내 데스크에 있어요."

에밀리가 코를 잡고 말했다. "어, 샤워장도 알려줘야지, 스펙스."

"아, 그래, 문을 나가서 오른쪽에 화장실과 샤워장이 있어요."

"5시에 봐요, 친구들! 우리 축구, 보이스오버 녹음이요." 그들이 하룻밤 묵을 곳을 찾아 나가자 패디가 소리쳤다. "네가 캠핑 사업을 하는 줄은 몰랐어, 스펙스."

"꽤 최근에 시작한 사업이야."

"잘돼 가?"

"슬슬 시동이 걸리고 있어. 이 헛간의 나머지 반쪽에는 디스코를 열까 생각 중이야. 파티나 뭐 그런 거. 아빠는 별로 내켜 하시지 않지만. 그래서 돈을 안 내놓으려고 하시네."

패디가 내 쪽으로 고개를 까딱했다. "흠, 있잖아. 여기 있는 루크가 널 도와줄 수 있을지도 모르겠어."

스펙스가 고개를 끄덕였다. "소문은 들었어."

"나중에 얘기해 보자." 나는 대답했다. 솔직히 말해서 대출에 대한 이야기를 할 기분이 아니었다. 하지만 스펙스는 능수능란하게 사업 수완을 발휘하고 있는 듯이 보였다. 고작 열한 살 나이에. 그는 누구보다도 사업 수완이 뛰어나다는 말을 들을 자격이 있었다.

패디는 믹싱 데스크 앞에 앉았다. "좋아. 그럼 다시 일본어로 돌아가 볼까?"

에밀리가 침울하게 팔짱을 꼈다. "좋아. 하지만 딱 이번 한 번만 더 하고 끝이야. 알아듣겠나? 패디, 응답하라, 오버."

$$\$ \$ \$$$

"여기는 본부, 루크 나와라. 여기는 본부, 루크 나와라."

"어?"

에밀리가 내 팔을 건드렸다. "너 괜찮니?"

"응, 그럼. 스펙스의 대출 건을 생각하는 중이었어." 나는 걸음을 빨리하며 거짓말을 했다.

"위험 부담은 낮아. 넌 어떻게 생각해?"

나는 정신이 없었다. 머릿속이 복잡했다. 나는 이 애를 좋아할 순 없어, 안 그래? 어떻게 에밀리를? 에밀리는 핀의 사촌이잖아?

게다가 우리는 초등학교에 다닐 때부터 알고 지내 왔다.

아니. 이건 너무 복잡해. 게다가 아무 소용없는 생각이지. 에밀리랑 파블로는 여전히 호감을 갖고 있는 사이잖아.

나는 마음을 다잡고 몸을 돌려 에밀리를 마주 봤다. "그래, 위험 부담은 낮아. 스펙스는 아마도 대출을 받게 될 거야."

에밀리가 나에게 미소를 지었다. 나는 뺨이 달아오르는 것을 느꼈다. 겨드랑이가 땀으로 축축해졌다.

이건 정말이지 끔찍한 재앙이다.

모세스 오바야

"걔는 어디서 왔대?"

"스테이션 로드."

"아니, 멍청아. 어느 나라에서 왔냐고?"

"모세스? 걘 아일랜드인이야."

"그럼 부모님은 어디서 왔어?"

"도시에서."

"맙소사, 게이브. 모세스 부모님은 어느 나라 출신이냐고."

"아프리카."

핀이 숨을 크게 들이마셨다. "아프리카는 대륙이야, 게이브. 응? 이 친구야."

우리는 배를 채우고 있는 모세스 오바야를 가게 밖에서 기다리고 있었다.

"로치 멀그루하고 어쩌고 하면서 들려오는 이 소문은 대체 뭐지?" 따져 묻는 목소리가 들렸다. 돌아보니 에밀리가 허리에 손을 올리고 서 있었다.

핀은 튕기듯이 뛰어나가 에밀리를 벽 쪽으로 끌어당겼다. "휴, 엠. 여기 앉아. 그리고 목소리 좀 낮춰."

에밀리는 핀의 손을 쳐냈다. "시끄러워, 핀. 멀그루는 골칫거리야. 네가 모르는 것 같아서 말해 주는 거야."

핀은 에밀리를 쏘아 봤다. "로치는 괜찮은 녀석이야. 그리고 누구에게도 이 일에 대해서 함부로 입을 열면 안 돼. 알았어?"

에밀리는 내 쪽으로 얼굴을 돌렸다. "루크, 넌 좀 생각이 있는 줄 알았는데. 너까지 이 일에 맞장구를 치다니 정말 놀랍다."

나는 불편해서 어색하게 자세를 바꿨다. 나도 여전히 로치가 의심스러웠다. 하지만 문제는 이 대결이 게임의 판도를 완전히 바꿔 버릴 수 있다는 거다. 만약 우리가 오바야를 스피디와의 시합에 끌어들일 수만 있다면 이건 거인들의 대격돌이다. 모두가 참가하고 싶어할 거고, 우리의 다른 계약들 따위는 비교도 안 될 만큼 엄청난 성공을 가져다줄 게 분명하다.

"꺼져, 엠." 핀이 말했다. "저기 봐, 얘들아. 저기 지금 오바야가 나온다."

에밀리는 잠시 더 내 얼굴을 살펴보고는 아픈 곳을 건드렸다는 걸 깨달았다.

"그럼 재미있는 시간 보내." 에밀리는 이렇게 말하고는 뛰어내려 가게로 들어갔다.

핀은 벌떡 일어나 오바야의 가슴을 툭 치는 시늉을 했다. "어이, 친구. 훈련은 잘돼 가니?"

모세스 오바야는 우유를 곽 채로 꿀꺽꿀꺽 마시며 성큼성큼 지나갔다. 핀 쪽으로는 눈도 한 번 깜박하지 않았다. 이 녀석은 정말 심각하게 진지한 녀석이었다.

핀이 오바야의 길을 막으려 했지만 그가 들고 있는 비닐봉지에 발이 걸리고 말았다. 비닐봉지가 찢어지며 커다란 단백질 파우더 통이 젖은 길바닥을 굴러 핀의 발 아래 멈췄다.

오바야는 걸음을 멈추고 핀을 노려봤다. "대체 뭐 하는 짓이야?"

"오바야, 요즘 훈련은 어떻게 잘돼 가니?" 핀이 허둥지둥 다시 말했다. 핀은 몸을 숙여 단백질 파우더 통을 집어 들고는 자기 소매로 물기를 쓱쓱 문질러 닦은 후 미안하다는 듯한 표정으로 울타리 위에 올려놓았다.

오바야는 찢어진 비닐봉지를 손안에서 천천히 구겨 작게 뭉쳤다. 그는 말 한마디 없이 돌돌 뭉친 비닐봉지를 핀의 점퍼 가슴 부근에 쑤셔 넣고는 그 위로 펀치를 날렸다.

나는 입술을 깨물었다.

오바야는 얼굴을 찡그렸다. 갑자기 다른 생각이 떠오른 듯했다. 그는 단백질 파우더 통을 팔 아래에 끼고는 핀에게서 비켜 옆쪽으로 성큼성큼 걸어갔다.

"흠, 얘기가 아주 잘 됐네." 나는 한숨을 쉬었다. "정말 잘도 오바야를 설득했구나."

핀이 얼굴을 찡그렸다. "그렇게 말이 많은 애가 아닌 건 확실해."

"모-세스! 모-세스! 모-세스 오바야-야-야-야-야."

"잠깐만." 나는 길 위쪽으로 고개를 까닥하며 말했다. 핀의 눈이 내 시선을 따라 움직였다. 거기엔 게이브가 소리를 지르며 춤을 추고 있었다. 게이브는 모세스 오바야와 마치 오래전에 헤어진 단짝 친구를 만난 듯 반갑게 인사했다. 하이파이브, 주먹 맞부딪히기, 등 마주치기까지. 오바야는 심지어 잠깐 미소를 보이기까지 했다.

"세상에 맙소사." 핀이 말했다. "누가 생각이나 했겠어? 게이브가 우리한테 꼭 필요한 이 일의 적임자라는 걸. 언젠간 게이브도 쓸모가 있을 줄 내가 알았다니까."

알고 보니 게이브는 동네 헬스장에서 오바야의 웨이트 훈련 파트너였다. 정신없이 휘몰아치는 오바야의 벤치 프레싱을 따라갈 수 있는 상대가 게이브뿐이었던 것이다. 게이브와 오바야는 우리가 길 아래로 내려갈 때까지 거리를 활보하며 서로에게 단백질 파우더를 뿌려 대고 있었다.

핀이 게이브의 목 뒤를 살짝 쳤다.

게이브는 무슨 뜻인지 단박에 알아챘다. "모, 모. 여기 있는 내 친구 핀이 너한테 제안할 게 있다는데. 스타들의 대결. 최고의 스트라이커만이 살아남는 거야."

오바야는 즉시 정색을 했다. 오바야는 마치 몇 분 전의 만남은 있지도 않았다는 듯 처음 만난 사람을 보는 표정으로 핀을 쳐다봤다.

핀은 앞으로 한 발짝 나섰다. "스피디 오닐이 자기가 학교에서 가장 빠르다고 뻐기고 다니거든."

아무런 반응이 없었다.

"거기에 대해서 넌 뭐 할 말 없어?"

나는 핀이 발돋움을 하고 키를 한껏 키우고 있다는 걸 눈치챘다. 그래도 핀은 오바야의 겨우 가슴께 정도 밖에 미치지 않았다.

오바야는 자기 우유를 꿀꺽꿀꺽 마셨다. 우유 방울이 튀어 턱에 흘렀다. 오바야는 그런 쓰레기 같은 소리에 발끈하기에는 너무 냉정했다. 뭔가 다른 접근법이 필요했다. 반면 스피디를 꾀어내기는 쉬웠다. 도전이라는 말만 듣고도 스피디의 눈은 왕방울처럼 커져서 이글거렸다. 어쩌면 바로 그 전에 에너지 드링크 세병과 바나나 두 개를 먹어 치운 참이라 당 수치가 갑자기 치솟아서 그랬는지 모르겠지만. 하지만 오바야는 아니었다. 그는 자신의 경쟁자가 무슨 생각을 하는지 관심이 없었다. 그러기에는 너무 오만했다. 하지만 평판에 관한 문제라면 그건 또 다른 이야기가 될 터였다.

"사람들이 그러는데 네가 점점 페이스를 잃어 가고 있다고 하더라." 내가 말했다.

오바야가 발끈했다. "사람들, 누구?"

나는 어깨를 으쓱했다. "모르지. 그냥 클럽 하우스에서 들은 이야기야."

핀이 재빨리 내 말을 받았다. "어제 경기장에서 조 올리어리를 봤는데. 조가 연습 경기를 주관하잖아. 그렇지?"

나는 고개를 끄덕였다. 그리고 잠시 기다렸다. 올리어리는 지난 두 번의 시니어 시합에서 오바야보다 앞서기 시작했다. 그리고 두 번의 시합에서 모두 점수를 냈다. 사실 올리어리는 운이 좋았다. 한 번은 공이 부딪혀 방향이 꺾였고, 한 번은 골키퍼가 어처구니없는 실수를 했다. 하지만 어쨌든 그건 오바야의 속을 뒤집기에 충분한 결과였다.

오바야는 우리가 던진 단편적인 이야기들이 무슨 뜻인지 이해했다. 그러나 그는 어떤 약점도 보이지 않을 셈이었다. "그 대결이라는 거, 대체 나한테 어떤 이익이 있지?"

"만회의 기회지, 오바야." 핀이 선언했다. "모든 사람한테 네가 여전히 넘버원이라는 걸 보여 줄 기회라고."

"50유로?" 나는 지금 오가고 있는 이야기가 무슨 뜻인지 깨닫고 즉시 제안을 했다. 만약 오바야가 자기가 여전히 최고라는 걸 보여 주길 원한다면 우리는 기꺼이 협조할 것이다.

"100."

"75."

오바야가 고개를 끄덕였다. 그는 우유갑을 작게 구기더니 핀에게 건넸다. "저기 쓰레기통 보이지? 네가 저 쓰레기통에 이 우유갑을 넣으면 계약 성사다."

나는 핀이 어떻게 대처할지 궁금했다. 핀의 슛 성공률은 별로였다. 그것도 핀의 어설픈 던지기를 슛으로 쳐 줄 수 있다면 말이지만.

"좋아, 모세스. 너 하기로 약속한 거다."

핀은 게이브의 귀에 대고 뭔가를 소곤거렸다.

게이브가 달려가더니 쓰레기통이 헐거워져 땅에 떨어질 때까지 양쪽을 번갈아 발로 찼다. 그리고는 떨어진 쓰레기통을 양팔로 들어 올리더니 핀 쪽을 향해 걸어왔다.

핀은 목표물 안으로 가볍게 우유갑을 던져 넣었다.

"저 쓰레기통은 헐거워져서 항상 흔들렸단 말이야." 핀은 오바야에게 이를 활짝 드러내며 웃어 보이고는 말했다.

오바야의 얼굴이 스르륵 풀어졌다.

그는 이제 우리가 깔아 놓은 판에 발을 들였다.

투자 회수

"그냥 내 기분 탓인 거니, 아니면 이 가게 냄새가 실제로 점점 더 고약해지고 있는 거니?" 에밀리가 끈적이는 바닥 위에 어지럽게 흩어져 있는 5유로, 10유로, 20유로 지폐들에 둘러싸인 채 의자 위에서 몸을 들썩거렸다. "그리고 여기 있는 이 신발 상자들은 대체 뭐니?" 그녀는 거치적거리는 신발 상자 한 개를 발로 찼다.

핀과 코비와 나는 누구랄 것도 없이 서로를 쳐다봤다. 머커 맥그래스는 자기 물건들을 대부분 다시 옮겨 갔지만 여전히 여기저기에 상자들이 널려 있었다.

"하던 일이나 그냥 하자. 엠." 핀이 흩어져 있는 돈을 탐욕스럽게 훑어보며 말했다. "얘들아, 우리 이번에 진짜 크게 한 건 터진 거야. 완전 천국에 온 기분이다." 핀은 지폐를 한 움큼 움켜쥐더니 공중에 뿌렸다. 게이브도 합세해서 카운터 위에 앉아 있는 코비와 파블로 쪽으로 돈을 흩뿌렸다.

"야, 너희들 그만해. 난 거의 다 세었단 말이야." 에밀리가 최종적인 숫자를 합산하는 데 완전히 몰두한 얼굴로 발치에 있는 지폐 뭉치들을 옮기며 말했다.

핀이 지폐를 돌돌 말아 시가를 피우는 흉내를 냈다.

"좋아, 장부의 잔액이 다 맞아." 에밀리가 활짝 웃으며 말했다.

"래퍼티 선생님이 정말 자랑스러워하겠다." 내가 말했다.

핀과 게이브는 즉각 장난을 멈췄다.

"잘했어, 엠." 핀이 눈을 크게 뜨며 말했다. "자, 어디 잔액이 얼마인지 어서 말해 봐."

에밀리는 오른쪽에 있는 돈뭉치를 가리켰다. "이쪽에 있는 이 돈들은 우리가 책임을 맡은 보증금이야. 다른 말로 하면 우리가 맡아 두고 있지만 앞으로 지불해야 하니까 보관해 둬야 할 자금이라는 거지." 그녀는 왼쪽에 있는 돈뭉치를 가리켰다. "그리고 이쪽 편에 있는 돈은 전부 이익금이야."

나는 휘파람을 불었다. 코비가 이미 배당해 준 돈을 제외하고도 꽤 많은 돈뭉치였다.

"보여 줘." 핀이 말했다.

에밀리가 손에 든 종이들을 핀에게 건네주자 그는 종이를 재빨리 훑어봤다. "패디 건은 완전 대성공이었어. 그 돼지 동영상들로 떼돈을 벌었다고. 정말 손쉬운 돈벌이야. 얘들아, 돈 벌기 정말 쉽다."

"희한한 건 그 돼지가 찔린 사건 때문에 대박을 쳤다는 거야."

코비가 말했다.

"그 병신 돼지는 이제 슈퍼스타라고." 핀이 말했다.

"태그드 앱도 잊지 마." 나는 어깨 너머로 핀을 돌아보며 말했다. "거의 막상막하로 2위야."

"그 두 개가 우리한테 수익을 제일 많이 가져왔어." 에밀리가 말했다.

"조와 루시도 수익을 올리는 데 크게 이바지했지." 코비가 말했다. "추가 수익이 많이 들어왔어."

"아, 맞아. '좋아요'와 '싫어요' 버튼." 에밀리가 고개를 끄덕이며 말했다. "이제 커플들에게 빨강 아니면 녹색 엄지손가락을 줄 수 있어. 완전 대박이지."

"진짜야?" 나는 사람들이 특정 커플에게 빨강 엄지손가락을 마구 눌러서 대학살이 일어나는 모습을 상상해 봤다.

"모두 익명이야. 누가 좋아요를 눌렀는지 싫어요를 눌렀는지는 볼 수 없어." 코비가 내 생각을 읽은 듯이 말했다.

핀이 서류를 톡톡 두드렸다. "정말 그래. 그 앱은 말썽의 소지에서 멀찌감치 벗어나 있어야 해."

"이젠 프로필에 사진을 첨부할 수도 있어." 코비가 말했다.

"게이브 사진이 완전히 죽여주지."

"내가 맞춰 볼게. 다스 베이더?"

"틀렸어. 50킬로그램짜리 덤벨을 들어 올리는 앵그리 버드 사진이야."

"카트리나도 사진 올렸더라. 굉장히 멋져 보이던데." 에밀리가 신랄한 어조로 입술을 오므리며 말했다. "슈퍼모델처럼 말이야."

핀의 얼굴이 팽팽해졌다. "그만둬. 엠. 그 애에 대해서 이야기하고 싶지 않아."

나는 눈썹을 치켜세웠다. 핀과 카트리나는 종종 이렇게 서로 삐걱거려서 주위 친구들까지 곤란하게 만드는 힘든 시기에 접어들기로 유명했다.

핀이 작은 소리로 투덜거렸다. "걔는 그 망할 놈의 말에다가 시간을 다 쏟는단 말이야. 나보다 말한테 더 신경을 쓴다고."

나는 얼굴을 찌푸렸다. "나는 네가 카트리나에 대해서 이야기하고 싶지 않다는 줄 알았는데?"

"말은 정말로 아름다운 존재야. 말하고 시간을 보내고 싶지 않은 사람이 어디 있겠니?" 파블로가 카트리나의 결정이 당연하다는 듯 어깨를 돌리며 말했다.

"그래, 뭐, 아르헨티나 사람들은 자기 말을 사랑하니까. 맞지, 파블로?" 핀이 말했다. "분명 넌 안장도 안 채운 말을 타고 사막을 달리면서 어린 시절을 보냈을 거야."

"파블로는 부에노스아이레스에서 왔어." 내가 말했다. "오지하고는 거리가 멀다고."

"세인트 조지프 학교는 어때?" 코비가 주제를 돌리며 말했다.

나는 코비를 올려다봤다. "그게 뭐?"

코비가 핀에게 얼굴을 찡그려 보였다. "너 얘들한테 말 안 했어?"

"딴생각을 좀 하느라고." 핀이 머리를 만지작거리며 말했다. 코비가 나를 흘깃 쳐다봤다. 카트리나와 문제가 정말 심각한가 보다.

"털어놔 봐." 내가 말했다.

"세인트 조지프 학교가 태그드 앱에 함께하고 싶어 해." 코비가 말했다. "설리번 자매는 그렇게 추진하자고 밀고 있고. 세인트 조지프 학생 ID 번호를 제공해 줄 연락책이 있대."

나는 망설였다. "학교 밖으로 진출하는 건 좀 위험하지 않아?"

"왜 이래, 루크. 우리 학교 학생들만으로는 벌어들일 수 있는 돈이 딱 정해져 있다고." 핀이 여자 친구 문제는 금세 잊어버리고 사납게 말했다. "사업을 키울 수 있는 딱 좋은 방법이야."

"설리번 자매가 코드 보안은 철통같이 하겠다고 했어." 코비가 말했다.

핀이 하이파이브를 하려고 손을 번쩍 들었다. "이건 모두에게 유리한 또다른 방식이야. 루키."

나는 핀을 무시하고 에밀리의 서류로 다시 화제를 돌렸다. "텔레토비들은 어때? 게네들 대출은 다 갚았어?"

"그럼, 그럼. 문제없어."

"퍼지 로네건을 피한 건 잘한 거야." 나는 얼굴을 찡그리며 중얼거렸다. 퍼지는 최근 리그 경기에서 반대편 골키퍼를 묵사발로 만들어 정학을 당했다.

"태그드에 올라온 코비의 새 친구는 어때?" 에밀리가 기분 좋은 소리로 말했다.

코비의 눈이 커졌다. "그거 너였어?"

에밀리가 웃음을 삼켰다.

코비는 에밀리를 손가락으로 가리켰다. "너였구나."

"뭐가?" 에밀리가 천진한 얼굴로 말했다.

"네가 로지 번하고 나를 태그했지?"

에밀리가 웃음을 터뜨리고 말았다. "아, 감사의 인사는 됐어. 너 개 좋아하지. 안 그래?"

코비는 뒤로 물러서며 허둥거리는 것처럼 보였다.

"나는 이 리스트에 개가 안 보이는데?" 내가 말했다.

"문구 여왕이라고 적어 놨거든. 설리번 자매보다 고작 몇 파운드 적어."

"우와. 벌써 열 번이나 대출을 받았는데 모두 갚았어."

에밀리가 어깨를 으쓱했다. "개 쇼핑센터에 있는 뉴스에이전트 가게보다 완전히 저가로 팔고 있어. 덧붙이자면 말이야."

"모나리자 머피는 어때?"

"안나리사? 걘 골칫거리야. 보자. 드디어 다 갚았네." 에밀리가 끙 앓는 소리를 내며 말했다. "몇 주 동안이나 독촉해서 겨우 받아 냈어."

나는 노트를 내려다보고 숨을 들이쉬었다. "15주나 늦었네."

"공정하게 말하자면 상환금이 늦어서 생긴 벌금을 다 물었어." 코비가 말했다. "그리고 우리는 벌금에 복리를 적용해 왔고."

나는 서류들 사이에서 납작해진 피자 박스 조각들을 꺼내 들었다. "이 쓰레기는 뭐야?"

에밀리가 꽥 비명을 질렀다. "네가 쓰레기라고 하는 그 쪼가리들 뒤를 보면 게이브의 재무 회계 현황이 적혀 있을걸? 저축 계좌를 연 애들 이름이 거기 다 적혀 있어."

나는 박스 조각들을 뒤집어 봤다. "우와. 게이브의 배터 버거 딜이 완전 날개 돋친 듯이 팔리고 있네."

에밀리가 내 손에서 박스 조각들을 낚아챘다. "응, 완전. 헐링 팀, 축구팀, 럭비팀, 농구팀, 테니스팀. 우리 학교에 있는 모든 스포츠팀에게 거의 다 팔았어. 심지어 여자 하키팀도 관심이 있대."

여자 하키팀. 게이브가 그렇게 활기차 보이는 게 당연하다. 그에게 더 자세한 내용을 확인해야 할 필요가 있다. 게이브의 세일즈 전략에 발을 맞추려면 말이다.

뒤를 돌아보니 핀이 매우 조용해져서 완전히 침울해 있는 게 보였다. 여전히 카트리나와의 문제를 곱씹고 있는 게 분명했다.

"그럼 이 돈을 나누자고." 나는 핀의 기분이 다시 좋아질 거라고 생각하고 말했다.

에밀리가 다양한 돈뭉치를 나눠 주는 동안 모두가 조용해졌다.

"고마워." 나는 내 몫을 받으며 에밀리와 눈을 마주치지 않으려고 하면서 웅얼거렸다. 스펙스 콜론의 헛간에서 어색했던 사건 이후로 에밀리를 만난 적이 별로 없다. 아마 그러는 편이 더나을지도 몰랐다.

"난 빠질래." 코비가 자기 몫을 받아들며 거의 속삭이듯이 말했다.

"뭐라고, 코비?" 나는 귀를 쫑긋 세우며 말했다.

"난 빠지고 싶다고." 코비가 조금 더 큰소리로 되풀이해 말했다.

파블로의 얼굴이 구겨졌다. "코비, 이 자식, 너 미쳤냐?"

"너 진심이야?" 나는 코비가 뭐라고 할지 이미 알면서도 물었다. 그의 대답은 결심을 단단히 굳힌 듯한 그 작은 얼굴에 다 쓰여 있었다.

코비가 천천히 고개를 끄덕였다.

"왜?"

"난 돈이 필요해."

"뭐 하려고."

"사야 할 게 있어. 아주 비싼 거야."

에밀리가 팔꿈치로 코비를 쿡 찔렀다. "대체 뭐가 그렇게 다 비밀이야, 코비? 그냥 털어놔 봐."

"드론이야."

"그래, 그거야. 드론." 핀이 소리를 지르며 몽상에서 깨어났다. "코비, 주위를 둘러 봐. 우리는 앞으로 드론 100대도 살 만큼 돈을 벌 수 있다고. 이건 그저 시작에 불과해."

하지만 코비의 얼굴은 흔들림조차 없었다. "나는 그 돈이 지금 필요해, 핀. 내가 원하는 모델이 온라인에 최저가로 나왔단 말이야. 그러니까 나는 현금 지불을 받을래." 코비는 단호하게 말했다.

그 누구도 아무 말도 하지 않았다. 에밀리조차 낙서를 멈췄다.

핀이 머리를 긁적였다. "현금 지불 거래라."

코비가 눈을 깜박였다. 나는 핀이 머릿속에서 계산기를 두드리고 있다는 걸 알 수 있었다. 코비가 빠지면 이익은 더 많이 나눠 가질 수 있을 거다. 어쨌든 최소한 우리 둘에게는 말이다.

"그럼 어떻게 거래를 하고 싶은 거야? 코비."

"나는 그냥 정당한 몫을 원해."

"그러니까 완전히 현금으로 바꿔 달라는 거야? 아무런 지분도 남기지 않고?"

"응."

"확실해? 이 모든 돈을 좀 봐."

코비가 고개를 흔들었다. "핀, 어떻게 계산할 거니?"

핀이 나를 한쪽 편으로 끌고 갔다. "넌 어떻게 생각해?"

"350?" 내가 제안했다.

핀은 콧잔등에 주름을 잡았다. "아니. 걘 300을 가져갈 거야. 그렇게 하자고."

나는 한숨을 쉬었다. "핀, 공정하게 하자. 코비는 설리번 자매와 많은 일을 했잖아."

"좋아. 350이다."

나는 반쯤 고개를 끄덕이며 몸을 돌렸다. 솔직히 말하면 나는 현금 지불을 그다지 신경 쓰지 않았다. 핀하고 코비 둘이서 실랑이를 하게 두면 된다. 이 프로젝트가 막 열기를 더하려는 이 시점에 코비가 발을 빼려고 하는 것이 차츰 이해가 됐다. 나는 땀으로 축축해진 손 밖으로 삐죽 튀어나온 돌돌 말린 돈뭉치들을 가만히 내려다봤다. 혹시 코비가 수평선 너머에 드리운 먹구름들을 내다본 건 아닐까 궁금했다.

코비는 망설이지 않고 자연스럽게 우리가 제시한 현금 지불 조건을 받아들였다. "걱정 마. 프로젝트들은 계속 눈여겨보고 있을 테니까." 코비는 내 걱정을 눈치챈 듯 내 귀에 대고 속삭였다.

"나는 이 계획이 잘 풀릴 줄 알았다니까." 핀은 이렇게 말하면서 그 말을 입증이라도 하듯 자기 몫의 돈뭉치에 입을 맞추며 문으로 걸어 나갔다.

$ $ $

"이리 좀 와라, 루크. 너랑 얘기 좀 해야겠다."

나는 주춤주춤 거실로 걸어 들어가 천천히 소파 팔걸이 위에 앉았다. 너무 익숙한 엄마의 얼굴 표정을 보며 앞으로 닥칠 피할 수 없는 사태에 대한 마음의 각오를 했다.

"아빠 사업 말인데, 그러니까…… 지금 상황이 별로 좋지 않아."

"문을 닫는 건가요?"

엄마는 천천히 고개를 끄덕였다. "팔려고 내놨단다. 우리가 허리띠를 졸라매야 한다는 뜻이야. 잠시 동안 더 이상의 사치는 없을 거야."

"사치라고요?" 나는 더듬거렸다. 나는 마지막으로 좋은 걸 가져본 적이 언제인지 떠올려 보려고 애썼다. 중고 매장에서 엄마가 사준 새 울 모자는 사치품으로 칠 수 없었다. 게다가 그건 아스널팀 모자였다. 나는 리버풀을 응원하는데 말이다. 나는 엄마 앞에서 그 모자가 아주 멋져서 맘에 드는 척해야 했다. 물론 그 모자는 한 번도 쓰지 않았다.

엄마는 마룻바닥에 쓰러져 있는 골프 클럽들을 턱으로 가리켰다. "먼저 저 골프 클럽 멤버십부터 포기해야 해."

엄마는 목소리 내는 법을 완전히 잊은 것 같이 보이는 아빠를 물끄러미 바라보며 아빠의 손을 두드렸다. 그리고는 자리에서 불쑥 일어나더니 방에서 나가 버렸다.

나는 면도를 하지 않은, 어딘지 잔뜩 긴장한 듯 보이는 아빠의 얼굴을 바라봤다. 갑자기 아빠에 대한 동정심이 울컥 치솟아 오르는 것을 느꼈다. 아빠는 완전히 지쳐 보였다. 내가 축구화를 닦을 때 쓰는 낡은 걸레처럼 닳아 헤지고 딱딱하게 굳어 있었다. 그리고 이제 설상가상으로 아빠의 소중한 취미인 골프를 더 이상 즐기지 못할 위기에 처했다. 그게 요즘 아빠가 집 밖으로 나가는 유일한 이유였는데.

나는 주머니를 뒤적거렸다. "여기요."

나는 에밀리에게 받은 돈뭉치를 아빠의 손 위에 올려놓았다.

"이게 뭐냐?"

"청구서 지불하는 데 보태세요."

아빠는 지폐들을 뒤적였다. "이건 큰돈이구나, 루크야."

"제 몫을 내고 싶어요."

"이 돈이 어디서 났는지는 말해 주지 않을 거니?"

"저 일해요." 나는 거짓말을 했다. "몇 주 전에 말씀드렸는데요."

"어디서?"

"핀네 엄마랑요. 비어 있는 건물들을 청소해 주는 일이에요." 나는 머릿속에 떠오르는 대로 재빨리 꾸며 내서 말했다.

아빠는 눈을 가늘게 뜨며 여전히 나를 바라봤다.

"아마 제 말을 안 듣고 계셨나 봐요." 나는 추궁하는 투로 덧붙였다.

"엄마도 이걸 알고 있니?"

"뭐에 대해서요?"

"이 일 말이다."

"네, 네." 더 많은 거짓말들. 하지만 아빠가 확인할 리는 없다. 아빠는 요즘 오늘이 무슨 요일인지도 기억하지 못한다.

아빠는 돈뭉치를 내게 다시 돌려줬다. "네 돈을 받을 수는 없다, 루크."

나는 인내심을 잃었다. "그냥 받아 두세요, 아빠. 이 돈으로 인터넷 요금을 내라고요. 그럼 제가 화장실에 앉아서 옆집 인터넷을 훔쳐 쓰느라 몇 시간씩 보내지 않아도 되잖아요."

나는 방을 걸어 나가며 머리를 흔들었다. 아빠는 돈을 의자 팔걸이 위에 올려놓고는 다시 TV를 물끄러미 바라보고 있었다.

하지만 아빠의 얼굴은 아주 조금 긴장이 풀린 것처럼 보였다.

제임스 블랜드

"죽여 버릴 거야."

"진정해. 엠."

"내가 저 자식을 죽여 버리고 말 거야."

"맙소사. 누가 쟤 좀 붙잡아."

나는 에밀리에게 달려들어 그녀의 허리를 붙잡았다.

"이거 놔."

에밀리가 내 갈비뼈에 곧장 잽을 날리고 몸을 틀어 빠져나왔다. 핀이 에밀리의 길을 막고 잡아 세웠다.

"대체 무슨 일이야?" 내가 헐떡거리며 말했다.

"에밀리 지금 멘탈 붕괴야." 나는 그제야 제임스 버크가 벽 위에 걸터앉아 그 삽 같은 손으로 럭비공을 돌려대고 있는 걸 알아챘다. 우리가 즐겨 부르는 이름은 '따분하기 짝이 없는 제임스 블랜드(bland)'였지만.

"너는 이게 멘탈 붕괴 같니, 버크? 내 손에 잡히기만 해 봐, 어디!" 에밀리는 여전히 핀의 손안에서 빠져나오려고 버둥대며 날카로운 소리를 질러 댔다.

"대체 에밀리한테 무슨 짓을 한 거야, 버크?" 핀이 사촌으로서 에밀리를 감싸려 하며 말했다. 용감무쌍하기도 하지. 제임스 블랜드는 핀보다 두 살이나 많고 덩치도 최소한 두 배나 컸다. 실제로 제임스의 허벅지 두께가 핀의 허리둘레 만했다.

블랜드는 어깨를 으쓱했다.

"이 거짓말쟁이." 에밀리가 침을 뱉었다. "정확하게 뭐 때문에 그러는 건지 알잖아!"

"여전히 나한테 반해 있는 거야, 엠?" 블랜드가 잘난 체하며 능글맞게 말했다.

에밀리가 콧김을 씩씩 내뿜었다.

"쟤를 탓할 수는 없지, 정말. 내가 좀 멋지잖아." 블랜드가 평상시와 같은 단조로운 목소리로 만화 주인공 같은 머리를 다듬으며 말했다.

"난 그렇게 생각하지 않는데. 너보단 그 럭비공하고 더 지적인 대화를 나눌 수 있겠다."

나는 웃음을 삼켰다. 에밀리 말이 맞았다. 블랜드는 학교의 럭비 스타인지는 모르지만 지금 자기가 앉아 있는 돌담보다도 개성이 없었다. 나는 그의 매력 포인트가 무엇인지 전혀 이해할 수 없었다. 정말이지 하루 지난 감자칩 봉지보다도 매력이 없었다.

"대체 무슨 일이야, 엠?" 에밀리가 숨을 고르느라 실랑이를 멈추자 핀이 속닥거렸다. "나는 너희 둘이 옛날에 끝난 줄 알았는데."

"우린 끝났어. 근데 쟤가 나에 대해서 헛소문을 퍼뜨리고 다닌다고."

"헛소문이 아니지. 사실이지." 블랜드가 씩 웃으며 말했다. "여기 내가 증거를 가지고 있거든. 한번 볼래?"

에밀리는 발을 휘둘러 블랜드 쪽으로 자갈을 차올렸다.

블랜드가 낄낄거렸다. "어쩌면 우리 다시 합치는 게 좋을지도 모르겠다, 엠. 이거 진-짜 그립다."

"꿈 깨."

"태그가 120개네. 에밀리 클라크과 제임스 버크. 완벽한 커플."

"내가 이미 말했지. 그건 나랑 아무 상관없다고." 에밀리가 다시 짜증을 내며 자갈을 찼다.

"그것 참 이상하네. 네가 우리를 커플로 태그했잖아. 네 태그드 계정에서 바로 올라왔는걸." 블랜드가 자기 핸드폰을 들어 보였다.

"보여 줘." 나는 핸드폰을 낚아채서 화면을 훑어봤다.

나는 블랜드에게 핸드폰을 돌려주고 에밀리를 쳐다봤다. "쟤 말이 맞아. 태그가 100개도 넘어."

에밀리가 단호하게 고개를 흔들었다. "나랑은 아무 상관없어."

핀이 나를 쳐다봤다. "하지만 본인을 태그할 수는 없잖아. 그게 규칙 중 하나야. 맞지?"

나는 혼란스러워서 고개를 끄덕였다. 뭔가 말이 되지 않았다.

블랜드가 일어섰다. "그 문젠 너희 꼬맹이들에게 맡겨 둘게." 그가 지루해하며 말했다. 그리고는 걸어가며 에밀리의 뺨을 쓰다듬었다. "우리가 함께한 시간은 끝났어, 에밀리. 현실을 바로 볼 때야. 우린 끝났어. 나는 마음이 떠났다고."

에밀리는 움찔했다. "나한테 손대지 마."

"너 완전히 미쳐 가는구나. 그 아빠에 그 딸인가." 제임스가 속삭였다.

"너 뭐라고 했어?" 핀이 순간적으로 에밀리를 잡은 손을 놓으며 으르렁거렸다. 에밀리는 핀의 손에서 빠져나오자 앞으로 돌진하더니 진짜 아픈 곳을 정확히 노려 제임스에게 분노의 발차기를 날렸다.

"아주 오래전에 이렇게 해 줬어야 하는데." 블랜드가 고통으로 몸을 웅크리는 것을 보며 에밀리가 말했다.

에밀리와 눈이 마주쳤다. 나는 그녀의 뺨에 흐르는 눈물을 봤다. 그 다음 순간, 에밀리는 가 버렸다.

§ § §

"진정해, 핀." 내 머릿속은 엉망진창이었다. 핀이 화가 나서 서성거리는 것은 상황을 더 악화시킬 뿐이었다. "좋아. 그러니까 그 소프트웨어에 작은 구멍이 있다는 거지."

"작은 구멍이라고? 거대한 분화구라고 하는 편이 맞지."

"코비가 해결했잖아. 굶주린 쌍둥이하고 의논했고 게네들이 고쳤다고 코비한테 장담했대."

핀은 계속해서 서성거리며 내 말을 무시했다. "그 멍청한 블랜드가 에밀리의 계정을 해킹했다고 상상해 봐. 그 녀석은 완전 멍청이라고. 그럼 그 소프트웨어는 이 망할 놈의 문처럼 활짝 열려 있었던 게 분명해." 핀은 뒤를 돌더니 문을 세차게 걷어차서 쾅 닫아 버렸다.

나는 서서히 핀이 일을 풀어낼 책임이 자기에게 있다는 것을 비밀스럽게 즐기며 지나친 반응을 보이고 있다는 걸 깨달았다. 하지만 에밀리가 엮여 있는 이상 핀이 문제를 해결하도록 놔두기로 결정했다. "내가 쌍둥이들하고 얘기해 볼까? 좀 강력하게 따져 물을까?"

핀이 멈춰 서더니 내 옆의 벤치에 털썩 주저앉았다. "아냐, 이거 고치면서 업그레이드한 버전을 배포하기 전에는 안 돼. 게네를 겁주려는 게 아니니까."

"솔직히 말해서, 태그드는 엄청 방대하잖아. 누가 그런 버그에 신경이나 쓸까 의심스럽다."

핀은 아무 말도 하지 않고 부츠를 집어 들더니 신발 끈을 묶기 시작했다.

나는 핀을 올려다봤다. "블랜드는 왜 그랬대? 에밀리 계정을 해킹한 거 말이야."

"보복이지."

"뭐 때문에?"

"자기를 망신 줬다고 그러는 거야. 에밀리가 블랜드를 차 버렸거든. 블랜드가 에밀리를 찬 게 아니라. 그리고 누구도 제임스 블랜드를 먼저 차 버릴 수는 없고."

"그러기엔 너무 많은 노력을 기울인 것 같은데." 나는 블랜드가 여전히 에밀리에게 마음이 있는지, 그리고 이것이 에밀리의 마음을 돌이키려는 블랜드 나름의 멍청한 방식인지 궁금했다.

"나는 한 번도 에밀리가 우는 걸 본 적이 없어." 핀이 갑자기 말했다.

나는 아무 말도 하지 않았다.

"에밀리 말이야. 단 한 번도. 우리가 어렸을 때도 운 적이 없어." 핀은 신발 끈을 단단히 잡아당겼다. "블랜드는 오늘 완전히 선을 넘은 거야. 에밀리 아빠 이야기를 꺼내다니. 에밀리 아빠, 병원에 입원하고 말았잖아. 너도 알지? 사업이 부도나 버리는 바람에 모든 걸 잃었어. 완전히 깨끗하게 망했지. 쾅 하고 하나도 남김없이."

나는 핀의 삼촌이 미심쩍은 부동산 계약에 관여했다가 일이 틀어져서 최근에 도산했다는 사실을 알고 있었다. 하지만 일이 얼마나 안 좋게 돌아갔는지까지는 다 알지 못했다.

거실에서 곯아떨어진 아빠의 모습이 머릿속에 떠올랐다. 아빠도 한 발자국만 더 내딛으면 파산 직전인 처지다. 아빠가 핀의 삼촌과 같은 길로 접어들 수도 있을까? 나는 병원에 관한 생각을 머릿속에서 억지로 떨쳐 버렸다.

나는 떨군 머리를 양손으로 감싸고 앉아 가혹한 진실을 마주했다. 우리는 은행을 흑자로 유지해야만 한다. 냉정하고 가혹한 현실이다. 집에 부담을 주지 않으려면 돈이 필요했다. 내가 전략적으로 집 안 곳곳에 떨어뜨리고 다니는 작은 돈뭉치가 우리 집의 생명선이었다.

"에밀리 괜찮을까?" 나는 마침내 에밀리의 유령 같은 표정을 떠올리며 말했다.

핀이 땅에 침을 뱉었다. "블랜드가 자기가 싼 똥 속에서 뒹구는 꼴을 봐야 괜찮아질걸."

100미터 티저

핀이 크게 신음 소리를 내며 손으로 눈을 가리더니 눈꺼풀을 짓누르고 뺨을 문질러 올렸다. 그러고는 노트북 화면에 몸을 바짝 기울이더니 키보드를 반복해서 두드려 댔다.

"계속 그렇게 해 봤자 별 도움이 안 된다고." 마침내 내가 말했다.

"아, 정말. 게이브한테 일을 딱 하나 시켰는데 어떻게 됐는지 좀 봐." 핀이 홱 몸을 돌렸다. "근데 얘 지금 어디 있어?"

모두가 서로를 쳐다봤다. 나, 에밀리, 파블로.

"그 멍청이는 네가 자기를 족치려고 하는 걸 알고 여기 안 나타날 건가 봐." 에밀리가 말했다.

핀은 눈을 굴리더니 책상에 머리를 쿵 박았다. "간단한 지시잖아. 동영상 찍기. 스피디와 오바야. 전력 질주 연습. 100미터 경기. 이것보다 더 쉬울 수가 없잖아."

나는 어깨를 으쓱했다. "핀, 로치의 페널티킥 대결 내기가 대성황이야. 그러니까 이건 그렇게 큰 문제가 아니라고."

핀이 똑바로 앉았다. "그래. 하지만 이 비디오는 소문을 완전 퍼뜨릴 수 있-"

"이미 소문 퍼졌어."

"그리고 우리 수익을 네 배로 만들 수 있어."

"아, 핀, 맙소사, 주위를 좀 둘러봐."

모두가 서로를 위아래로 쳐다봤다. 새 옷, 디자이너 신발, 최신 핸드폰, 손목시계, 태블릿, 헤드폰. 심지어 나조차도 유혹에 못 이겨 몇 가지 새 물건을 샀다.

나는 탁자 위에 놓인 킹사이즈의 다이아몬드 큐빅이 박힌 가방을 가리키며 입술을 깨물었다. "내 말은, 엠, 대체 이게 뭐야?"

"아주 편리한 사이즈네." 파블로가 말했다.

나는 웃음을 터뜨렸다. "그러네. 네가 가방에 커다란 불도그라도 넣어 다니겠다면야."

"나한테 꼬투리 잡지 마." 에밀리가 입을 뾰루퉁하게 내밀며 말했다. 그녀는 핸드백을 움켜쥐더니 가슴에 꼭 끌어안았다. "네가 꼭 알아야겠다면 말인데, 이건 디자이너 상표 한정판이야."

"이것 봐, 우리는 뭐에 써야 할지 모를 정도로 돈이 많다고." 내가 말했다.

핀은 짜증스럽게 앓는 소리를 냈다. "너나 그렇겠지."

나는 포기했다.

"다시 동영상을 재생해 봐, 핀." 에밀리가 침착하게 말했다. "어쩌면 거기에서 뭐라도 건질 수 있을지도 몰라."

핀이 노트북 재생 버튼을 세게 눌렀다. 얼마 동안 완전히 검은 화면이 지나가더니 약간 녹색을 띠는 지지직거리는 화면이 나타났다. 그러고는 잔디 줄기를 엄청나게 클로즈업해서 초점을 맞춘 영상이 떠올랐다. 배경으로는 게이브의 씩씩거리는 숨소리가 계속 들리는 가운데 멀리서 군중들의 소리가 들렸다. 마침내 카메라가 뒤로 빠지면서 축구장이 모습을 드러냈다.

모건 선생님이 호루라기를 날카롭게 불고 흰 선을 발로 쾅쾅 다졌다. "좋아, 친구들. 단거리 주자들. 여기 줄 서세요. 지금." 남자아이들이 뒤섞였지만 모두 조금 느릿느릿했다.

"모건 선생님, 여기서 완전 흥분했어." 핀이 말했다. "얼굴 좀 봐. 폭발하기 직전이야."

"지그으음!" 모건 선생님이 소리쳤다. 선생님의 뺨이 풍선처럼 부풀어 올랐다.

"꼭 복어 같아 보여." 파블로가 자기 뺨을 부풀리며 말했다.

"모건 선생님은 완전 독재자야." 에밀리가 말했다. "어제 농구 연습 끝나고 나니 거의 걸을 수도 없을 지경이었다니까."

"아이고, 우리 아기 의자 줄까?" 핀이 이죽거렸다. "농구라니, 정말."

"닥쳐, 핀." 에밀리가 뒤에서 그의 머리를 치며 말했다.

"모건 선생님, 화난 황소 같아." 파블로가 말했다. "선생님이 매점 메뉴에서 파이를 빼 버리라고 했다는 소문 들었어?"

나는 숨을 헉 들이켰다. "뭐라고?"

빅 페기의 매점에서 먹을 만한 메뉴라고는 감자칩을 빼면 그나마 치킨 햄 파이뿐이었다.

"그 파이 크럼블…… 에 지방이 너무 많다고."

"페이스트리겠지." 에밀리가 바로잡았다.

"빅 페기가 모건 선생님께 어디로 가면 좋을지 알려 줬겠지."

모건 선생님은 프로팀 코치와 똑같은 투지와 엄격함, 기대를 가지고 학교 운동부를 운영한다. 모든 학교 운동부를 말이다. 예외는 없다.

"모건 선생님이 주최한 주니어 배드민턴팀의 연습 경기 기억 나?" 나는 씩 웃었다.

핀이 코웃음을 쳤다. "하, 그럼. 전설이지."

"모건 선생님의 악명에 걸맞게 팔굽혀펴기 오십 개, 윗몸일으키기 오십 개 테스트로 시작해서 결국 한 불쌍한 얼간이가 어지럼증에다 탈진으로 응급실에 실려 가는 걸로 끝났잖아." 내가 말을 이었다. "하드코어 배드민턴이지."

"완전 아드레날린 중독자야." 에밀리가 비트루트처럼 시뻘건 모건 선생님의 얼굴이 나오는 장면에서 정지된 스크린을 가리키며 말했다.

핀이 다시 재생 버튼을 눌렀다.

힘들게 긴 숨을 내쉬고 있는 모건 선생님을 잡은 컷이다. "좋아 친구들. 더 빨리, 더 빨리, 더 빨리! 난 너희가 이렇게 달리는 모습을 원한 거다. 지금 나한테 겁먹고 움츠러들지 마. 모두 참여한다! 모두 집중한다! 모두 최선을 다해 달린다! 네 옆에 있는 건 네 친구가 아니다. 팀 동료가 아니다. 이건 경기야, 네 옆 사람은 너의 라이벌이다! 다시 말한다, 너의 라이벌이다!*"

"맙소사. 누가 보면 정말 프리미어 리그라도 하는 줄 알 거야." 에밀리가 말했다.

"쉿, 엠." 핀이 말을 끊었다. "최소한 스피디가 오바야 옆에 섰어. 내가 일러둔 대로 말이야. 루크, 너는 누구 옆에서 달렸어?"

"더모 플래내건."

"도지 더모. 네가 6등 한 게 놀랍지 않네. 걔는 완전 굼벵이야."

"넌 스피디 한 칸 옆에 있었는데 끝에서 몇 번째로 들어왔잖아."

"단거리 경주는 내 특기가 아니라서 말이야."

"핀, 이 녀석. 넌 네 금발 머리를 고정하느라 너무 바빴구나,

응?" 파블로가 씩 웃었다.

"그런데 넌 어디 라인에 있었냐? 파블로 이 짜샤."

"난 아팠어."

"아, 안 왔구나. 그럼 경기에 대해서 뭐라고 할 처지가 아닐 텐데. 응?"

모건 선생님이 호루라기 불 준비를 한다. 카메라는 선생님의 얼굴을 중앙에 놓는다. 갑자기 줌인하더니 코를 클로즈업한다.

더.

더.

더.

화면이 씩씩거리는 한쪽 콧구멍으로 꽉 찰 때까지.

"으웩. 역겨워. 코털 보인다." 에밀리가 어깨를 부르르 떨더니 반쯤 고개를 돌렸다. "대체 게이브는 왜 저걸 저렇게 줌인한 거야?"

"참 좋은 백만 불짜리 질문이다." 핀이 말했다.

분홍색의 흐릿한 화면

핀이 끙 소리를 내며 화가 나서 손톱을 물어뜯었다. "대체 이 장면에선 뭘 하고 있었던 거야?"

"아마 우리가 뭔가 예술적인 걸 추구한다고 생각했나 봐." 나는 내가 말해 놓고도 웃음이 나왔다. 게이브는 아마 최선을 다해 찍었을 거다. 그는 항상 최선을 다한다.

카메라가 한참 동안 이리저리 마구 움직이더니 마침내 뚜렷한 영상이 나타난다. 분홍색 축구화 한 쌍. 카메라가 옆으로 옮겨가며 뒤로 빠지더니 어색하게 두 번째 검은색 축구화와 그 뒤에 있는 녹색 축구화를 비춘다.

핀이 동영상을 멈추더니 뒤로 물러나 앉아 머리 위로 두 손을 올렸다. "이걸 앉아서 끝까지 다시 볼 수 있을지 모르겠다."

"야, 그냥 한번 끝까지 틀어 봐." 파블로가 말했다. 심지어 그도 냉정함을 잃고 있었다.

배경에 호루라기 소리가 깔린다. 축구화들이 움직이기 시작한다. 처음에는 천천히, 그러다가 좀 더 빨리, 더 빨리. 카메라가 운동장을 달려가는 두 쌍의 축구화를 엉성하게 따라가려고 시도한다.

"게이브는 어떻게 따라간 거야?"

"자전거 타고."

"그래서 화면이 저렇게 튕긴 거구나."

"그러니까 내가 제대로 이해한 거니? 게이브가 저 축구화들만 찍은 거 맞아?" 에밀리가 말했다. 그녀는 낄낄거리느라 숨이 넘어갈 지경이었다. "단거리 주자들 몸은 아예 조금도 보여 주지 않는 거야?"

"그게, 게이브는 스피디랑 오바야가 경주하는 것만 찍으면 됐거든." 내가 대답했다. "하지만 응, 그냥 게네 축구화만 찍은 것 같이 보이네."

에밀리가 웃음을 터뜨렸다. "아, 게이브, 정말 사랑할 수밖에 없다니까."

"어느 쪽 축구화가 이겼어? 어쩌면 그걸 사용할 수 있을지도 모르잖아. 안 그래?" 파블로가 말했다.

핀이 고개를 저었다. "너는 끝까지 못 봐서 그래. 갈수록 가관이라니까? 한번 봐봐."

여전히 두 쌍의 축구화에 초점을 맞춘 채 카메라가 뒤로 빠지며 멀리 흰색 결승선을 보여 준다. 그러고는 갑자기 큰 굉음이 나더니, 다시 울린다. 카메라가 이리저리 흔들린다.

우렁찬 굉음. 이리저리 흔들리는 카메라.

우렁찬 굉음. 이리저리 흔들리는 카메라.

우렁찬 굉음. 이리저리 흔들리는 카메라.

우렁찬 굉음. 이리저리 흔들리는 카메라.

"대체 어떻게 된 거야?" 파블로가 머리를 흔들며 물었다.

핀이 기가 막힌 듯 눈을 치떴다. "꽃가루 알레르기야."

"뭐?"

"저 이상한 괴성 말이야. 게이브가 재채기하는 소리라고. 이 녀석의 엄청난 꽃가루 알레르기를 깜박했지 뭐야."

"게다가 그날 아침 잔디를 깎았지." 내가 기억해 냈다.

갑자기 엄청난 쾅 소리가 난다.

옥신각신하는 소리.

울부짖는 소리.

화면이 깜깜하게 변하고 조용해진다.

핀이 노트북 버튼을 내리쳐서 동영상을 정지시켰다.

"이게 다야?" 에밀리가 물었다.

"응." 핀이 대답했다.

"그러니까 우리는 경기가 어떻게 끝났는지도 못 보는 거야?" 에밀리가 아픈 데를 꼬집었다.

핀의 안색이 어두워졌다. "응, 못 봐."

"게이브는 어떻게 된 거야?" 동영상 끝부분에 커다란 비명이 난 걸 떠올리며 내가 물었다.

"그 후로 게이브를 본 적이 없어." 핀이 말했다. "이메일로 이 동영상을 보냈더라고."

"누구 게이브 본 사람 있어?" 내가 둘러보며 물었다.

아무도 대답이 없다.

"게이브가 어떻게 됐는지 확인 안 했어, 핀?" 에밀리가 쏘아붙였다. "너네도 참 대단한 친구들이다."

"요, 요, 나의 절친들아."

뒤돌아보니 게이브가 문가에 서서 양손을 활짝 펼치고 있었다. 툭 튀어나온 충혈된 눈에서는 물이 흘러나오고 있었다. "너희 모두가 날 걱정하는 걸 들으니 좋구나. 특히 너, 엠." 게이브는 에밀리에게 팔을 두르더니 엄청난 재채기를 뿜어 냈다.

에밀리는 얼굴을 닦았다. "으웩, 나한테서 떨어져. 이 멍청아."

게이브는 마치 권투 경기장에서 두 라운드 정도 뛰고 녹초가 돼서 나온 것처럼 비틀거리며 앞으로 걸어왔다. 핀이 펄쩍 뛰어오르며 킬킬거렸다. "게이브냐, 아니면 로키 발보아냐? 네 꼴 좀 봐라."

"내가 찍은 예술 작품 어때, 핀?" 게이브가 화면 쪽으로 고개를 까딱하며 말했다.

핀이 우뚝 멈춰 섰다. "말도 꺼내지 마-"

"이거 촬영 사고 때문인 거야?" 내가 게이브의 머리에 느슨하게 감긴 붕대를 가리키며 끼어들었다.

"응. 자전거에서 떨어졌어."

"장난해? 너 헬멧 안 쓰고 탔어?" 내가 못 믿겠다는 듯이 말했다.

게이브가 바보 같이 웃었다. 에밀리는 소리를 지르며 게이브의 붕대 주위를 어루만지는 척했다. "게이브, 너 진짜 너무 웃긴다."

"그러니까 보자, 아무도 이해 못 하고 너만 아는 괴상망측한 이유로 허구한 날 네 머리의 일부라도 된 듯이 늘 오토바이 헬멧을 눌러 쓰고 다니더니, 정작 자전거를 탈 때는 헬멧 쓰는 걸 깜박했다는 소리냐?" 핀이 머리를 긁적이며 말했다.

"그리고 그렇게 헬멧도 안 쓴 채로 학교 운동장을 가로지르는 위험한 트랙에 머리부터 착륙하고 말았고." 내가 드라마틱한 어조로 덧붙였다.

핀이 웃음을 터뜨렸다. "게이브만의 에베레스트산. 막 깎은 신선한 잔디밭. 수많은 젊은이가 종말을 맞이하다."

"다음에 또 언제 촬영할까, 핀?" 게이브가 눈치 없이 물었다.

"본업에 집중해, 게이브."

딸기 밀크셰이크

우리는 레나 노왁과 이브 맥마흔이 서로의 몸을 할퀴고 옷을 잡아채며 팔다리를 휘젓는 것을 봤다. 몇몇 다른 여자애들이 말려 보려고 최선을 다했지만 모두 도랑 속으로 떠밀리고 말았다.

"가짜 태닝인가?"

"뭐?" 나는 마치 줄줄이 얼룩 같은 다리들을 바라봤다.

"저 다리들 말이야. 흙먼지 아니면 가짜 태닝일 거야."

"징그럽다."

"나는 쟤네 둘이 친구인 줄 알았는데. 아니야?" 레나가 이브의 머리끄덩이를 잡는 걸 보고 파블로가 눈썹을 치켜세우며 말했다.

"오늘은 친구가 아닌 게 확실하다."

나는 분명히 이 싸움의 내막을 알고 있을 핀을 돌아봤다. "저게 어떻게 된 거야?"

"밀크셰이크 때문이야." 핀이 씩 웃으며 말했다.

커다란 비명이 들렸다. 레나가 이브를 바닥에 때려눕혔다.

"딸기 밀크셰이크."

"계속해 봐." 흥미가 생긴 내가 재촉했다.

핀은 어깨를 으쓱했다. "레나가 자기 남자친구인 로치 멀그루에게 밀크셰이크를 사줬어. 그리고 밀크셰이크 컵에 사랑한다고 작게 낙서를 한 거야. 뭐 하트랑 그런 것들 말이야. 그러고 몇 시간이 지나서 이브가 자기 사진을 인터넷에 올렸는데 그 사진 속에서 뭘 마시고 있었게? 바로 그 낙서가 그려진 밀크셰이크 컵을 들고 있었던 거지."

나는 핀 쪽으로 몸을 돌렸다. "그게 다야?"

"그게 다야."

"밀크셰이크 하나로 너무…… 뭐랄까? 야단법석인 거 아냐?" 마침내 파블로가 말했다.

"빙고. 파블로 이 녀석. 하지만 그게 여자라고." 핀이 다 안다는 듯이 말했다. "모든 게 젠장 맞게 엄청난 사건이 된다니까."

나는 레나와 이브가 풀밭 위에서 뒹구는 것을 봤다. 레나는 확실히 농구를 위해 웨이트 트레이닝을 한 덕분에 우세해 보였다. 이브가 아무도 모르는 MMA(Mixed Martial Arts. 태권도, 합기도, 쿵푸 등이 혼합된 무술) 유단자가 아닌 이상 이건 매우 빠르고도 무자비하게 끝날 싸움이었다.

나는 핀의 이야기를 곰곰이 생각해 봤다. 로치가 엮여 있다면 뭔가가 더 있을 게 분명했다. "그런데 왜 누군가에게 다 쓴 밀크셰이크 컵을 줄까?"

"누가 알겠어, 루키? 아마 불쌍한 이브가 너무 목이 말라서 뭐라도 마셔야 했나 보지."

"그건 이야기의 일부일 뿐이야." 막 등장한 코비가 말했다.

구경꾼 무리는 점점 더 늘어나고 있었다. 나는 어깨 너머로 학교 옆문 뒤쪽을 힐끗 봤다. "곧 누군가 뛰어나올 거야."

"그러니까 나머지 이야기를 해 봐, 코비." 핀이 말했다.

코비가 얼굴을 찡그렸다. "정말 알고 싶어?"

"얼른 털어 놔."

코비가 크게 한숨을 내쉬었다. "듣자 하니 이브가 로치랑 자기를 태그드에 커플로 추천하도록 엄청나게 많은 애를 '설득했다'는 거야."

"지금 장난하는 거야? 레나와 로치가 사귀는데도 말이야?"

"응."

"그리고 이브랑 레나는 친구 사이인데도?"

"응."

"우와. 이브 맥마흔이 그렇게 독사 같은 애인 줄 누가 알았겠어?" 핀이 거의 감탄하는 어조로 말했다. 그는 신기해하며 이브를 보려고 몸을 돌렸다.

"이야기가 더 있어." 코비가 말했다.

"이 멍청한 암소 같으니라고!"

우리는 모두 그 광경을 보려고 고개를 돌렸다. 레나가 이브를 깔고 누워 팔을 누르고 있었다. "스스로 남자친구도 못 만들어서 내 남자를 훔쳤냐?"

"로치가 날 따라다닌 거야!" 이브가 숨을 들이쉬었다.

"거짓말쟁이!"

"네가 걔 마음을 붙잡아 두지 못해서 그런 거지!"

나는 벽 뒤에서 곁눈으로 이 광경을 보고 있는 로치를 봤다. 그는 활짝 웃으며 우리 쪽으로 양손을 치켜들어 엄지손가락을 올려 보였다.

"쟨 아주 만족스러워 보인다." 내가 말했다.

코비가 내 시선이 가는 쪽을 따라 쳐다봤다. "그게 바로 내가 너한테 해 주려고 했던 말이야. 로치는 두 여자가 자기를 놓고 싸우게 할 수 있다고 내기를 걸었어. 그러니까, 진짜 몸싸움 말이야."

"더러운 개자식." 핀이 말했다. "누구랑 내기한 거야?"

"TT 도허티."

파블로가 얼굴을 찡그렸다. "누구?"

"앨런 도허티 3세. 줄여서 TT 도허티." 내가 어두운 표정으로 말했다. "상대가 도허티라니. 이건 결코 좋은 소식이 아니야. 날 믿어."

핀이 깊은 생각에 잠겨 휘파람을 불었다. "TT 도허티라고? 젠장 맞을. 멀그루는 뜰 거야. 이제 쟤는 거물들이랑 얽히게 될 거라고."

그때 크고 날카로운 소리가 대화를 멈추게 했다. "지금- 뭐-
하는 거냐?"

"젠장. 샤인 선생님이다."

뒤돌아보자 자그마하지만 지독한 샤인 선생님이 보였다. 선생
님은 양손에 하키 스틱을 들고 여자아이들 쪽으로 쏜살같이 달
려갔다. 그러더니 작은 체구임에도 몇 초 만에 두 여자아이를 제
압해서 그들이 입고 있던 점퍼를 땅에 텐트처럼 고정시켜 버렸
다. 정말 우스꽝스러운 장면이었다.

$$$

나는 로커 안을 뚫어져라 보며 숙제할 때 필요한 책들을 찾는
데 집중하려고 애쓰고 있었다.

핀이 옆으로 걸어 내게 다가왔다. "네가 무슨 생각하는지 알
아. 긴장 풀어, 루크. 진짜로 그건 문제도 아니라니까."

나는 마음속으로 앞뒤 사정을 연결해 봤다. 로치가 TT 도허티
와 뭔가를 하고 있고, 우리는 로치와 연결돼 있다. 그렇다면 우리
가 TT와 얽히게 되는 건 시간문제였다. 그는 결코 얽히고 싶은
상대가 아니었다. 올해만 해도 그는 1학년 네 명을 벽에 박아 버
렸다. 그저 복도에서 자기를 앞서갔다는 이유만으로. 그 애들은

점퍼에 대롱대롱 매달려 눈물범벅이 된 채로 발견됐다. 게다가 그건 TT가 아주 순하게 군 거였다. 다시 말하면 그 애들은 TT의 심기를 거스르고도 상대적으로 별 탈 없이 놓인 셈이다.

TT의 가족들도 수상했다. 도허티 일가는 지역 경찰서에 자주 들락날락했다. TT의 아빠가 감옥에 들어갔다 나왔다는 소문이 있었다. 그리고 TT의 두 형은 특수부에서 위조품을 다룬 혐의를 받고 있었다.

핀은 이런 연관 관계를 이해하지 못했다. 아니면 그저 생각하기 싫은 건지도 몰랐다.

"넌 왜 그렇게 기분이 좋아 보이냐?" 핀이 에밀리를 보며 수상쩍다는 듯이 물었다.

"아냐, 아무것도 아냐." 에밀리는 순진한 척하며 자기 로커 문을 닫았다. "그냥 좋아서 어쩔 줄 모르겠네."

"너랑 파블로랑 키스하고 화해했냐?"

"닥쳐, 핀."

"아하, 그럼 걔는 여전히 더 나이 많은 여자를 쫓아 다니고 있구나."

파블로와 5학년짜리에 대한 소문이 돌고 있었다. 확인된 바는 없지만. 나는 핀을 무시하면서 책가방 속의 내용물을 바쁘게 확인하고 있는 에밀리를 흘깃 쳐다봤다. 그녀는 그다지 신경 쓰는 것 같지 않았다.

"로치 멀그루와 TT 도허티에 관한 얘긴 다 뭐야?"

핀이 천천히 웃었다. "그냥 작은 내기야, 엠. 소란 떨 거 하나도 없어. 다 잘돼 가고 있으니까."

에밀리가 날카로운 눈으로 나를 노려봤다. 앞뒤 사정을 파악한 거다.

"너 요즘 머리가 점점 커지는구나, 핀. 아직도 이 문을 통과할 수 있다는 게 놀라울 지경이다. 응?" 여전히 나를 보며 에밀리가 말했다.

몇 분 뒤, 커다란 비명이 들렸다. "세상에 맙소사. 저게 다 뭐야?" 에밀리가 핀의 발을 가리키고 있었다. 핀은 씩 웃으며 다리를 쭉 펴서 옆에 가짜 다이아몬드가 줄줄이 박힌 검은색과 황금색의 디자이너 브랜드 운동복 바지를 자랑했다. "완전 예쁘지. 응?"

에밀리가 헛기침을 했다. "음, 내 눈엔 과해 보인다."

"한정판이라고."

나는 똑바로 섰다. "그거 얼마 줬어?"

핀이 얼굴을 찡그렸다. "그렇게 안 비싸."

"네 배당금을 그거 사느라고 다 쓴 건 아니지?"

"사치스러운 건 이게 다야."

"지금 그 말 믿는다."

재주꾼 다저

　샤인 선생님은 책상 위에 전화기를 내려놓고 긴 손톱으로 스크린을 톡톡 두드렸다.

　"얘들아. 이 태그드 앱에 대해서 셀 수 없이 많은 사람하고 얘기를 했는데, 똑같은 이름들이 계속 튀어나오더구나."

　선생님은 잠시 말을 멈추더니 우리를 한 명씩 정면으로 쳐다봤다. 나, 코비, 파블로, 핀.

　"네 이름." 선생님이 나를 가리키며 말했다. "그리고 네 이름, 또 네 이름. 코왈스키 군, 네 이름을 듣고 놀랐다. 그리고 당연히 네가 빠질 리가 없지, 피츠패트릭 군."

　샤인 선생님은 자리에 앉아 팔짱을 꼈다.

　"설명해 보렴."

　아무도 꼼짝하지 않았다.

　"모리세이 군?"

　심장이 내려앉는 것 같았다. 선생님은 눈도 깜짝하지 않고 말해 보라는 듯 나를 노려봤다. 나는 선생님을 쳐다봤다. 샤인 선생님과의 겨루기는 피할 수 없이 이런 식으로 흘러갔다. 이건 정신력 싸움이다. 하지만 선생님은 상대방이 무너지기까지 결코 오래 기다릴 필요가 없었다. 나는 이미 내 뺨이 활활 타오르는 것을 느낄 수 있었다.

"나는 계속 대답을 기다리고 있단다, 모리세이 군."

나는 굳은 채로 앉아 있었다. 샤인 선생님 앞에서 한 번이라도 잘못 움직였다가는 돌이킬 수 없다. 여전히 눈도 깜박이지 않는다. 선생님은 발만 달렸지 혈관엔 차가운 피가 흐르는 뱀이다.

마침내 강한 압박감을 느낀 나는 반쯤 어깨를 으쓱했다.

샤인 선생님은 의기양양하게 혀를 쯧쯧 찼다. "내가 그럴 줄 알았다."

"어떤 대가를 치러야 하는 거죠, 선생님?" 마침내 핀이 패배를 받아들이며 말했다. 핀이 옳았다. 샤인 선생님에게 맞서는 것은 소용없는 일이다. 손해를 가능한 한 줄이고 뭔가 다른 것들이 들통나지 않게 막는 편이 낫다.

"피츠패트릭 군, 네가 유창하게도 표현했듯이 그 '대가'로 말이지. 글쎄, 안됐지만 이 태그드 앱을 학교 안팎에서 완전히 금지해야 할 것 같구나."

핀의 몸이 앞으로 고꾸라졌다. "뭐라고요?"

샤인 선생님이 항의를 막기 위해 한쪽 손을 올렸다. "듣고 싶지 않다. 너희 모두 정학당하지 않은 게 다행인 줄 알아라. 아니,

학교 IT 시스템을 함부로 조작했으니 퇴학당하지 않은 게 다행이다."

선생님 말이 맞았다. 뭐랄까, 엄격하게 말하자면 이 자리에는 굶주린 쌍둥이가 있어야 마땅하겠지만. 게네는 곱슬곱슬한 머리를 갸웃거리며 방긋 웃으면서 멍청한 척을 해 빠져나가는 데 성공했다.

"학교 운동장에서 여자애들이 동물처럼 뒤엉켜 싸운 것은 제쳐 두더라도 말이다." 선생님은 종이 한 장을 들어 올렸다. "설상가상으로 이런 항의 편지도 있었다."

"뭔 놈의 항의 편지요?" 핀이 날카롭게 말했다.

샤인 선생님이 안경을 내렸다. "말투 조심해라, 피츠패트릭 군. 제임스 버크가 항의 편지를 보냈다."

"블랜드." 핀이 큰소리로 불쑥 내뱉었다.

"제임스 버크다." 선생님이 핀을 차갑게 쏘아 보며 다시 말했다.

그때 작게 문을 두드리는 소리가 나더니 에밀리의 얼굴이 나타났다.

"클라크 양, 함께해 줘서 기쁘구나." 샤인 선생님이 비어 있는 의자를 가리키며 말했다. "자, 이제 완전히 세트로 모였구나. 그 유명한 오총사 말이야, 응?"

에밀리가 파블로의 옆자리에 앉았다.

"제임스 버크로 돌아가서. 제임스가 자기 프로필 사진이 훼손

됐다고 주장하더구나."

선생님은 종이를 뒤집어 웃통을 벗은 블랜드의 상체 사진을 보여 줬다. 그 위에는 잔뜩 부풀린 쥐의 머리가 붙어 있었다.

핀과 나는 히죽거리기 시작했다. 참을 수가 없었다.

"제군들, 이건 심각한 문제야. 이건 쉽게 집단 괴롭힘으로 보일 수 있어."

우리는 할 수 있는 한 최대로 정색하고 표정을 가다듬었다.

나는 에밀리가 사진을 쳐다보지 않는다는 걸 눈치챘다. 그녀는 무표정한 얼굴이었다.

샤인 선생님은 아무런 경고도 하지 않고 연극을 하듯 종이를 두 쪽으로 찢어 버렸다. 그러고는 몸을 돌려 종이를 아주 작은 조각들로 빈틈없이 갈기갈기 찢었다.

핀이 선생님의 등 뒤에서 몸을 날려 파블로의 무릎을 꽉 잡았다. 그리고 에밀리의 무릎도 잡았다.

"뭐가?" 파블로가 눈을 크게 뜨고 입 모양으로 물었다.

에밀리가 보인 유일한 반응은 눈썹을 살짝 찡그리는 거였다.

마침내 나도 깨달았다. 범인은 에밀리였다. 그녀의 기분이 그렇게 좋았던 이유가 다 있었다. 블랜드에게 복수한 거다. 하지만 에밀리는 누군가의 도움을 받았다. 돌 같은 얼굴의 설리번 자매를 상대로 블랜드의 태그드 계정을 해킹해서 프로필 사진을 바꾸게 감언이설로 꼬여 낼 수 있는 건 단 한 사람뿐이다. 코비가 아니다. 여자들을 잡아끄는 우리의 아르헨티나산 인간 자석이다.

"너희 모두에게 각자 일주일씩 방과 후에 남는 벌을 줄 거다."

샤인 선생님이 우리 각자가 받게 될 벌의 내역을 맹렬하게 휘갈겨 쓰고 있는 동안 파블로는 내 옆에서 자기도 모르게 조용히 콧노래를 흥얼거리기 시작했다.

잠시 후에 샤인 선생님이 고개를 들었다.

"누가 콧노래를 불렀지?" 선생님이 날카롭게 쏘아 물었다.

선생님은 눈을 가늘게 떴다. "실바 군. 너냐?"

즉시 파블로는 매력적인 모습으로 돌아왔다. 예의 바르게 선생님을 바라보면서 하얀 이를 반짝이며 미소를 지었다. "네, 네, 정말 죄송합니다, 샤인 선생님. 그냥 저도 모르게 콧노래가 나왔어요."

"노래를 불러 보렴, 실바 군."

"네? 뭐라고 하셨죠?"

"아무 노래나 불러 보렴. 지금 당장."

파블로가 어쩔 줄 몰라 하며 나를 돌아봤다. 나는 어깨를 으쓱했다. 나도 대체 일이 어떻게 돌아가는지 알 수 없었다.

샤인 선생님이 책상 위에 펜을 쾅 내려놓았다. "파블로, 지금 당장 노래를 불러라."

파블로의 눈이 커졌다. 그는 머뭇거리며 웅얼거리기 시작했다. 하지만 1분 정도 지나자 분명한 노랫가락이 들리기 시작했다. 뭔가 막연히 익숙한 노래였다. 마침내 나는 무슨 노래인지 알아차렸다. 리버풀 응원가였다. 바르셀로나 응원팀이 선정한 이상한 곡이다.

나중에 파블로는 샤인 선생님이 입고 있던 밝은 빨간색 정장 때문에 그 노래가 가장 먼저 떠올랐다고 했다.

"어딘가에 노래 부르는 사람이 있는 것 같은데, 실바 군. 근데 네 목소리가 잘 들리지 않는구나. 긴장돼서 떨리는 거니?"

파블로는 눈썹을 치켜세웠다.

"긴장되니, 실바 군?"

"아니요. 아닙니다. 샤인 선생님."

"그럼 더 크게 불러라. 더 큰 소리로 불러."

파블로가 불안정한 목소리로 다시 노래를 부르기 시작했다. 이번에는 소리를 좀 더 높여서 불렀다. 공정하게 말해서 유리가 깨질 정도로 끔찍한 소리는 아니었다. 에밀리가 옆자리에서 조롱하는 몸짓으로 과장되게 귀를 틀어막기는 했지만.

잠시 후에 샤인 선생님은 손을 흔들어 노래를 중단시켰다. 선생님은 펜으로 책상 위를 톡톡 두드리며 아까보다 훨씬 더 불편해 보이는 파블로를 바라봤다. "너희도 알다시피 내가 학교 뮤지컬을 담당하고 있단다. 올해 작품은 〈올리버 트위스트〉고 3주 후에 개막 공연을 해. 지금 재주꾼 다저 역할의 대역을 찾고 있단다. 그 역할을 맡은 모리스 케인이 수두에 걸렸거든. 근데 지금 바로 대역을 할 적임자를 찾은 것 같구나."

"저요?" 파블로가 상황을 파악하고 숨을 헉 들이마셨다. 그는 콧잔등을 찡그리며 배역을 맡는 것에 대해 생각했다. "아뇨, 아뇨. 안 돼요. 안 돼. 선생님, 뮤지컬이라뇨. 촌스럽게."

"안타깝구나, 실바 군. 나는 누구든 우리 학교 뮤지컬단의 일원이라면 아주 총애하는데 말이야."

내 옆에서 핀이 의자를 들썩이고 소매를 만지작거리며 꼼지락대는 걸 느낄 수 있었다.

"아주 총애한단다."

"샤인 선생님. 제가 반드시 파블로를 설득해서 뮤지컬에 참여하게 하겠습니다." 핀이 기회를 놓치지 않고 말했다.

선생님은 등을 기대고 앉아 의자를 부드럽게 양쪽으로 돌리며 핀을 매처럼 계속 바라봤다. "무슨 생각이니, 피츠패트릭 군?"

"그 앱에 약간 숨 돌릴 여지를 주신다면요, 선생님." 핀이 대담하게 말했다.

샤인 선생님이 눈썹을 치켜세웠다. "내가 제안을 하마, 피츠패트릭 군. 파블로 실바가 노래랑 춤을 완벽하게 하도록 해 주면 너희 앱을 학교 위원회에 회부하마. 학교 위원회에서 운명을 결정하게 말이야."

핀이 얼굴을 찡그렸다.

"그게 내 유일한 제안이야, 피츠패트릭 군." 샤인 선생님이 냉정하게 말했다.

핀은 파블로 쪽에서 발사하는 경고의 눈빛과 신호를 무시하고 고개를 끄덕였다.

"좋아. 실바 군. 리허설에서 보게 되길 고대하마." 샤인 선생님은 이렇게 말하고 일어섰다. "걱정하지 마라. 관객들이 줄을 서게 만들 음반계의 거물을 기대하는 건 아니니까."

"파블로가 뮤지컬을 하게 어떻게 설득할 거야?" 사무실을 빠져 나오자마자 나는 핀에게 가까스로 물었다.

"간단해." 핀이 말했다. "돈을 줄 거야."

"태그드 앱이랑 학교 위원회는 어쩌고?" 내가 물었다.

"학교 위원회에 운을 걸어 보지 뭐. 누가 아냐, 위원회가 협상을 해 볼 수 있을 만큼 개방적일지도 모르잖아." 핀이 에밀리의 점퍼 뒤쪽을 붙잡았다. "그렇게 빨리 가 버리면 안 되지, 엠. 블랜드 사진 말이야, 네 해킹에 대해서 얘기 좀 해야지."

에밀리의 움직임이 멈췄다. "나한테 축하라도 해 주게?" 그녀가 갈라진 목소리로 말했다. 핀이 입을 열었지만 내가 핀의 팔을 잡았다.

에밀리가 천천히 뒤돌아서서 우리를 바라봤다. 그녀의 얼굴은 여전히 분노로 붉게 달아올라 있었다. "나한테 그 멍청한 앱의 꼬리가 잡혔다고 징징댈 생각하지 마. 우우우."

"복수의 대가가 너무 비싸잖아, 엠."

에밀리가 격분했다. "말도 꺼내지 마, 핀. 경고하는데 아예 말도 꺼내지 말라고."

이번만은 핀도 입을 다물었다.

앨런 도허티 3세

핀은 까치발을 하고 서서 앞에 서 있는 애의 어깨를 두드렸다.

"이 줄은 대체 뭐야?"

"오바야의 깁스에 사인하려는 거야."

"뭐?"

"걔 다리에 깁스."

핀의 숨이 가빠졌다. "걔가 어쨌다고?"

"못 들었어?"

하지만 핀은 이미 아이들 무리를 헤치고 매점으로 향하는 복도를 전력 질주하고 있었다. 나도 핀을 뒤따라갔다.

"오바야, 이게 대체 무슨 일이야?"

오바야는 엄청나게 커다란 파스타 그릇을 앞에 두고 앉아 있었다. 의자 위에 걸쳐 올린 오른쪽 다리는 반짝거리는 흰 석고로 완전히 둘러싸여 있었다. 절반은 이미 낙서로 뒤덮여 있었다. 핀은 사인하려고 시끌벅적하게 떠드는 아이들 무리를 밀쳐 버렸다.

오바야는 파스타를 정신없이 먹다가 핀을 잠깐 올려다보더니 무표정한 얼굴로 반쯤 고개를 끄덕여 보였다.

핀이 이마에 송골송골 맺힌 땀을 닦았다. "대, 대체 어떻게 된 거야?"

"터치 럭비."

나는 얼굴을 찡그렸다. "하지만 넌 럭비 안 하잖아."

"그냥 어쩌다가 하게 됐어."

"어, 어쩌다가?"

오바야는 포크를 내려놓았다. "나는 그냥 트라이 라인까지 가려고 한 건데 갑자기 태클을 당해서 땅에 넘어졌어. 아주 심하게 넘어져서 다리를 접질렸어."

나는 움찔했다. "얼마나 쉬어야 하는데?"

"10주 정도. 어쩌면 더 오래 걸릴지도 몰라."

그럼 이번 시즌의 나머지 기간에 오바야는 경기를 할 수 없다. 시니어 축구팀의 병력 손실은 어마어마할 거다. "아, 이건 정말 심하다."

"하지만 넌 왼발잡이 아냐?" 핀이 말했다. "어쩌면 넌-"

"핀, 진짜 정신 차려. 애 지금 목발 짚고 있다고." 내가 말했다. 오바야가 대결할 수 있는 가능성은 없다. 게다가 그는 엄청난 충격을 받은 것처럼 보였다.

핀이 물러섰다.

"럭비를 해 보라는 교훈을 얻었겠네." 내가 오바야에게 서글픈 미소를 지으며 말했다. "너무 걱정 말라고, 친구."

오바야의 눈이 커졌다. "걱정하지 마. 다음번에는 내가 먼저 태클을 걸 테니까. 버크 그 자식은 뭐가 치고 지나갔는지도 모를 거다."

핀이 멈춰 섰다. "잠깐. 버크라고? 제임스 버크 말하는 거야?"

"한 번에 알아듣네." 오바야가 쳐다보지도 않고 말했다.

핀의 얼굴이 굳었다.

핀은 나를 테이블에서 끌고 갔다. "못 믿겠어. 또 제임스 버크야."

"걔가 일부러 그랬는지 모르잖아."

"정신 차려, 루크. 이건 우연이 아니야. 블랜드는 우리가 대결을 위해서 오바야를 내세운 걸 너무나 잘 알고 있다고."

나는 핀이 블랜드를 과대평가하고 있다고 생각했다. 그는 그렇게 똑똑하지 못했다. "하지만 블랜드가 이런 일을 계획해서 해냈을 리가 없어."

핀이 눈을 가늘게 떴다. "아니. 기회를 보고 포착한 거야. 그 프로필 사진에 친 장난 때문에 복수하려고 한 거라고. 완전 개망신을 당하긴 했지."

나는 남은 시즌이 엉망이 돼 버린 오바야를 멍하니 바라봤다. 마음 깊은 곳에서 불안한 느낌이 점점 치밀어 오르는 것을 무시할 수 없었다. 이 불안감은 점점 자라서 제어할 수 없을 만큼 커지려 하고 있었다.

"이건 우리 잘못이야, 핀. 우리가 오바야를 이 일에 엮어 버렸어."

핀은 이의를 제기하며 손을 들었다. "잠깐만, 루크. 우리가 블랜드에게 오바야를 땅에 패대기치고 태클을 걸라고 한 건 아니야. 걔가 혼자 그런 거라고."

"안녕." 고개를 드니 TT 도허티의 거대한 그림자가 우리에게 드리워져 있었다.

"TT." 핀이 조심스럽게 말했다.

TT는 팔을 쭉 뻗어 우리 둘의 어깨에 손을 둘렀다. "여기 있었네. 내 새 사업 파트너들." 나는 몸을 빼냈다. 그는 핀에게 헤드록을 걸고 머리를 헝클어뜨렸다. "로치가 너희에게 말 안 했니?"

"무슨 말을 해?" 내가 물었다. 숨이 가빠졌다.

TT가 거칠게 핀을 놔주자 핀은 앞으로 몇 발자국 비틀거렸다. "자기가 운영하던 내기 사업을 나한테 넘겼어. 그러니까 이제부터 우리가 같이 사업을 하게 되는 거지."

"네가…… 내, 내기 장부를 가지고 있어?" 나는 이 상황의 심각성을 파악하려고 안간힘을 쓰며 물었다.

TT는 손가락 마디를 꺾었다. "내가 내기에서 이겨서 상금을 받아야 하는데, 로치가 주지를 못 했어. 그래서 그 돈 대신에 내기 장부를 가져가라고 하더라고."

나는 며칠 동안 로치를 보지 못했다. 로치가 자취를 감춘 이유가 있었다.

"잠깐만. 하지만 로치는 우리한테도 갚을 돈이 있어! 대출금 말이야." 핀이 말문이 막혔다가 겨우 말했다.

나는 머리를 움켜잡고 앉은 핀을 물끄러미 바라봤다. 로치가 자기 장부를 포기한 이상 이제 그에게 대출금을 돌려받는 건 영영 꿈도 못 꿀 일이 됐다.

"너네 그 은행 사업 이야기는 들었어. 아주 멋지더라고. 뭐, 내 문제는 아니지만. 그건 너랑 걔 문제지."

"하지만 페널티킥 대결은 어떻게 하고? 로치랑 우리는 모든 내기에서 얻을 이익을 퍼센티지로 나누기로 계약했어."

"그래, 그거 꽤 쏠쏠한 계약이더라. 근데 안타깝게도 그 계약은 나한테 넘어오지 않았어."

"하지만 로치랑 나는 계약서에 서명을 했어."

TT가 아랫입술을 부르르 떨었다. "거참 안됐네."

"계약 조건 사항에 적혀 있다고."

TT가 핀의 팔을 움켜쥐었다. "이제 내가 계약 조건을 만든다고. 이 친구야."

핀은 바로 입을 다물었다.

TT의 얼굴이 펴졌다. "자, 그럼 너희 이제 어떻게 할 거니?"

우리는 둘 다 창백해진 얼굴로 그를 바라봤다.

TT는 벽에 기대 서서 다시 손마디를 꺾어 댔다. "그 대결은 해야 해, 친구들아. 내기가 무효가 되면 돈을 건 애들한테 엄청난 반환금을 줘야 할 거야."

"잠깐만. 왜 우리가 내기 반환금을 지불해야 하지?" 나도 모르게 이 말을 입 밖으로 내뱉고 말았다.

"새로운 규칙이야." TT가 이죽거리며 말했다. "그러니까 가서 일하는 게 좋을 거야. 아니면 내 기분이 안 좋아질 테니까. 그렇게 되면 그걸 어디다 풀 것 같아?"

우리는 뒤로 주춤 물러났다.

TT는 우리에게 한 걸음 더 다가서더니 위협적으로 자기 얼굴을 가까이 댔다. 그리고 양손으로 우리 뺨을 한쪽씩 잡더니 마치 우리가 고개를 끄덕이는 손 인형이라도 된 듯 위아래로 흔들어 댔다.

"TT, 이 악마 같은 녀석. 우리가 최대한 빨리 오바야의 대타를 구할게." 나는 TT의 숨 냄새가 역겨워 고개를 돌렸다.

TT가 우리를 놔줬다. "좋아. 그럼 그렇게 하기로 한 거다. 너희랑 사업하니까 참 좋다."

그는 멀어지면서 우리에게 엄지손가락을 치켜들어 보였다.

배터 버킷

나는 뱃속에서 요란하게 울리는 꾸르륵 소리를 무시하려고 애쓰며 미끄러지듯 옆문을 빠져나갔다. 월요일 마지막 수업이 두 시간짜리 수학 수업이라니 최악이다. 나는 벽에 움츠리고 붙어 서 있던 핀과 부딪혔다.

나는 뒤로 몇 발짝 비틀거리며 물러섰다. "이런, 핀. 조심 좀 해라."

"루크." 핀이 몸을 앞으로 수그리며 숨을 헐떡댔다. "루크, 작은 문제가 생겼어."

나는 동작을 멈췄다. 평소와 달리 부스스한 핀의 모습이 눈에 들어왔다. "새로운 헤어스타일이냐?" 나는 씩 웃으며 곱실거리는 머리카락 다발이 삐죽 튀어나온 핀의 모습에 눈썹을 치켜세웠다.

핀은 핸드폰 액정화면에 자기 모습을 비춰 보고는 얼굴을 찡그렸다. "방금 전에 모나리자 머피가 내 등을 짚고 뛰어넘기를 했어."

나는 웃음을 터뜨렸다. "뭐라고?"

"걔가 나를 깜짝 놀라게 붙잡았다고. 됐어? 나를 땅에 메다꽂았어. 겨우 빠져나왔다니까." 핀이 소매를 걷어 올려 팔을 살펴봤다. "맹세코 그 마녀 같은 손톱으로 내 팔을 할퀴었다고. 여기 봐. 이 상처는 영영 안 사라질 거야."

나는 핀의 말대로 폭행당한 결과를 확인하려고 몸을 숙였지만 영영 사라지지 않을 상처는커녕 흔적조차 볼 수 없었다. 하지만 어쨌든 이건 매우 모나리자 머피답지 않은 행동이었다. 모나리자는 수다스러울지는 몰라도 물리적인 폭력을 쓰지는 않았다. "야만인 같으니라고. 걔한테 뭐가 씐 건지 모르겠다!"

하지만 핀은 대꾸하지 않고 학교 정문 앞의 소란에 정신이 팔려 있었다. 그는 벽에 몸을 바짝 붙이고 고개를 내밀었다. "아, 젠장. 걔 저기 있다."

나는 까치발을 하고 섰다. 모나리자가 정문 앞에서 아이들 무리를 헤치며 소리를 지르고 허공에 주먹을 흔들어 대고 있었다. 그녀는 재빨리 유턴하더니 우리 쪽으로 쿵쾅거리며 걸어왔다.

"아이고." 핀은 재빨리 내 등 뒤로 웅크리고 숨었다. "움직이지 마, 루크."

모나리자가 문으로 나타나 허리에 손을 올리고 입을 앙다물었다. "너, 핀 피츠패트릭 봤지? 이쪽으로 나왔다는 거 알거든."

나는 움직이지 못하고 그 자리에 못 박힌 채 무심하게 어깨를 으쓱했다. "아니, 걔 못 봤어."

모나리자는 길을 위아래로 살피며 서서히 멀어져 갔다.

나는 그녀의 눈에 핀이 안 띄게 하려고 로봇처럼 이리저리 움직였다. 그런데 핀이 갑자기 내 다리를 잡더니 커다란 소리로 재채기를 했다. 모나리자가 얼굴을 찡그리더니 즉시 수상하다는 표정을 지었다. 그녀는 위험해 보이는 모습으로 앞으로 걸어왔다.

나는 등 뒤에서 소리 죽여 웃는 소리를 들었다. 망할 놈의 핀.

모나리자를 따돌리기 위해 나는 내가 생각해 낼 수 있는 유일한 행동을 했다. 재채기 시늉을 하기 시작한 거다. 처음엔 가볍게 재채기를 하다가 점점 큰 소리로 재채기를 했는데, 간간이 그 사이로 웃음소리가 섞여 나왔다.

모나리자는 마치 내가 어릿광대라도 된다는 듯 나를 위아래로 훑어봤다. "너 왜 그러는 거니?"

"아무것도 아냐." 나는 눈에 물기가 어리고 배 근육에 경련이 일어나도록 재채기를 했다. 그리고 웃지 않으려고 노력하다가 균형을 잃고 뒤로 넘어졌다. 그 바람에 엉덩이로 핀의 얼굴을 바로 후려치고 말았다.

"잘했다." 핀이 씩씩거리며 주먹으로 나를 쳤다.

나는 입술을 꼭 깨물고 천천히 숨을 들이쉬며 통제력을 되찾으려고 노력했다. "이것 봐, 머피. 난 가야 돼. 오늘은 나도 핀을 못 봤거든. 그런데 핀은 왜 찾아?"

"게이브 오루크가 나한테 저축 계좌를 팔았어. 걔가 핀 피츠패트릭이 이 끔찍한 은행 사태의 주범이라던데." 모나리자는 허공에 핀의 얼굴이 떠오르기라도 한 듯 잽을 날려 댔다. "핀에게 내 말 좀 전해 줘. 나는 약속했던 조건을 원한다고. 아니면 일이 꼬일 거라고. 꼭."

모나리자는 학교 쪽으로 쿵쾅거리며 돌아갔다.

나는 크게 숨을 내쉬었다. "이게 다 대체 무슨 얘기야."

핀이 벌떡 일어나 다리를 뻗었다. "모나리자가 저축 계좌를 닫고 싶어 해. 별로 좋은 일이 아니야."

"그러네. 근데 정말이야? 쟤는 늘 햇살같이 방글거리는 애잖아." 나는 표현을 자제하려고 노력하며 눈을 굴렸다.

"게이브에게 약속받은 계약 조건대로 돈을 돌려받지 못했다고 주장하고 있어."

그때 문 쪽에서 약하게 엎치락뒤치락하는 소리가 들렸다.

핀이 내 점퍼를 질질 끌고 갔다. "빨리 와. 개가 돌아와서 2차전이 벌어지기 전에."

우리는 길 아래에 다다라서야 숨을 돌렸다.

마침내 내가 숨을 가다듬고 말했다. "그래서 모나리자에게 약속한 정확한 조건이 뭐야?"

우리 둘 다 게이브의 저축 상품을 자세히 확인하고 단속할 기회가 없었다는 사실이 떠올랐다. 초짜들이 하는 실수다.

핀이 뿌드득 이를 갈았다. "분명히 게이브가 치피네 가게하고 협상할 때 보니 배터 버킷을 먹고 있었어. 배터 버거 밀 딜이 아니라. 망할 놈의 멍청이 녀석.”

나는 이 일이 어떻게 될지 궁금해졌다. “버킷이라고? 배터 버킷?”

“알잖아. 왜 그 점보 메뉴 중에 하나 말이야. 배터 버킷에는 배터란 단어가 들어가는 모든 메뉴가 포함된다고. 배터 버거, 배터 소시지, 배터 너겟……”

“우리 게이브가 무슨 건강 캠페인이라도 하는 것 같네.” 내가 말했다.

“어니언 링, 피자, 산더미 같은 감자칩.” 핀이 계속했다.

나는 혀를 쑥 내밀었다. “배터 피자라고? 정말?”

“진짜 별로일 것 같지? 하지만 날 믿어 봐. 진짜 맛있어. 먹어 보라고, 친구.”

“잠깐, 근데 이게 게이브의 저축 계좌 계약이랑 무슨 상관이야?” 내가 물었다.

핀의 안색이 어두워졌다. “그러니까 배터 버킷은 보통 4~6인분이야.”

나는 어깨를 으쓱했다. 여전히 뭐가 뭔지 이해할 수가 없었다. “게이브가 쿠키 대마왕이라는 게 새삼스러운 뉴스거리도 아니잖아.”

“아니, 그게 아니라, 루크. 생각 좀 해 봐. 그 버킷은 20유로야.”

핀이 목소리를 약간 높이며 내뱉듯이 말했다. 그러고는 고개를 세차게 끄덕여 보였다.

갑자기 게이브가 헐링 연습을 끝낸 뒤 기름과 땀과 식초 냄새가 가득한 가운데 만족스러운 듯 배터 버킷을 먹어 치우며 치피네 식당에서 실없는 농담들에 바보같이 고개를 끄덕이는 모습이 떠올랐다. 누구든 은행에 돈을 저금하기로 할 때마다 배터 버킷 값을 내주겠다는 식의 터무니없는 농담에 말이다.

뱃속이 뒤틀리는 것 같았다. "망할, 그러니까 게이브가 건 조건이 매번 저축 계좌를 만들 때마다 20유로를 보너스로 지불한다는 거였단 말이야?" 나는 움찔하며 내 말이 틀렸기만을 기도했다.

"드디어 이해했냐." 핀이 손을 치켜들며 울부짖었다. "그래, 매번 누군가 50파운드를 저금할 때마다 배터 버킷 보너스를 주는 거야. 20유로를."

"세상에 맙소사, 그건 거의 50퍼센트 보너스인 셈이잖아." 나는 더듬거리며 중얼거렸다. 게이브의 저축 계좌에 가입하려고 사람들이 줄을 선 게 당연했다. 이건 완전 골드러시(새로 발견된 금광으로 사람들이 몰려드는 것)였다.

나는 이를 악물었다. 게이브가 우리 눈밖에 벗어나게 돼서는 절대 안 됐다. 만일 사람들이 자기 계좌를 닫기 시작한다면 우리가 내줘야 할 현금이 수백 건으로 눈덩이처럼 불어날지도 몰랐다. 그러면 우리는 완전히 망할 수 있었다.

"인정해, 핀. 이건 터무니없는 사건이야. 얼마나 많은 애가 가입했는지 우리가 알고나 있어? 그리고 지금까지 사람들이 얼마나 저금했는지 알아? 그리고 모나리자 머피, 내 말은 그러니까 걔가 입을 다물고 있을 리가 없잖아. 모나리자가 볼링공만 한 입으로 뭐든 떠벌리고 다닌다는 건 누구나 아는 일이야."

핀이 내 소매를 잡았다. "잘 들어. 침착해, 루크. 아무한테도 입도 뻥긋하면 안 돼. 내가 모나리자 건은 어떻게든 입막음할 거야."

"하! 퍽도 잘되겠다. 그럼 그냥 가만히 앉아서 성난 아이들이 나타나길 기다리자는 거야?"

핀이 뺨을 부풀렸다. "아니, 아니야. 그냥 시간을 좀 벌어야 한다는 거야. 자금이 돌 수 있게."

나는 초조하게 머리를 흔들었다. 핀은 돈에 눈이 멀어서 거대한 철퇴가 우리 쪽으로 날아오고 있는 것을 보지 못하고 있었다. "핀, 우린 지금 이 문제가 더 커지기 전에 막아야 해. 다 털어 놓고 저축한 고객들이 불만 없도록 뭐라도 나눠 주자."

나는 숨을 죽였다.

"아니면 모두에게 돈을 돌려주자. 저축 상품 문제는 실수였다고 말하고." 그렇게 한다면 핀의 주가가 폭락하리라는 것을 알았지만 어쩔 수 없었다. "게이브랑 그 멍청한 버킷 사건을 원망하라고."

핀의 얼굴이 겁에 질려 창백해졌다. "뭐라고? 돈을 돌려줘? 안
돼. 그건 좀 너무하잖아."

"생각해 봐, 핀. 만약 게이브가 약속한 조건대로 이자를 받지
못하리라는 걸 모두가 알게 된다면 폭동이 일어나는 건 시간 문
제야. 그리고 기억해. 우리는 이 학교의 모든 운동팀을 상대하고
있는 거라고. 걔들이 우리를 완전히 뼈도 못 추리게 아작 내 버
릴 거야."

나는 식스 팩 근육 군단들이 우리를 향해 전진해 오는 모습을
상상해 봤다.

"게다가 걔네들 말고도 게이브의 이 사기 상품을 산 사람이면
누구든 다 들고일어날 테고." 내가 덧붙였다.

그러자 핀이 팔을 휘저었다. "잘 들어. 내가 모나리자를 처리
할게."

"네가 무슨 생각하는지 맞혀 볼까? 돈 주고 입막음하려고?"

핀이 히죽히죽 웃었다. "넌 나를 너무 잘 안다니까."

나는 고개를 흔들었다. 핀이 이번엔 완전히 잘못 짚었다. 모나
리자는 그렇게 호락호락한 상대가 아니었다. "걔한텐 안 통할 거
야. 그 귀여운 곱슬곱슬한 머리 아래에는 독사가 숨어 있다고."

"걔는 나한테 맡겨 둬. 내가 몇 주 동안 숨 쉴 여유를 좀 벌어
볼게. 그러고 나서 모두에게 다 털어 놓고 뭔가 달랠 수 있는 조

건을 제시하자고."

나는 재빨리 생각했다. 한 가지만큼은 핀이 옳았다. 돈은 계속 들어와야 했다. 특히 TT 도허티가 우리 주변을 어슬렁거리며 잠복해 있으니 더더욱.

"좋아. 그때까지 우리가 잘 막아 낼 수 있어야 하는데." 나는 의심이 가득한 목소리로 말했다. 볼링공만 한 입으로 마구 떠벌리는 모나리자의 모습이 다시 머릿속에 떠올랐다.

"좋아, 친구."

나는 우리 집 길목으로 접어드는 모퉁이에 이르러서 걸음을 좀 늦추고 가방에서 낡은 운동화를 꺼냈다.

핀이 내 손에서 운동화 한 짝을 낚아채더니 말했다. "뭐야, 이거 완전 낡아 빠졌잖아. 나는 네가 이것들을 다 내다 버린 줄 알았는데."

나는 핀의 손에서 운동화를 다시 가져왔다. "아직은 아냐."

핀이 운동화 앞코를 쿡 찌르며 물었다. "이 이상한 오렌지색 지그재그는 뭐냐?"

"알고 싶지 않을걸." 나는 웃음을 참으며 끙 하고 신음을 냈다. "예전에 이 부분이 엄청 크게 찢어졌던 거 기억나? 엄마가 찢어진 부분을 꿰매 주려고 한 거야. 새것처럼 감쪽같이."

핀이 어깨를 으쓱했다. "맙소사. 빨리 버려, 이 자식아."

나는 새 운동화를 가방 맨 아래쪽에 쑤셔 넣었다. "집에서 이 신상 운동화를 신고 돌아다닐 수는 없어. 엄마가 1마일 떨어진 곳에서도 알아보고 어디서 났는지 나를 들들 볶을 거야."

정확하게 말하면 그게 전부는 아니었다. 나는 엄마가 운동화 한 켤레 때문에 나에게 미안해하지 않길 바랐다. 우리 집 사정은 이런 문제가 아니어도 충분히 좋지 않았다.

핀은 내 발을 물끄러미 쳐다봤다. "그래서 매일 운동화를 갈아 신는 거야?"

"말도 마. 그 잔소리를 듣는 것보다는 나아."

"뭐, 남들 보는 데서 신고 다니는 게 아닌 이상 어떠냐. 그냥 실내화네."

"난 이거 신고 내일 시내 나갈 거야." 내가 무표정한 얼굴로 말했다.

핀은 당황한 듯했다. "진짜야? 만약 시내에서 애들이 네 신발을 보기라도 하면 완전 놀림거리가 될 텐데."

나는 집으로 들어가는 진입로 쪽으로 발걸음을 옮겼다.

"게이브는 어떻게 할 거야?" 나는 이미 답을 알면서도 다시 물었다.

핀이 턱을 앙다물었다. "치피네 식당 메뉴에 신상품이 추가될 거다. 마구 두들겨서 바싹 튀겨 버린 게이브 하나."

$$$

그날 저녁, 나는 파블로에게 문자를 받았다.

안녕 친구, 스피드보트에 20손가락 건다.

나는 기다렸다. 파블로가 자동 완성 문자 탓에 실수한 부분을 고쳐서 다시 보내기까지는 보통 그렇게 오래 걸리지 않았다. 몇 초 만에 다시 문자가 왔다.

미안. 스피디에게 20유로 걸었다.

다시 문자를 읽으니 걱정스러운 생각이 떠올라 내 뒤통수를 강하게 때렸다. 그러니까 TT 도허티는 우리가 스피디와 대결할 상대를 구하지 못했는데도 여전히 대결전을 놓고 내기 돈을 받고 있는 거다. 핸드폰이 다시 부르르 떨었다. 이번에는 에밀리에게서 온 메시지였다.

뉴스 속보! TT 도허티가 대결전으로 받은 배팅 수가 200을 넘겼대. 빨리 오바야 대타를 찾는 게 좋을걸. 아니면 수백 유로를 물어 줘야 할 수도 있어 :-o

벌써 배팅이 200개에다 아직도 계속 집계되는 중이라니. 그건 만약 대결전을 벌이는 데 실패하면 우리가 올림픽 수영장 규모 정도의 반환금을 내줘야 하는 사기를 당하게 된다는 뜻이다.

나는 지체 없이 핀의 전화번호를 눌렀다.

로비스트

나는 주머니에 깊숙이 틀어박힌 동전들을 끄집어내느라 청바지 주머니에 손을 집어넣고 낑낑거렸다. 꽉 달라붙는 청바지라니, 잘못된 선택이었다. 사실 여름이 오려면 아직 몇 달 남긴 했지만 그래도 반바지를 사는 게 더 나았을 뻔했다.

"그러니까 어, 뭐 먹을래? 내가 살게." 나는 깜짝 놀랄 만큼 눈부신 햇살을 막으려고 손을 들면서 어색하게 말했다.

케이티 도일이 나를 보며 활짝 웃었다. "그럼 나인티 나인. 고마워."

줄을 서서 주문을 하고, 돈을 내고, 나인티 나인 아이스크림 두 개를 사서 가게를 나서자 케이티는 이미 밖으로 나와 벽돌담 위에 앉아 있었다.

나는 녹아내리는 콘을 케이티에게 건네줬다. 또다시 케이티가 활짝 웃었다. 핀의 말에 넘어가지 말아야 했음을 알고는 있었다. 하지만 나는 머릿속이 굳어져 이러지도 저러지도 못하는 복잡한 상태였다.

"들어 봐, 루크." 핀이 말했다. "이건 완전히 말이 되는 이야기야. 케이티 도일은 학교 위원회의 핵심 멤버야. 그리고 우린 전부 그녀가 너한테 홀딱 반해 있다는 걸 알고 있어."

나는 고개를 흔들었다. 아니, 이건 완전히 말도 안 된다.

핀은 웃음을 터뜨렸다. "널 볼 때마다 생글생글 웃잖아. 한 번도 빼놓지 않고. 좀 거들어 봐, 엠."

에밀리는 내키지 않는다는 듯 미소를 지었다. "완전, 완전 홀딱 반했지. 불쌍하게도."

"걔 귀엽잖아." 핀이 에밀리를 무시하며 노래를 불러 댔다.

나는 다시 고개를 저었다. "난 안 할래, 핀. 절대 안 해."

"그냥 한번 만나 봐. 심각해질 거 하나 없어. 그냥 앱 얘기만 슬쩍 꺼내 봐. 그리고 미끼를 무는지 보라고."

나는 한숨을 쉬었다. "마음이 불편해, 핀. 마치 내가 거짓말로 걔를 꾀는 것 같잖아."

핀이 명랑하게 내 등을 찰싹 때렸다. "네가 너무 지나치게 생각하는 거야, 임마. 설령 케이티가 네 속셈이 뭔지 깨닫는다고 해도, 뭐 기분이야 나쁘겠지만 금방 잊어버릴 거야. 며칠이면 다 잊어버릴 거라고."

에밀리가 큰 소리로 코웃음을 쳤다. "케이티 도일은 바보가 아냐. 사실 걔는 많은 걸 알고 있다고. 근데 너는 마치 걔 여기가 텅 비었다는 투로 말하는구나." 에밀리는 자신의 머리 옆을 톡톡 치며 말했다. "그리고 정신 차려. 학교 위원회를 매수한다고? 아무리 너라고 해도 정말 밑바닥 중의 밑바닥이다. 내가 장담하는데 이 일은 완전 비극으로 끝날 거야. 네 눈에서 뜨거운 눈물이 철철 쏟아지게 될 거라고."

"제발, 루크. 우리는 진짜, 이 앱을 반드시 정상 궤도에 다시 올려놓아야만 해." 핀이 에밀리가 야단치는 것을 무시하며 초조하게 말했다. "설리번 자매가 이제 막 새로운 버전을 공개하려고 한단 말이야."

"하지만 이런 방식은 아니야."

핀의 얼굴이 어두워졌다. "게이브의 햄버거 공세가 점점 벼랑 끝으로 몰리고 TT 도허티가 얽혀 있는 지금 이 상황에서도 말이야?"

핀이 자전거 바퀴를 발로 차는 바람에 자전거가 길 건너 도로 경계석 위에 앉아 있던 에밀리 근처로 돌진했다.

에밀리는 벌떡 일어섰다. "핀! 자전거가 나를 칠 뻔했잖아, 이 멍청아."

나는 자전거를 붙잡았다. "맙소사. 핀, 제발 진정 좀 할래."

핀이 초조하게 왔다 갔다 서성거리면서 숨을 골랐다.

"너도 정말 돈이 필요하잖아……." 핀이 말을 멈췄다.

"뭐?" 나는 핀의 진지한 시선을 맞받아치며 말했다.

핀이 망설였다. "그러니까 너희 아버지 사업도 그렇고…… 너희 부모님도 아마 좋아하실······."

"뭐가, 핀? 우리 부모님이 뭐가 어떻다고?"

핀이 어깨를 으쓱했다. "가게 문을 닫으시니까. 그리고 너희 아버지가 밴을 파실 수밖에 없다고 들었어."

순간적으로 내 안에서 불꽃이 확 이는 것 같았다.

나는 핀의 멱살을 움켜쥐고 앞으로 끌어당겨 벽에 세게 밀어붙였다. "나한테 장난질할 생각하지 마, 핀. 우리 아빠나 아빠 사업에 대해서 떠들어 대지도 말고."

나는 에밀리가 멀리서 멈추라고 소리를 질러 대는 걸 어렴풋이 들을 수 있었다. 얼마 있지 않아 내 옆에 서서 우리 둘을 떼어놓으려고 애쓰는 그녀의 손길을 느낄 수 있었다.

"이거 놔, 에밀리." 나는 에밀리를 밀치며 말했다. "이건 나랑 핀 사이의 일이야."

나는 온 힘을 다해 이를 악물고 몸으로 핀을 밀어붙였다. 핀은 버둥거리며 빠져나가려고 했지만 내가 너무 단단히 잡고 있었다. 우리의 시선이 얽혔다.

"루크, 너무 아프잖아."

"너 알고 있었지, 그렇지?"

아무 대답이 없었다.

"알고 있었지?"

"뭘 말이야." 핀은 숨이 막혀 했다.

"우리 아빠 사업이 잘 안 되는 거 말이야. 나한테 은행 사업을 같이하자고 했을 때부터 알고 있었던 거지?"

"아냐."

나는 핀을 더 세게 벽에 밀어붙였다.

"아, 알았어. 그래. 뭐 좀 들은 얘기가 있긴 했어."

나는 손을 조금 느슨하게 풀었다.

"어디서?"

"엄마가 이야기하는 걸 엿들었어."

나는 안심이 돼서 잠깐 눈을 감았다. 최소한 학교에서 애들이 우리 집 사정에 대해 수군거리고 있는 건 아니었다.

"아, 너한테 진작 얘기했어야 했는데, 자식." 핀이 이번만은 진심인 듯한 목소리로 말했다. "미안하다."

마침내 나는 핀을 풀어 줬고 우리는 바닥에 쓰러졌다.

나는 마치 텅 빈 검은 동공처럼 보이는, 한때는 우리 집 거실로 불렸던 그 공간에 갇혀 버린 듯 꼼짝 않고 앉아 있는 아빠의 모습을 떠올렸다. 그리고 겨우겨우 살림을 꾸려가기 위해 야간 근무를 하는 엄마를 생각했다. 온라인 세상에 접속해 보려고 몇 시간이고 위층 화장실에 걸터앉아 있는 내 모습을 생각했다. 또 TT 도허티의 얼굴을, 그가 내 얼굴에 자기 얼굴을 바싹 들이밀고 더러운 악취를 풍기는 모습을 떠올렸다.

마침내 나는 호흡을 가다듬었다. "케이티 도일. 좋아. 하겠어."

이게 며칠 전의 일이다. 그다음 며칠을 빨리 감기하면 내가 나인티 나인을 홀짝대며 케이티 도일과 마을을 돌아다니고 있는 지금 이 상황이 되는 거다.

"그래서 래퍼티 선생님한테 듣는 수학 과목 공부는 잘돼 가?" 내가 잠시 동안의 적막을 깨며 물었다.

"아주 좋아." 케이티가 예의 바르게 대답했다. "내년에 우수반에 들어갈 수 있으면 정말 좋겠어. 래퍼티 선생님은 좋은 선생님이야. 너도 계속 우수반 수업 들을 거니?"

나는 내 중간고사 성적을 떠올렸다. "아마 힘들 것 같다."

또 어색한 침묵이 흘렀다.

"아, 그럼 농구는 잘돼 가?" 픽도 재치 있는 말을 한다. 본론을 말해, 루크.

케이티가 콧잔등을 찡그렸다. "혹시 하키 말하는 거야? 난 하키 하는데. 농구가 아니라."

"아, 맞아. 하키. 미안." 젠장.

나는 케이티를 마주 보기 위해 몸을 돌렸다. 그녀의 턱에 아이스크림이 흘러내리는 게 보였다.

"어, 너 턱에……." 나는 케이티의 턱을 가리켰다.

케이티는 얼굴이 빨개져서 티슈로 턱을 닦았다.

나는 벽에서 약간 더 떨어져 앉았다. 매초 더 어색해지고 있었다.

"근데 너 학교 위원회 활동도 하지, 그렇지?"

케이티가 열성적으로 고개를 끄덕였다.

"그건 어때?"

"괜찮아."

"일이 엄청 많을 것 같아. 안 그래?" 이 지점에 이르러서는 거의 나조차도 내 말이 지루하게 들렸다.

"응, 가끔은 좀 귀찮아. 여러 가지 미팅들이랑 그런 것 때문에." 티셔츠에 떨어진 아이스크림 방울들을 닦아 내며 케이티가 말했다. "근데 왜? 내년에 위원회 선거에 참여할 생각은 아니지? 혹시 그런 거야?"

"말도 안 돼. 절대 아냐."

나는 남은 콘 조각을 전부 입에 털어 넣고 잠시 우물거렸다.

"그러니까 그 태그드 앱 말이야……." 나는 말을 흐렸다. "너도 그 앱 알지? 알아?"

"태그드? 응, 그럼. 그거 모르는 사람이 어디 있니?"

나는 다음에 무슨 말을 할지 생각해 내려 애썼다.

"모두 거기 가입돼 있잖아. 앱을 닫아야 한다니 정말 유감이지." 케이티가 말했다.

나는 고개를 끄덕였다. 그리고 잠깐 생각했다. "잠깐만, 앱을 닫아야 한다니 그게 무슨 뜻이야?"

"학교 위원회 심의를 통과하지 못할 테니까. 만약 그게 네가 얘기하고 싶은 거였다면-" 케이티가 무미건조한 목소리로 말했다. "설리번 자매가 좀 안 된 것 같아. 그거 만든다고 엄청나게 노력을 쏟아부었는데."

"왜 통과하지 못할 거라고 확신해?"

"프로필 사진에 관한 항의서 때문에."

"그렇구나." 망할 놈의 제임스 블랜드.

케이티가 호기심 어린 눈길을 던졌다. "넌 태그드랑 무슨 상관이 있어?"

"아무것도 아니야. 그냥 그건 정말 끝내 주는 앱이잖아." 나는 애매하게 더듬거렸다.

"그리고 굶주린 쌍둥이가 엄청 노력도-"

"누구?"

"아, 내 말은 그러니까, 설리번 자매 말이야. 엄청나게 노력했거든. 내 친구 코비가 코드랑 보안 문제로 걔네를 도와줬어."

"그렇구나. 흠, 내 생각엔 그건 이미 끝난 얘기야. 항의서가 접수된 이상, 학교 위원회가 그 앱을 승인한다면 그건 기적일 거야."

나는 귀를 쫑긋 세웠다. "그럼 아직 기회가 있기는 한 거야?"

케이티는 호기심 어린 눈길로 나를 봤다.

"네가 기적일 거라고 했잖아. 그럼 기회는 있다는 거네?" 나는 내 패를 너무 빨리 보여 주지 않으려고 불안해하며 조심스럽게 말했다.

"응, 아주 아주 낮은 가능성이긴 하겠지만." 케이티가 말했다.

"그 앱을 승인하는 데 찬성표를 던질 사람이 누가 있을까?"

"없을걸."

나는 자갈을 찼다. "찬성표를 던지도록 설득해 볼 사람은 누구 없을까?"

케이티의 얼굴이 굳어졌다. "잠깐만. 너 지금 혹시…… 뇌물을 주는…… 뭐 그런 얘기하는 거니?"

"아니, 아니야." 나는 거짓말을 했다. 내가 들어도 내 목소리에서 긴장감이 느껴졌다. 내가 너무 과신해서 일을 망친 거다.

케이티는 내 눈을 똑바로 바라봤다. 눈이 접시만큼 휘둥그레졌다. "너, 그런 거로구나."

나는 아무 말도 하지 않았다. 때로는 그게 최선이다.

"넌 나를 설득해서 학교 위원회에서 앱을 승인하는 데 찬성하게 하려고 한 거구나." 케이티는 사실을 깨닫고 말했다. "또 내가 누구누구에게 영향을 끼칠 수 있는지 알아보려 한 거지?"

케이티는 경악해서 벌떡 일어섰다.

"나 좀 봐, 케이티. 정말 미안해. 나는 그저 친구를 도와주려던 것뿐이야." 나는 얼굴이 토마토처럼 벌겋게 달아오르는 걸 느끼며 더듬거렸다.

나는 케이티가 씩씩거리며 가 버리는 걸 보고 다시 벽에 등을 기대고 주저앉았다.

"하! 속았지?"

나는 얼굴을 찡그리며 위를 올려다봤다.

케이티가 어느새 돌아와 이를 드러내며 나를 보고 웃고 있었다. "긴장 풀어, 루크. 내가 장난 좀 친 거야. 농담이라고."

나는 머리가 뒤죽박죽이 돼 케이티를 물끄러미 쳐다봤다. "세상에 맙소사."

케이티가 입술을 깨물었다. "미안, 참을 수가 없었어. 너 너무 어색해 보여서. 너 말고 핀 피츠패트릭이 거기 앉아 있지 않다는 게 놀라운데? 뇌물이랑 부정부패는 걔랑 더 어울리는 거 아냐?"

나는 고개를 끄덕였다. 케이티는 자기가 나에게 반했다는 주장 때문에 내가 특별하게 뽑혔다고는 생각하지 않는 듯했다. 그나마 다행스러운 일이었다.

케이티는 다시 내 옆에 앉았다. "그래서 나한테 돌아오는 건 뭔데? 만약 내가 널 도와주면."

"돈?" 나는 재빨리 정신을 차리고 낮은 목소리로 제안했다.

"음, 그것부터 시작할 수 있겠지. 아마도." 케이티는 조심스럽게 말했다. "하지만 그 앱을 승인할 수 있게 대다수를 설득해서 지지를 끌어내려면 뭔가 더 큰 게 필요해."

"어떤 거?" 갑자기 경계심이 들었다.

"학교 연례 디스코 파티."

"그게 왜?"

"학교 연례 디스코 파티를 열 장소가 없어. 디스코 행사를 주최하는 건 학교 위원회의 책임이거든. 이미 두 곳에서 우리 행사를 취소했어. 내 생각엔 TV 방송국 사람들이 나타날까 봐 걱정인 것 같아." 케이티는 내 쪽으로 몸을 돌렸다. "파티 장소를 찾아와. 그럼 찬성표를 얻어 줄게."

"좋아." 내가 잽싸게 대답했다. 완전히 안심이다.

$$\$ \$ \$$$

"내가 그럴 줄 알았지. 케이티 도일이 겉모습처럼 그렇게 순진하지 않다는 걸 알았다니까."

"그래, 뭐 어쨌든." 나는 머리를 쓰다듬어 올리며 뒤로 기대어 앉았다. 머리가 무거웠다. 럭비 연습 시간 내내, 내 터치는 완전히 형편없었다. 골을 넣을 좋은 기회를 몇 번이나 놓쳤다.

핀은 뺨을 불룩하게 부풀렸다. "넌 너무 정직해, 루크. 그게 네 문제야. 케이티는 너를 꿰뚫어 봤어."

나는 신발 끈을 느슨하게 풀며 아무 말도 하지 않았다.

"그래서 그 디스코 행사 장소는? 너 스펙스 콜론의 헛간을 생각했지. 안 그래?"

나는 고개를 끄덕였다.

"좋았어."

나는 점퍼를 걸쳤다.

"학교 위원회 투표는 다음 주야. 그러니까 우리는 케이티에게 가능한 빨리 돈을 줘야 해." 핀이 말하고는 등을 기대고 앉으며 손을 비볐다. "다시 정상 궤도로 돌아가는 거지. 내가 이건 일시적인 문제라고 했잖아. 그냥 잠깐 일어나는 일시적인 문제라고."

나는 가방을 들고 일어섰다.

"그것 봐. 누구든 충분히만 주면 매수할 수 있다고, 루크."

나는 걸음을 멈추고 어깨 너머로 핀을 봤다. 핀의 목소리에서 느껴지는 거만함이 정말이지 마음에 들지 않았다.

부정 선수

"좋아, 친구."

"루크, 내 사촌 클린트 무니야. 빅 스모크에서 왔어."

"안녕, 클린트." 나는 이게 다 무슨 일인가 궁금해하며 조심스럽게 고개를 끄덕였다.

클린트는 신발로 바닥을 쿡쿡 찼다. 기분이 안 좋아 보였다. "맙소사, 이 경기장은 인간적으로 너무하잖아." 그는 질척거리는 진흙 구덩이에 발이 빠져 거의 넘어질 뻔했다. "이건 죽음의 함정이냐 뭐냐? 핏지."

나는 핀을 보고 눈썹을 치켜세웠다.

핀이 한쪽 발에서 다른 쪽 발로 껑충 뛰며 말했다. "짜잔! 우리의 대타 슈퍼스타야. 오바야를 대신해서 대결전에 나설 선수."

나는 클린트를 보다가 핀을 보고 다시 클린트를 봤다. 클린트는 이제 골대 부근을 발로 쾅쾅 구르며 면밀히 검토하고 있었다. 그는 계속해서 불만을 늘어놓았다.

"네 사촌 클린트에 대한 이야기는 한 번도 들은 기억이 없는

데." 마침내 내가 말했다.

"응, 맞아. 뭐, 말하자면 육촌 같은 거야." 핀은 내 말을 일축하듯 손을 흔들었다. "하지만 저 녀석의 왼발은 완전 죽여줘, 루키. 죽인다고."

"좋아. 그러니까 너는 TT 도허티가 오바야랑 재랑 바꾸는 걸 동의할 거라고 생각하는 거지? 그냥 이렇게 쉽게."

핀이 얼굴을 찡그렸다. "로치의 장부에는 마지막에 선수를 바꾸는 데 대한 조건이 전혀 없었어. 내가 작은 글씨까지 다 확인했어."

믿기 힘들었다. 그렇지만 로치는 대출을 갚지 않으려고 빠져나갈 구멍을 숨겨 놓기로 악명이 높았다.

"전혀 모르는 낯선 녀석 아무하고 엮일 수는 없다고, 핀. 쟤는 여기서 학교를 다니는 것도 아니잖아. 내 말은, 어떻게 사람들이 클린트에게 돈을 걸게 설득할 수 있겠어? 아무도 모르는데."

핀의 핸드폰이 삐삐 소리를 냈다. 그는 의기양양한 미소를 지었다. "다 해결됐어, 루키. 이걸 보라고."

나는 핸드폰 화면을 힐끗 쳐다봤다. "너, 클린트 계정을 해킹했어?"

"아니, 아니. 그것보단 쉬운 방법을 썼지. 내가 클린트 무니와 그의 '믿을 수 없이 뛰어난' 재능에 대해서 몇 가지 소문을 내기 시작했어. 클린트에 관한 가짜 포스트를 몇 개 공유했지. 스퍼스에 시범 경기를 하러 갔다는 둥, 지금 에버튼에서 스카우트를 하려고 관심을 가지고 있다는 둥 말이야. 그랬더니 빙고! 온라인의 어린 양들이 다 미끼에 달려들어 물더라고."

"내가 뭘 보고 있는 거야?"

"여기, 봐 봐. 곧 모두가 이 포스트를 온라인에 공유할 거야. 클린트 무니 대 스피디 오닐. 세기의 페널티킥 대결. 어마어마할 거라고. 먼저 스피디에게 경고를 좀 해 두는 게 좋겠어."

"뭐야, 우리 아직 클린트에 대해서 합의 안 했잖아." 나는 골대에 박치기를 하는 클린트를 쳐다봤다. "쟤 좀 어디로 튈지 모르는 애 아니야?"

"클린트는 스코어 내는 법을 알아, 루크. 최대한 잘할 거야."

잘하는 게 대체 뭔지는 모르겠지만.

나는 팔짱을 꼈다. "그래서 정확히 무슨 관계야? 너랑 클린트."

핀이 연극을 하듯 한숨을 내쉬었다. "알았다, 알았어. 네가 이겼다. 엄밀하게 말하면 쟤는 내 사촌은 아냐."

"하! 그래서, 그럼 누구야?"

"그냥 가족의 친구라고만 해 두자고."

나는 고개를 흔들었다. 어쩌면 모르는 게 약일지도 몰랐다.

그렇다면 클린트는 대체 뭘 위해 대결에 참가하는 건지 궁금했다. "그럼 클린트를 포섭하는 데 든 대가는 뭐야?"

핀의 얼굴이 밝아졌다. "그게 아주 멋진 점이지. 아무것도 안

들어."

"전혀 아무것도?" 내가 의심스러워하며 물었다.

"뭐 정확히 말하면 아무것도 아닌 건 아니지. 그냥 기회를 주는 거지."

"그게 무슨 말이야. 무슨 기회?"

"클린트는 래퍼가 되고 싶어 하거든. 음악 산업 쪽으로 진출하는 게 쟤 꿈이야."

마치 신호라도 보낸 것처럼 클린트가 전속력으로 달리더니 울타리를 기어올라 쿵 하는 소리와 함께 건너편으로 넘어갔다.

"어이, 클린트 이 친구야. 어디 가?" 핀이 소리쳤다.

그러자 클린트가 요란하게 손마디를 꺾었다. "아, 아무 데도 안 가. 아무 데도 안 간다고. 그냥 긴장을 푸는 데 도움이 되는 기술이야. 내가 개발한 거지. 그거 알아? 너희 경기장의 상태가 몹시 짜증 난다고, 몹시."

핀은 자기 핸드폰 화면을 쓸더니 클린트가 정신없이 코만도 스타일로 울타리를 넘는 모습을 촬영하기 시작했다.

"어쨌든. 클린트는 자기가 만든 최근 랩을 뮤직비디오로 찍으려는 원대한 계획이 있어. 그리고 내가 탁월한 동영상 제작자 패디와 아주 막역하다는 것도 알고 있고 말이지." 핀이 이야기를 계속했다.

"이거 패디랑은 얘기된 거야?" 나는 패디 타란티노가 이 와일

드카드와 작업하는 모습을 상상할 수 없었다. 이제 클린트는 원숭이처럼 울타리를 타고 올라가 꼭대기에 앉아 우리에게 의기양양하게 손을 흔들고 있었다.

한편으로 생각해 보면 패디는 대부분의 동물들 영상을 촬영하긴 했다.

"클린트는 첫 그래미상을 받을 때 시상식 소감에서 나한테 감사 인사를 하게 될 거야. 벌써 눈앞에 딱 그려진다. 클린트 무니, 랩의 새로운 갱스터. 그 뒤의 일은 뭐, 역사로 남게 되겠지. 흔히 말하듯이 말이야." 내 질문을 무시하고 핀이 말했다.

나는 울타리를 펀치백으로 사용하고 있는 클린트를 쳐다봤다. 그가 우리가 찾던 적임자라니 도무지 납득할 수 없었다. "핀, 나는 잘 모르겠다."

"루크, 우린 선택의 여지가 없어. 생각해 봐. 지금 단계에서 스피디랑 맞붙을 상대를 어디서 구하겠냐? 그리고 이 대결이 성사되지 않으면 우리는 내기 판돈을 환불해 주느라 아주 아작이……."

핀은 말을 끝맺지 않았다. 그럴 필요가 없었다. 내기 판돈을 환불해 줘야 한다면 우리는 끝장날 터였다. 우리 은행에는 결정적인 타격이 될 거다.

"여기는 대체 비가 안 올 때가 있기는 하냐, 친구?" 빗방울이 가볍게 떨어지기 시작하더니 클린트가 후드를 뒤집어쓰고 다시 나타났다. "지난번에는 아주 하늘에 구멍이 뚫린 것처럼 쏟아지더라. 경기도 할 수 없게 경기장이 아주 엉망진창이 돼 버렸어. 리본스에서 말이야. 대체 거기서 무슨 놈의 경기를 한다는 건지 알 수가 없다니까."

"경기 내내 슬라이딩에 태클을 하는 거지." 내가 불쑥 대꾸했지만 클린트는 경기장의 열악한 시설에 정신이 팔려 있는 듯이 보였다.

핀이 클린트의 소매를 잡았다. "클린트, 날 '사촌'이라고 불러. 그게 좀 더 그럴싸하게 들리잖아."

클린트가 핀의 등을 세게 쳤다. "비가 오면 내 머리카락에도 안 좋다고, 사촌. 헤어 젤이 끈적거리고 아주 난리야."

핀은 조심스럽게 자기 머리를 다시 다듬었다. "그냥 자신감을 가져, 사촌."

나는 뺨을 부풀렸다가 크게 한숨을 내쉬었다. 이번 주는 정말 길고 긴 한 주가 될 것 같다.

§ § §

나는 위에서 담즙이 치솟아 오르는 걸 무시하려고 노력하면서 내 수저를 식탁 위에 가만히 내려놓았다. 나는 눈가가 축축해진 채 김을 뿜어내는 오렌지색의 심연을 물끄러미 들여다보고 있는 아빠를 힐끗 봤다.

"밥 안 먹니?" 엄마가 번개처럼 빠르게 말했다.

"깜박했는데요. 내일 학교에 10파운드 가져가야 해요. 과학 체험 학습비요." 나는 토마토 수프에서 화제를 돌릴 수 있길 바라며 말했다. 너무 피곤해 보이는 아빠의 표정으로 미루어 보건대 아빠도 아마 나랑 똑같이 느끼고 있는 것 같았다.

"이상하네." 엄마가 중얼거렸다.

나는 몸을 돌렸다. 엄마는 주방 싱크대에 기대서 지갑을 들여다보며 얼굴을 찡그리고 있었다. 엄마는 지폐 뭉치를 꺼내 들었다. "어제는 분명 여기에 이런 게 없었는데."

엄마는 마치 뜨거운 물건을 집다가 손가락에 화상이라도 입은 것처럼 화들짝 놀라 돈을 싱크대 위에 떨어뜨렸다. "어제는 내 지갑 속에 이 돈들이 없었어. 확실해."

아빠가 앓는 소리를 냈다. "그냥 루크에게 10파운드나 줘."

엄마는 옆머리를 긁적였다. "돈이 그냥 막 나타난다고. 지난번에는 내 청바지 주머니에서 돈을 찾았어."

나는 뒤로 등을 기대고 앉았다. 최근에 돈을 조금씩 집 안 여기저기에 전략적으로 뒀다. 엄마 지갑에 바로 돈을 넣어 둔 건 좀 지나쳤던 것 같다.

나는 벌떡 일어났다. "다 나이 탓이에요, 엄마. 그냥 인정하세요. 기억력이 나빠지는 거라고요."

나는 싱크대에서 10파운드짜리를 홱 집어 들었다. 그러다 실수로 엄마의 핸드백을 치는 바람에 가방 속의 물건이 싱크대 위에 쏟아지고 말았다.

엄마가 황급히 몸을 숙였다. "그냥 놔둬라."

나는 '최종 통보'라는 빨간 도장이 찍혀 있는 전기세 고지서를 봤다. 그리고 다른 최종 통보 도장이 찍힌 가스 고지서와 TV 고지서도. 엄마는 그것들을 황급히 가방에 다시 집어넣었다.

나는 다시 자리에 앉았다. 최종 통보라는 단어가 내 머릿속에 단단히 박혔다. 상황이 한계점에 다다른 거다.

나는 핸드폰을 꺼내서 핀에게 빠르게 문자를 보냈다.

클린트 일 동의한다.

핀이 곧바로 답장을 보냈다.

좋았어!

나중에 핀은 클린트가 미친 듯이 울타리를 기어오르려고 하는 동영상을 포스팅한 링크를 보냈다. 마치 광폭한 동물이 우리를 탈출하려는 것처럼 보였다.

그 동영상의 조회 수는 이미 100회가 넘었다. 나쁘지 않았다.

골칫거리 도허티

"저 허풍쟁이 사기꾼은 누구야?"

핀이 패디 타란티노의 헛간에 기대 담배를 피우며 침을 뱉어 대고 있는 덥수룩한 남자를 향해 고개를 까닥하며 물었다.

패디가 서성거리며 움직였다. "샤이 도허티 씨. TT네 아빠야."

나는 움찔했다. 이건 TT의 일보다 뭔가 더 위험해 보인다. "대체 뭐가 어떻게 돌아가고 있는 거야, 패디?"

"문제가 좀 있어." 패디는 그 늙수그레한 아저씨 쪽을 쏘아 봤다.

"그래?" 나는 걱정스러운 목소리로 물었다.

"아빠가 새끼 돼지들 때문에 도허티 씨한테 아직 갚을 돈이 좀 있다는 거야."

"그래서?" 마침내 핀이 말했다. "그럼 돈을 줘. 대체 뭐가 문제 인지 모르겠네."

나는 패디에게 눈썹을 치켜 보였다. 무슨 상관이 있는 건지 나도 아리송했다.

"그러니까 법적으로 저 새끼 돼지들의 3분의 2는 여전히 도허티 씨 거야. 내가…… 아니 미안, 우리가 돈을 잔뜩 벌 수 있게 해준 그 돼지들 말이야. 이제 어떻게 된 건지 감이 좀 와?"

핀의 얼굴이 새파래졌다. "잠깐만 혹시 저, 저 부랑자가 자기도 수익을 나눠 가질 권리가 있다는…… 뭐 그런 생각을 하고 있다고 말하는 건 아니지?"

패디가 움찔했다. "더 나빠. 원래 돼지 가격에다가 수익성을 고려해서 100~200불 더 얹어 달라고 할 뿐만 아니라……"

나는 더 끔찍한 말이 나올 걸 기다리며 숨을 들이쉬었다.

"……수익을 나누기를 원한다는 거야. 지난 수익과 앞으로의 수익 전부 다."

"뭐라고?" 핀이 씩씩거렸다. "절대로 안 돼."

패디가 핀의 말을 잘랐다. "이것 봐. 우리는 지금 도허티를 상대하고 있는 거라고. 그 집안은 골칫거리야."

"우리가 그걸 모르냐!" 내가 끼어들었다.

"이미 아빠한테 우리 양들한테 개를 풀어 놓을 수도 있다는 둥 협박을 했어. 도허티네랑은 다퉈 봤자 좋을 게 없다고."

"법적으로는 어때?" 핀이 말했다.

패디가 웃음을 터뜨렸다. "법적으로는 도허티네가 한발 앞섰어. 도허티 씨가 이미 우리 아빠에게 편지를 보내서 협박했어. 사돈의 팔촌이 변호사라나. 그 사람들이 어떤지 잘 알잖아."

나는 위를 올려다봤다. "이게 지금 현실이냐?"

"이제 저 사람이 그냥 허풍쟁이로만은 안 보이지, 응? 보기보단 훨씬 더 똑똑하다고."

핀이 주먹을 꽉 움켜쥐며 샤이 도허티를 쏘아봤다. "저 아저씨를 어떻게 설득해 볼 수 있을 거야. 돼지들 값을 잘 쳐주겠다고 하고 저 아저씨 몫으로 좀 떼어 주자고."

"아니, 핀. 도허티네랑은 이야기가 안 통해. 저 사람은 미친 사람이라고. 아마 헛간에 총도 가지고 있을걸."

"패디 말이 맞아. 수익을 나눠 줄 수밖에 없을 것 같아."

핀이 침울하게 고개를 끄덕였다. "얼마나 들 거 같아?"

"내 입장에서 봤을 땐 말도 안 되게 너무 큰돈을 요구해. 미안하지만 돼지 동영상은 아무래도 여기까지인 것 같다. 난 빠질래." 패디가 말했다.

"뭐라고? 젠장 맞을. 패디, 너 진심으로 하는 말 아니지?" 핀이 부르짖었다.

패디가 단호하게 고개를 저었다. "고생할 가치가 없어. 도허티 씨가 우리 아빠에게서 떨어져 나가도록 돼지를 위해 몇 백 파운드씩이나 내놔야 한다면 말이야. 그러고 나서 동영상의 수익을 다시 셋으로 나누면 남는 게 없어."

"그래서 지금 어쩌겠다는 거야, 패디?" 핀이 물었다.

"샤이 도허티 씨랑은 절대로 같이 일 안 한다고. 그 말이야."

"그건 우리도 마찬가지야." 내가 재빨리 말했다. 특히 TT 도허티가 이미 우리를 채근하고 있는 이 상황에서는 더욱더. 또 다른 도허티 일가가 우리 집 현관문을 두드리는 것이야말로 가장 피하고픈 일이었다. "돼지를 도허티 씨에게 다시 팔 수밖에 없어."

"그래서 더 이상의 손해를 막아야 해." 패디가 말했다. "바로 그거야."

핀은 거의 숨이 넘어갈 듯했다. "뭐라고? 맙소사. 날 죽여라."

핀이 나를 한쪽으로 잡아끌었다. "이건 엄청난 실수야. 아주 엄청난 실수라고."

"우리한테는 선택의 여지가 없어, 핀." 내가 말했다. 이번만은 양보할 수 없었다. "그리고 그렇게 과장해서 호들갑 떨지 마."

"퉤. 퉤."

"퉤. 퉤."

"이 젠장 맞을 소리는 뭐야?" 핀이 여전히 씩씩거리며 말했다.

"퉤. 퉤."

"퉤. 퉤."

샤이 도허티가 구부정하게 몸을 숙이고 침을 맹렬하게 뱉어대고 있었다. 그제야 나는 그가 개를 데리고 있다는 걸 깨달았다. 커다란 검정 로트와일러가 침을 뚝뚝 흘리며 바닥에 작은 웅덩이를 만들고 있었다.

"얘들아, 어떻게 할 셈이냐?"

패디가 말했다. "도허티 씨, 돼지들을 되팔고 싶어요."

핀과 나는 서로 눈빛을 교환했다. 패디는 너무하다 싶을 정도로 예의를 차리고 있었다.

샤이 도허티는 코웃음을 쳤다. "진짜 그러고 싶으시다? 하! 내 돼지들을 나한테 다시 되팔고 싶다고? 아주 재밌고만. 어떻게 생각하니, 트리키?" 그는 개의 머리를 다정하게 쓰다듬었다. 개가 낑낑거리며 등을 땅에 대고 드러누웠다.

"앞으로 어떻게 될지 알려주마, 얘들아." 샤이 도허티가 패디를 가리켰다. "첫 번째로 여기 홀리우드 군은 돼지들 값으로 나한테 돈을 지불할 거다."

트리키가 맞장구를 치듯 요란하게 짖었다.

샤이 도허티는 씩 웃으며 팔을 쭉 뻗었다. "그리고 우리는 모두 다 함께 사업을 하게 될 거야. 나는 정직한 사람이야. 한번 말하면 말한 대로 한다고. 양쪽이 나누는 거야. 내가 70, 그리고 너희가 30."

"잠깐만요, 아깐 50 대 50이라고 했잖아요." 패디가 말했다.

샤이 도허티가 손을 들었다. "지금 이렇게 삐딱선을 타지 말자고, 꼬마야. 70 대 30은 아주 공평하게 나누는 거야. 내가 아주 너그럽게 봐준 거지. 지금까지 내가 손해 본 수입을 고려해 본다면."

핀이 큰소리로 씩씩거렸다. "손해 본 수입이라고? 머리가 어떻게 된 거 아니에요?"

트리키가 네 발로 벌떡 서서 으르렁거렸다. 샤이 도허티가 목

줄을 잡고 있지만 않았더라면 핀을 향해 달려들 기세였다.

"얘들아, 제발, 우리 이걸 받아들이지는 않을 거지, 그렇지?" 핀이 풀린 신발 끈을 묶으려고 몸을 굽히며 말했다.

그때 트리키가 주인의 손에서 풀려났다. 트리키는 앞으로 튀어 나가 핀의 이마에 주둥이를 박았다.

"세상에! 이게 뭔-!" 핀이 비명을 지르며 바닥에 뒹굴었다.

샤이 도허티가 개에게 휘파람을 불자 개는 다시 그의 옆으로 달려갔다. 그는 트리키의 배를 쓰다듬었다. "이리 와라, 귀염둥이. 이 아이로 말할 것 같으면 흥분을 잘하기로 유명한 내 개 트리키지."

핀이 어리둥절해 하며 머리 위를 문질렀다.

나는 조심스레 한쪽 눈을 개에게 고정한 채로 옆으로 걸어 핀에게 다가갔다. 그리고 핀을 부축해서 일으키면서 그의 귀에 속삭였다. "보아하니 이건 네가 곱씹어 보고 다른 의견을 내 볼 그런 제안은 확실히 아닌 것 같다."

패디가 우리 쪽으로 다가서며 고개를 끄덕였다. "루크 말이 맞아, 핀. 이 돈에 환장한 녀석아. 아무도 도허티 씨랑 맞붙지 않아. 그냥 포기하고 지금 끝내 버리자."

나는 샤이 도허티가 신중하게 코를 후비적거리며 서 있는 곳을 힐끔 쳐다봤다. 패디 말이 맞았다. 발을 굴러 봤자 아무 소용 없다. 그의 허를 찌르려면 좀 더 날카로운 무기가 필요했다.

"자 그럼, 동업자들. 난 간다. 안녕이라고 해야지? 트리키."

트리키가 우리 쪽을 향해 으르렁거렸다.

"한 가지 더, 꼬맹이들아."

우리는 마지못해 뒤를 돌아봤다.

"우리 아들 TT랑 작은 프로젝트를 진행 중이라고 들었다. 걘 똑똑한 녀석이지. 나랑 비슷하게 사업 마인드를 타고났거든."

"뭘 타고났든 참 잘도 숨겨 왔네." 핀이 조그맣게 말했다.

샤이 도허티는 밴 안으로 들어갔다. 트리키도 옆자리에 웅크리고 앉았다. 그가 운전석 창문으로 고개를 삐죽 내밀었다. "TT의 심기를 거스르지 않는 게 좋을 거다. 그리고 내 심기도 거스르지 말고. 알았냐?" 은근한 협박처럼 들렸다.

밴은 자갈길 위에 자국을 남기고 떠났다.

핀이 요란하게 한숨을 쉬었다. "젠장 맞을. 얘들아. 도허티가 쌍으로 덤비네. 이것보다 상황이 더 안 좋을 수 있을까?"

나는 핀의 이마 한가운데에 시퍼렇게 멍이 생기기 시작하는 것을 봤다.

하지만 그냥 입을 다물고 있었다.

퀴버스 퀸

클린트가 골 쪽을 가리켰다. "얘들아, 내가 분명히 말하는데, 페널티 골이 제대로 해결 안 되면 나는 이 대결을 할 수 없어."

"뭐가 문제지?" 에밀리가 사무적으로 클린트에게 물었다.

"골이 어딘지 아예 볼 수가 없다고."

핀이 팔꿈치로 나를 쿡 찔렀다. "루크, 가서 한번 봐 봐."

나는 골 쪽으로 달려갔다. 클린트 말이 맞았다. 원 모양이 없었다. 그저 잔디 위에 아주 조금 흐릿한 흰색이 보일 뿐이었다.

"누가 스프레이 좀 가져와서 지금 처리해!" 핀이 초조하게 손을 구부리며 지시했다.

게이브가 고개를 끄덕이더니 관리실 창고 쪽으로 달려갔다. 그때 코비가 나타나서 말했다. "스피디가 기분이 안 좋아."

우리는 모두 경기장 저 너머에서 스피디가 분주하게 팔굽혀펴기를 하는 모습을 쳐다봤다. 아마 재미 삼아 그러는 모양이었다. 아니면 점점 늘어나는 군중을 감탄하게 만들려고 그러는 건지도 몰랐다.

핀이 팔을 위로 쳐들었다. "이젠 또 뭐야?"

"퀴버스 퀸이 자기랑 안 맞는다고 불만이야."

핀이 크게 한숨을 내쉬었다. "안됐네, 정말. 가서 퀴버스가 우리한테 있는 유일한 골키퍼라고 해."

나는 코비에게 초콜릿바를 건넸다. "스피디한테 이걸 줘. 걔 아마 배가 고파 죽을 지경일걸. 이게 좀 도움이 될 거야."

핀이 콧방귀를 뀌었다. "이 경기를 시작이나 할 수 있을지 모르겠다. 그런데 퀴버스는 대체 어디 있니?"

에밀리가 손목시계를 들여다봤다. "아마 지금 오고 있는 중일 거야. 이번 주 내내 방과 후 학교에 남는 벌을 받았거든. 학교 매점에서 싸움을 했다나 봐."

핀이 눈을 굴렸다.

클린트가 다시 나타나 핀의 등을 쳤다. 핀은 그 힘에 앞으로 고꾸라졌다. "좋아, 핏지. 페널티 스폿에 충분히 만족해. 게이브가 해결해 줬어. 역시 게이브가 최고야."

"문제없다고, 클린트." 게이브가 기쁜 듯이 흰색 스프레이를 자기 주위에 뿌려 댔다. 그러고는 죽은 사람이 누웠던 자리를 표시하는 것처럼 핀이 누워 있는 모양대로 잔디에 스프레이를 뿌렸다.

핀이 벌떡 일어나 스프레이 깡통을 움켜잡았다. "게이브, 장난 그만 쳐."

클린트가 낄낄거리기 시작했다. "너흰 진짜 재미있는 녀석들 이라니깐."

"가서 워밍업 좀 할래?" 핀이 초조해하며 클린트에게 말했다.

"얘들아, 늦어서 미안."

에밀리가 웃음을 삼켰다. "앗, 깜짝이야. 호랑이도 제 말하면 온다더니 퀴버스가 왔네."

나는 얼굴을 찡그리고 우리를 향해 달려오는 퀴버스를 보려고 몸을 돌렸다. 퀴버스는 운동복을 입고 있었지만 오른쪽 눈에 커다란 검은색 안대를 하고 있었다. "퀴버스, 드디어 왔구나. 그 안대는 대체 어떻게 된 거야?"

퀴버스가 말했다. "보그 버클리가 자기 핸드폰을 나한테 던졌어. 하필 핸드폰 모서리에 눈을 맞았지 뭐야. 응급실에서 하룻밤 보냈다."

나는 당혹해서 움찔했다. "끔찍하다."

"네가 뭘 어쨌기에 걔가 핸드폰을 던졌는데?" 핀이 물었다.

"보그 말로는 내가 매점에서 새치기했다는 거야. 그리고 마지막 남은 소시지를 가져갔다고."

"보그는 정말 거친 녀석이야. 성미가 불같다니까." 나는 인정했다. 퀴버스가 좀 안됐다는 생각이 들었다.

"그런데 너 진짜 멍청해 보인다." 에밀리가 어느 때보다도 더 직설적으로 말해 놓고 자기 입술을 깨물었다. "그 안대는 어디서 났니?"

퀴버스가 어깨를 으쓱했다. "이건 말이 쓰는 안대야. 이것밖에 찾을 수가 없었어."

"어이, 친구. 아, 이 멍청이는 누구야?" 클린트가 퀴버스를 훑어보며 말했다.

"이쪽은 퀴버스라고 해. 우리 골키퍼야." 핀이 말했다. "퀴버스, 이쪽은 클린트야. 우리의 슈퍼 대타 선수지."

퀴버스가 클린트에게 고개를 까딱했다.

클린트는 한 발짝 뒤로 물러나서 자기가 들은 말이 대체 무슨 소리인가 생각했다. 그러고는 마치 믿기 힘든 뭔가를 보듯 자기 눈을 비벼 댔다. "잠깐만 친구. 가만 좀 있어 봐. 지금 나한테 애꾸눈을 우리 골키퍼로 쓰겠다고 진심으로 말하는 거야? 애꾸눈 골키퍼라니 말이 돼?"

"쟤 말에도 일리가 있네." 에밀리는 핀의 화난 눈초리를 보고도 웃음을 터뜨렸다.

클린트는 자기 머리를 쳤다. "이거 농담이지, 응? 지금 나 놀려 먹으려고 그러는 거 맞지, 핏지?"

핀은 폭발하기 직전처럼 보였다. 압박감이 핀을 조여 오고 있었다.

"대체 뭐가 문제냐, 친구?" 퀴버스는 마침내 이 조롱하는 듯한 말들이 자기를 향한 소리라는 것을 깨달았다. 그는 위협하듯 클린트에게 한 발짝 다가섰다.

나는 말리려고 손을 내밀었다. "클린트, 퀴버스는 최고의 골키퍼야. 양쪽 눈을 사용하든 안 하든 간에 말이야. 우리 클럽에서 올해의 우수 선수상을 받았다고. 실력이 아주 좋아."

"그리고 지난 시즌에 톱클래스들의 페널티킥을 막아 냈어." 핀이 덧붙였다.

나는 고개를 끄덕였다. "그렇게 쉽게 퀴버스를 뚫고 골을 넣을 수 없을 거야."

"번개처럼 빠르다고." 핀이 과장하며 말했다.

클린트는 눈을 크게 떴다. 그는 여전히 믿지 못하겠다는 듯 퀴버스를 노려봤다. "좋아, 네 말을 믿을게."

클린트는 공을 집어 들고 손으로 돌렸다. 그러고는 여전히 가자미눈으로 퀴버스를 힐긋거리며 혼잣말로 툴툴대면서 멀어졌다. "망할, 애꾸눈 골키퍼라니. 고향에 가서 애들한테 말하면 게넨 웃다가 오줌을 쌀 거다."

코비가 스피디를 뒤에 달고 도착했다.

"좋아. 어디 파티를 시작해 보자고." 핀이 말했다. 그는 주머니를 뒤적거려 동전을 하나 찾았다.

핀이 스피디를 향해 돌아섰다. "앞면 아니면 뒷면?"

스피디는 격렬하게 왔다 갔다 하며 신경도 쓰지 않았다. 핀은 포기하고 클린트를 향해 몸을 돌렸다. "앞면 아니면 뒷면, 사촌?"

"앞면이지, 친구."

핀이 동전을 던졌다. "뒷면."

핀은 몇 분 동안 스피디를 잡으려고 시도했다. "스피디. 그만 좀 움직여. 네가 먼저야."

갑자기 커다란 폭소와 휘파람 소리와 터져 나왔다.

"저 다리 좀 봐."

"태닝한 게 아주 멋진데, 베이비."

"다리가 아주 쭉 빠졌네."

"가짜 태닝 실패했냐."

"이건 또 뭐야?" 핀이 잔뜩 화가 나서 말했다.

"아, 클린트야. 반바지를 입고 나왔어." 나는 골라인 쪽으로 고갯짓을 하면서 말했다. 클린트가 바지를 벗고 오렌지색 얼룩이 선명한 다리를 드러냈다. 덕분에 군중석, 특히 골 뒤쪽에 모인 여자애들 사이에서 웅성거림이 일었다.

"움파 룸파 둠파 디-도-." 에밀리가 노래를 불렀다.

핀이 다가갔다. "클린트, 다리는 대체 왜 그런 거야?"

클린트가 자랑스럽다는 듯 활짝 웃었다. "아, 이거, 맘에 들어? 몇 주 후면 휴가를 가거든. 해변에서 멋지게 보이려면 준비를 해야지."

핀이 킁킁거렸다. "이 냄새는 뭐야?"

"내가 되게 좋은 가격으로 태닝 오일을 샀거든. 완전 좋은 가격이야. 수제 제품이라고."

클린트는 군중들을 향해 열광적으로 손을 흔들어 댔다. 나는 클린트의 시선을 따라가 봤다. 모나리자 머피가 부끄러운 듯 클린트를 향해 손을 흔들어 화답하고 있었다. 클린트는 모나리자에게서 상품을 산 수많은 만족 고객 중 한 명인 게 분명했다.

클린트가 코에 주름을 잡았다. "큰 문제가 하나 있긴 한데, 악취가 나. 곰팡이가 핀 것 같은 냄새. 그게 지독한 냄새가 나거든. 지독한 커피 썩은 냄새가 나."

에밀리는 거의 웃다가 정신을 잃을 지경이었다. "이건 진짜 너무해. 아이고, 죽겠다. 너무 웃어서 갈비뼈가 다 아프다."

핀이 천천히 우리 쪽으로 걸어왔다. "이건 무슨 코미디야." 그는 손으로 얼굴을 가렸다. "이건 뭐 완전히 말 그대로 장난이구먼."

나는 핀의 말에 동의할 수밖에 없었다. "그냥 빨리 해치우자."

핀이 대결을 시작하기 위해 호루라기를 불었다. 퀴버스가 골가운데에 자리를 잡았다.

스피디는 첫 번째 페널티킥을 차려고 한 발짝 앞으로 나섰다. 군중들은 '스피-디, 스피-디, 스피-디'를 연호하며 응원하다 그가 페널티 스폿에서 뒤로 물러서자마자 조용해졌다.

뻥!

1-0

퀴버스는 공 가까이에 손도 대지 못했다.

다음으로 클린트가 골을 향해 춤을 추며 마치 링에 올라가는 복서처럼 허공에 펀치를 날려 댔다.

"마음의 준비를 하는 거야." 핀이 다 안다는 말투로 말했다. 산발적으로 터져 나오는 박수에 화답하며 클린트는 슈퍼스타라도 된 듯 허공에 손을 흔들어 댔다.

클린트가 공을 조심스럽게 페널티 스폿에 내려놓았다.

"구경꾼들이 정말 흥분하고 있는데!" 코비가 소리쳤다.

"전부 다 이 대결에 돈을 걸었으니까 그렇지." 내가 말했다.

클린트는 오른쪽 코너에 공을 넣었다.

1-1

나는 TT 도허티가 관중들 뒤쪽에서 살금살금 돌아다니고 있는 것을 발견했다. 그는 내가 보고 있는 것을 알아챘다. 나는 재빨리 하던 대로 움직이며 그가 다가오지 않기를 바랐다. 핀은 이미 충분히 긴장하고 있었다.

스피디가 페널티 스폿 위에 웅크리고 자세를 잡더니 속도를 올리며 달려가 위쪽 코너로 깔끔하게 공을 날렸다.

클린트가 벌떡 일어났다. "호루라기! 심판! 빌어먹을. 호루라기 소리를 기다렸다 찼어야지. 그게 규칙이라고."

스피디가 클린트와 핀을 번갈아 가며 째려봤다. "호루라기 소리 들었어."

"네 상상 속에서나 그랬겠지, 친구. 호루라기 안 불었거든."

클린트가 이렇게 말하며 안달이 나서 핀을 향해 몸을 돌렸다. "말해."

"다시 차, 스피디." 핀이 말하고는 호루라기를 날카롭게 불었다.

낭패한 스피디는 실수로 공을 잘못 차 버렸지만 공은 퀴버스를 지나 부드럽게 굴러가더니 네트에 꽂혔다.

2-1

"퀴버스는 형편없어." 핀이 등을 돌리며 말했다.

"공정하게 말하면 지금 한쪽 눈으로만 경기하는 거잖아." 내가 말했다. "게다가 지금 정신이 산만하다고. 계속 저 안대를 만지작거리고 있어."

핀이 콧방귀를 꼈다. "한 번도 공에 닿지도 못했잖아."

"그러게. 근데 불쌍한 퀴버스는 저 눈부신 광선 때문에라도 눈을 가려야만 했을걸." 내가 말했다.

"뭔 놈의 광선? 하늘 좀 봐라. 회색 구름이 잔뜩 꼈다. 먹구름이 점점 더 몰려오는데."

나는 클린트가 신중하게 무릎 뒷부분을 스트레칭하고 있는 저쪽 건너편을 가리켰다. "아니, 클린트의 야광 다리에서 뿜어져 나오는 저 울트라 바이올렛 방사선 말이야."

"쟤, 저러다가 방사선 변이라도 일으킬 것 같지 않냐. 망할 놈의 모나리자랑 걔가 만든 그 끝내 주는 묘약 덕분에 말이야."

다음번은 클린트가 스포트라이트를 받을 차례였다. 그는 공을

항해 달리다가 킥 중간에 딱 멈추더니 공을 차는 대신 넌더리를
내며 퀴버스를 가리켰다. "말도 안 돼. 이렇겐 못 해. 골라인 밖
으로 나와 있잖아. 쟤 좀 봐. 선에서 완전 한참 나와 있다고. 대체
여기는 경기 규칙이란 걸 지키는 사람이 있기는 한 거냐? 앙?"

클린트 말이 맞았다. 퀴버스는 어디 아픈 강아지처럼 선을 한
참 벗어 나와 팔을 허우적거리며 서성이고 있었다.

핀이 화가 나서 고함을 질렀다. "퀴버스! 젠장, 뒤로 물러서."

클린트는 다시 한번 페널티 스폿에 공을 놓았다. 하지만 골 뒤
로 빼곡하게 줄을 선 사람들의 항의 소리가 점점 커지며 방해가
됐다. 퀴버스는 다시 골라인을 넘어서서 흐린 눈으로 발광하며
춤을 추는 강아지처럼 허공에 손을 흔들고 있었다.

핀이 자기 이마를 쳤다. "맙소사, 퀴버스 쟤 왜 저러는 거야? 미
친 거 아냐?"

클린트가 우리 쪽으로 돌아섰다. 안 그래도 성마른 성질인데
점점 날카로워지고 있었다. "이거 일부러 짜고 이러는 거지? 마
인드 게임 말이야. 너희 쪽의 저 사기꾼 같은 녀석이 더러운 수
작을 부리고 있잖아. 술 취한 닭처럼 이리저리 뛰어다니면서 날
방해하려고 한다고."

양쪽 편 군중이 모두 난폭한 반응을 보였다. 클린트에게 돈을
건 쪽은 퀴버스의 행동이 일부러 방해하려는 수작이라며 야유를
보냈고, 스피디에게 돈을 건 쪽은 함성을 지르며 조롱했다.

나는 점점 더 불안해지는 것을 느끼며 핀을 쿡 찔렀다. "우리가 뭐라도 좀 해야 될 것 같아."

핀은 클린트를 구슬려서 페널티 스폿으로 다시 데려갔다.

그동안 나는 정신이 없어 보이는 퀴버스를 진정시킬 요량으로 부드럽게 골라인 뒤로 데리고 갔다. "퀴버스, 짜샤. 침착해. 이 흰 선 보이니? 이 선 위에 서 있어야지, 응?" 나는 퀴버스의 팔을 잡아 내렸다.

마침내 클린트가 다시 페널티킥을 차기 위해 달렸다. 그가 엄청난 힘으로 볼을 걷어차서 나는 그물망이 쓰러지는 건 아닐까 생각했을 정도였다. 퀴버스는 골라인에 있었든 벗어나 있었든 어차피 그 골을 막아 낼 가망이 없었다.

2-2

스피디가 앞으로 나섰다. 그는 잔디 위에 발을 몇 번 끌더니 공을 찼다.

3-2

클린트가 곧장 항의했다. "와, 와, 저. 얍삽한 놈. 저거 페이크킥이잖아, 페이크킥."

스피디가 얼굴을 찡그리며 눈을 씰룩거렸다.

"너희 시골 촌놈들은 경기 규칙도 안 읽었냐. 페이크킥을 차면 안 된다고." 클린트가 사나운 기세로 말했다.

스피디가 에너지 드링크를 꿀꺽꿀꺽 마셨다. "어, 그건 정당한

킥이었어, 이 친구야."

나는 클린트가 김을 내뿜는 걸 느낄 수 있었다. "얘 폭발하겠다."

그리고 마치 누가 신호라도 보낸 듯이 클린트가 갑자기 스피디에게 달려들었다. 나는 바로 튀어 나가 클린트가 스피디를 박살 내기 직전에 핀과 함께 그를 겨우 떼어 놓았다.

군중은 점점 더 들썩이면서 위협적으로 변했다. 그러면서 골 근처로 빼곡하게 움직이고 있었다.

핀은 상황을 진정시키려고 호루라기를 불었다. "좋아 스피디, 아까 그 행동으로 1점 감점이야. 점수는 다시 2-2야. 클린트, 네 차례야."

스피디가 머리를 부르르 떨었다. 아마 이 정보를 이해하려고 노력하는 중인 듯했다.

"맙소사. 저 제정신이 아닌 녀석. 클린트는 아주 무슨 규칙의 수호자야." 핀이 혀를 차며 내 귀에 대고 말했다.

클린트는 짜증이 나 있었다. 손으로 만져질 듯 팽팽하게 긴장된 분위기였다. 그는 잔디밭 위에 공을 올려놓았다. 나는 클린트가 공을 이리저리 굴리며 페널티 스폿에 공을 놓는 데 몇 초 정도 더 시간을 끈 것을 눈치챘다.

뻥!

퀴버스는 이번에는 정신을 차리고 약간은 기적적으로 올바른 방향을 예측했다. 그는 오른쪽으로 몸을 날려 겨우 공에 손을 댔다. 공은 골의 오른쪽으로 방향을 바꾸더니 간발의 차이로 골대를 피해 백 라인 너머로 굴러갔다.

군중들은 광분해서 날뛰며 경기장으로 몰려나왔다.

클린트는 얼어붙었다. 그리고 얼굴이 점점 달아오르더니 붉은 네온이 됐다. 그는 성난 황소처럼 퀴버스 쪽으로 달려가서 골대에 밀어붙였다. "그게 다 뭐 하는 짓이었어, 이 자식아?"

갑자기 침묵이 깔렸다. 누군가 한 명이 외치는 소리만 빼고. "싸워라! 싸워라!"

"뭐가?" 퀴버스가 숨을 쉬려고 애쓰며 말했다.

"'뭐가?'라니 그게 뭔 소리야? 너 지금까진 거의 움직이지도 않았잖아. 지금까진 가짜 조각상처럼 가만히 서 있었잖아."

"대체, 왜 이러는 거야." 퀴버스가 더듬거렸다.

"그러더니 갑자기 망할 놈의 코커스패니얼처럼 펄쩍 뛰어서 내 페널티킥을 막아 냈어." 클린트가 이 사이로 한마디씩 내뱉듯이 말했다.

"제발, 넌 좀, 진정해야겠다, 친구야." 퀴버스가 더듬거렸다.

"나한테 이래라저래라 하지 마. 이 사기꾼 자식아."

클린트는 퀴버스의 귀를 잡고 들었다. 다음 순간 관중석 쪽에서 공이 날아들더니 퀴버스의 얼굴에 정통으로 꽂혔다. 퀴버스의 멀쩡하던 눈이 뒤로 돌아갔다. 이윽고 그는 기절해서 쓰러졌다.

파티는 바로 그렇게 끝났다.

"이게 다 무슨 일이야?" 나는 TT 도허티의 목소리를 듣고 펄쩍 뛰었다. 그는 클린트의 멱살을 움켜쥐고 잔디밭 위에 기절해 쓰러진 퀴버스를 가리켰다. "너 때문에 우리 골키퍼가 쓰러졌잖아, 이 멍청한 놈아! 이건 골을 다섯 번 차서 이기는 쪽이 승자인 경기라고."

TT에게는 안됐지만 타이밍이 나빴다. 클린트는 지금까지 꽉 눌려 있던 용수철처럼 긴장해 있다가 마침내 한계점을 넘어서 흥분을 폭발시켰다. 클린트는 아무 경고도 없이 온몸으로 TT에게 달려들어 운동장 너머로 그를 날려 버렸다.

그 다음 클린트는 골대를 뽑아 들어 어깨 위로 높이 치켜들고 웅크렸다.

"세상에 맙소사, 클린트! 그거 내려놔!" 핀이 소리를 질렀다.

클린트는 마치 올림픽에서 슈퍼 헤비 웨이트 역도 선수라도 된 것처럼 재빨리 일어나 팔을 쭉 뻗었다. 그러고는 TT 위에 골대를 떨어뜨려 그를 그물망 속에 가둬 버렸다.

클린트는 만족스러워하며 자기 가슴을 두드렸다. "이제 누가 빌어먹을 웃음거리냐, 이 촌놈아. 응?"

나는 거미줄에서 탈출하려는 파리처럼 그물망에서 빠져나오려고 안간힘을 쓰는 TT를 넋이 나간 채 바라봤다. 사람들은 골 주위를 빙 둘러싸고는 TT가 골대를 들어 올리고 기어 나오려 애쓰는 애처로운 모습을 비웃었다.

"클린트가 자리를 피하게 하는 게 좋지 않을까?" 내가 이미 팽팽해질 대로 팽팽해진 긴장감을 느끼며 말했다. 핀이 고개를 끄덕이고 클린트를 구슬리기 위해 다가갔다.

$$\$\ \$\ \$$$

나중에 알고 보니 퀴버스는 다친 눈 때문에 굉장히 강한 진통제를 잔뜩 복용한 상태였다. 경기를 할 때도 여전히 진통제 부작용을 겪고 있었던 게 분명했다. 공을 막아 내기는커녕 일어서 있는 것만 해도 다행이었다. 왜 정신 나간 꼭두각시처럼 굴었는지도 그걸로 다 설명이 됐다.

"불쌍한 퀴버스. 경기하다가 기절하다니. 골키퍼로서의 평판이 아주 바닥에 떨어져 버렸구먼." 핀이 낄낄거리며 말했다.

"퀴버스는 피해자야. 내가 클린트 걔 불안하다고 말했지."

핀이 한숨을 쉬었다. "그래서 싼 게 비지떡이라는 거야."

내 눈이 커졌다. "무슨 소릴 하는 거야? 클린트는 너희 집안의 친구라고 그랬잖아."

핀이 한심하다는 눈으로 나를 봤다. "왜 이래, 루크. 멍청한 척, 아무것도 모르는 척하지 마. 내가 걜 고용한 거야. 뻔하잖아."

"뭐라고?"

"그래. 내가 수소문을 좀 했어. 그리고 시내의 축구 관련자한테 소개받은 거야."

나는 이마에 흐르는 땀방울을 훔쳤다. "그래, 참 잘했네. 완전 또라이 같은 녀석을 고용해 놓고."

"그럼 넌 뭐 더 좋은 생각이 있었냐? 응? 없었잖아."

"이건 금융 참사야." 나는 한숨을 쉬었다. "TT는 환불금을 다 내놓으라고 우리를 괴롭힐 거야. 대결을 못 마쳤으니 모든 내기는 무효가 돼 버렸어. 페널티킥 다섯 번까지 가지도 못했잖아."

"앞으로 며칠 동안은 숨죽이고 지내야 해. 돈을 좀 마련할 때까지 TT 도허티를 피해 다녀."

나는 골대 그물망 아래서 겨우 기어 나와 망신을 당한 TT의 얼굴을 떠올렸다.

일단 TT에게 잡혔다 하면 우리는 박살이 날 게 뻔했다.

파우더 키안

"하나, 찢어진 축구 골대 그물망 배상을 바란다. 둘, 퀸 군이 얼굴 외상으로 응급실에 들어갔다. 더 정확히 말해서 광대뼈에 금이 갔지. 경기장에서 의식을 잃고 발견된 건 말할 것도 없고. 셋, 너희는 교내에서 불법 도박을 운영했다."

"아니." 파우더 선생님이 손을 들었다. "입도 뻥긋하지 마라, 피츠패트릭 군. 내가 말해도 된다고 하기 전엔 한마디도 하지 마."

"넷, 방금 세인트 조지프 학교 교장 선생님과 통화했다. 태그 드라는 모바일 앱과 관련해서 심각한 사건이 있었다고 한다. 그 앱이 이 학교에서 시작된 것 같다. 다섯, 세인트 조지프 학교에서도 IT 시스템에 누군가 침입했다는 의혹이 있다."

파우더 선생님은 자신이 노트에 적은 것을 다시 확인하고 입술을 오므렸다. 그는 모든 근거를 짚고 넘어갔다는 데 만족하고는 탁자 너머로 몸을 기대며 우리 쪽으로 우람한 상체를 기울였다. 그는 두꺼운 손가락으로 책상을 두드려 대고 있었다.

"어디서부터 시작할까? 응? 제군들? 너희들 그동안 아주 바빴

더구나."

파우더 선생님은 천천히 의자를 짓누르듯 앉았다. 그리고 머 그잔에 손을 뻗어 갈색 코듀로이 양복에 차를 흘리지 않도록 신경 쓰면서 후루룩 들이마시는 동안에도 우리에게서 내내 눈을 떼지 않았다.

우리는 선생님이 최소한 다섯 번은 차를 들이마시는 동안 고문과도 같은 침묵 속에 가만히 앉아 있었다.

파우더 선생님이 넥타이를 가다듬었다. "더 듣고 싶나?"

나는 입을 열려고 했지만 혀가 입천장에 단단히 붙어서 떨어지지 않았다.

핀이 말없이 고개를 끄덕였다.

선생님이 노트를 뒤적였다. "이 사건은 명백히 태그드 앱의 가짜 프로필과 관련돼 있다. 이 가짜 프로필은 하우스 파티의 연막용으로 사용됐으며 해당 건물에 상당한 손해를 끼쳤다."

나는 옆에 앉은 핀의 몸이 긴장으로 팽팽해지는 것을 느낄 수 있었다. 가짜 프로필이라니. 설리번 자매의 철통 같은 완벽한 코드 좋아하시네.

"사람들은 좋아요 버튼을 이용해서 하우스 파티 참가 여부를 확인할 수 있었다. 가짜 프로필은 삽시간에 퍼졌지." 파우더 선생님이 노트 너머로 우리를 노려봤다. "이게 어디로 갈지 알겠지? 안 그래? 제군들?"

나는 꿀꺽 침을 삼켰다.

"너무 많은 사람이 파티에 나타났고, 혼란의 도가니가 됐지. 파티 장소는 엉망진창이 되고 경비원들이 호출됐다."

나는 다시 한번 더 큰 소리로 꿀꺽 침을 삼켰다.

하지만 파우더 선생님의 말은 끝난 게 아니었다. "그리고 경비원들은 이 일을 조사하면서 사건이 일어난 과정을 전부 추적했다. 맞아, 너희도 예상했겠지. 추적해 올라가서 이 앱을 발견했다."

선생님은 등을 기대고 앉아 손가락을 굽히며 우리가 자신의 말을 충분히 이해하도록 기다렸다.

"이상하게도 세인트 조지프 학교의 모든 학생 ID 번호가 여기 있는 이 리스트에 적혀 있었다. 수위가 쓰레기통에 버려진 이 목록을 찾아냈지."

나는 잠깐 눈을 감았다. 설리번 자매는 너무 부주의했다. 변명의 여지가 없다. 물론 게네를 감시할 코비가 곁에 없는 이상 결국 길에서 이탈할 수밖에 없었을 것이다. 길을 건너다 영문도 모르고 자동차에 치여 죽은 동물 같은 처지인 우리를 남겨두고서.

나는 눈을 질끈 감고 호된 꾸짖음을 기다렸다.

오래 기다릴 필요는 없었다.

파우더 선생님이 우리 쪽으로 몸을 확 수그리더니 노트를 책상 위에 세차게 패대기쳤다. 얼마나 세게 쳤는지 책상이 부르르 떨릴 정도였다.

우리는 의자 깊숙이 몸을 움츠리며 쭈그러졌다.

"여기 네 이름이 도배돼 있다, 피츠패트릭. 그리고 여기 있는 네 똘마니들 이름하고." 파우더 선생님이 이를 앙다물고 불도 그처럼 두꺼운 목을 양쪽으로 돌렸다. "얼간이 대회 대상을 받을 만한 멍청한 네 녀석들이 이 모든 일에 관련돼 있다는 거 안다. 아주 아주 운이 좋은 줄 알아라. 지금 당장은 학교 시설물에 손상을 입힌 것 말고는 이 중에서 어떤 혐의도 너희 짓이라는 걸 증명할 수 없다. 하지만 만약 내가 뭐든 냄새라도 맡는 날엔⋯⋯."

나는 파우더 선생님의 입가에서 침이 치즈처럼 늘어지다가 마침내 책상 위에 철썩 떨어지는 것을 봤다.

선생님은 얼굴을 쓸었다. "일단 지금으로서는 너희 모두 2주 동안 방과 후 학교에 남고, 점심시간에 쓰레기 당번을 맡는 아주 가벼운 벌만 받고 빠져나가게 됐다."

나는 몸을 앞으로 털썩 구부리며 안도감에 휩싸여 이마를 닦았다. 그가 부모님에게 전화를 걸 것 같지는 않았다. 파우더 선생님이 전화기에 대고 호통을 치는 것만큼은 엄마에게 절대 일어나선 안 될 일이다.

게다가 샤인 선생님도 우리가 앱과 관련돼 있다는 사실을 파우더 선생님에게 알려주지 않은 것 같았다. 어쨌든 아직까진 말이다. 파블로를 뮤지컬에서 노래하게 만들겠다고 협상했던 것이 샤인 선생님 쪽 문제를 막아 주고 있었다. 그리고 아주 뚜렷한 물증도 부족했다.

파우더 선생님은 사무실 한가운데 걸린 펀치백을 주먹으로 세게 쳐서 우리 쪽으로 날려 보냈다. 우리는 그걸 재빠르게 피했다.

선생님이 우리 얼굴을 손으로 툭툭 쳤다. "너희들은 지금 내 레이더망 안에 있어. 한 번만 더 나랑 마주쳤다가는 바로 정학당할 줄 알아라. 그리고 너희 부모님도 다 학교로 불려 오시게 될 거다. 알았나?"

그는 문 쪽을 가리켰다.

"저, 그전에 하신 말씀 말인데요, 선생님." 핀이 입을 열었다.

"그게 뭐?" 파우더 선생님이 물었다.

핀이 자기 의자에 주저앉았다.

선생님이 콧노래를 불렀다. "아, 그래, 맞아. 그 앱이 오늘 밤 학교 위원회의 안건으로 올라왔지. 내가 연락해서 신경 쓸 필요가 없다고 알릴 거다. 그 앱은 이제 끝장났어. 지금 내가 학교 위원회가 투표하게 놔둘 거라고 생각하는 건 아니겠지? 세인트 조지프와 이런 사건이 일어난 이후에 말이다."

뱃속이 뒤틀렸다. 그 앱은 우리가 가장 의지하고 있는 수입원이었다. 눈 깜짝할 사이에 모두 물거품이 돼 버렸다. 케이티 도일과의 그 어색했던 협상도 전부 아무짝에도 쓸모없게 돼 버렸다. 게다가 설리번 자매가 이제 태그드 2.0 버전의 디자인을 막 도입

하려는 찰나인데.

파우더 선생님은 다시 한번 펀치백을 세게 쳤다. "TV 촬영팀이 이 소문을 듣지 않은 게 천만다행이다."

$$§ § §$$

핀은 길모퉁이를 돌아 급히 달아나는 그림자를 가리켰다. "저기 망할 놈의 멀그루야. 빨리 와. 가서 쟤 잡아."

나는 핀의 코트를 끌어당겼다. "로치 멀그루는 잊어버려. 우리한텐 더 큰 문제들이 있어."

핀이 내 팔을 떨쳐 냈다. "웃기지 마. 우리가 TT 도허티랑 이렇게 엉망진창으로 엮이게 만든 게 바로 저 녀석이라고. 그래놓고 사라져 버린 척했어."

"진정해, 핀. 우리는 처음부터 로치랑 엮이지 말아야 했어. 걔가 문젯거리가 되리란 걸 알았잖아."

"로치는 자기가 TT 도허티한테 덜미가 잡혀 있었다는 걸 우리한테 말했어야 해."

"아니. 우리가 걔를 제대로 뒷조사했어야 해." 내가 길을 향해 걸음을 옮기며 말했다.

핀의 핸드폰에서 삑삑거리는 소리가 들렸다.

그는 1분 후에 나를 따라잡았다.

"TT야. 오늘 우리를 만나고 싶대."

나는 얼어붙었다. "뭣 때문에?"

"내가 어떻게 아냐?"

나는 손톱을 깨물었다. "그런데 우리는 아직 돈이 없잖아."

핀이 다시 정신을 집중했다. 눈에는 핏발이 섰다. "시간을 좀 벌어야겠어."

나는 TT와의 협상이라는 거대한 난관을 예상해 봤다. "핀, 그 자식 골대 밑에 그렇게 깔렸으니 스테로이드 맞은 하이에나처럼 날뛸 거야."

핀이 내 말을 곱씹었다. "선택의 여지가 별로 없어."

나는 속이 약간 메스꺼워져서 넘어지지 않으려고 핀의 어깨를 잡았다. "맙소사. 우리 꼴이 어떤지 좀 봐. 신경 쇠약에 걸릴 지경 이야."

핀은 벽을 걷어차다가 나를 넘어뜨릴 뻔했다. "처음에는 TT 도허티더니 이제는 핏불 같은 파우더 선생님이 우리 주위를 쿵 쿵거리고 돌아다니면서 감시하고."

"진정해, 핀."

핀은 화를 터뜨리면서 사람들의 이목을 끌고 있었다.

"정말로 멀그루를 그냥 둘 거야? 나는 복수해 줘야 속이 시원 할 것 같거든." 핀이 침을 뱉으며 말했다. "복수라도 하면 기분이 훨씬 나아질 것 같다고."

사슴벌레

TT가 도시락 뚜껑을 들어 올렸다.

"어, 그게 뭐야?"

TT는 핀의 얼굴에 핸드폰 조명을 바로 비췄다. "뭐 같아 보이냐, 우리 천재 씨?"

나는 핀의 어깨 너머로 들여다봤다. "커다란 딱정벌레?"

TT가 손가락으로 부드럽게 휘어진 뿔을 찌르자 상자 옆에서 사이클 선수가 경륜장에서 달리는 소리 같은 광분한 날갯짓 소리가 들렸다. "이건 그냥 딱정벌레가 아냐. 사슴벌레라고."

"멋지네." 핀이 웅얼거렸다.

"너흰 지금 아주 대단한 곤충을 보고 있는 거야." TT는 으깬 자두 한 조각을 도시락 통 안에 넣었다. "이 녀석은 엄청 비싼 몸이야. 보통 녀석들보다 뿔이 길어서 말이야."

TT는 뚜껑을 꽉 닫아 옆쪽을 안전하게 확인했다. 사슴벌레는 플라스틱 벽을 뿔로 들이받았다. "이 녀석은 아주 도도한 놈이야. 너희도 보게 될 거야. 자기 뿔로 들이받는 걸 좋아해. 과시하는 거지."

핀이 나에게 눈짓을 했다. 우리는 아무 말도 하지 않았다. 나는 이 대화가 대체 어떻게 흘러갈지 알 수가 없었다. TT의 행동이 이상했다. 딱히 친한 척하는 것도 아니었지만 평소처럼 위협적이거나 적대적이지도 않았다.

그게 오히려 더 불안했다. 아니, 불안이라는 말로는 다 표현이 안 된다.

TT는 핀 쪽으로 도시락 통을 밀었다. "걱정 마. 얜 안 물어. 그러니까 배가 고프지 않으면."

핀은 펄쩍 뛰며 뒤로 물러섰지만 TT가 거칠게 핀의 팔을 잡고 다른 쪽 손에 도시락 통을 쥐여 줬다.

"이 사슴벌레한테 탈수 증상이 나타날 수도 있으니까 그늘진 곳에 보관해. 침대 밑 같은 데." TT가 자기 다리 옆에 있던 쇼핑백을 집어 들어 나에게 건넸다. "하루에 한 번 먹이를 줘야 해."

나는 쇼핑백 안의 내용물을 내려다봤다. 과일, 또 과일.

"TT, 어, 내가 뭔가를 놓치고 있는 것 같은데." 핀이 한쪽 눈으로는 상자를 바라보며 말했다. "우리한테 왜 이런 말을 하는 거야?"

그동안 핀은 마치 독사라도 손에 든 것처럼 팔을 계속 쭉 뻗고 있었다. 사슴벌레는 여전히 상자 속에서 미친 듯이 돌진하며 버둥거렸다.

TT가 핀의 뺨을 찰싹 때렸다. "귀염둥이, 왜냐하면 일주일 동안 네가 이 녀석을 보살펴야 하니까."

핀이 몸서리를 쳤다. "뭐? 하지만⋯⋯."

"이건 협상이 아니야."

핀이 코를 훌쩍였다. "하지만 나는 벌레 공포증이 있다고. 그니까, 거미."

TT는 도시락 통을 쿡 찔렀다. "이게 네 눈엔 거미처럼 보이냐, 멍청아? 지금 경비대가 우리 집 주변을 쿵쿵거리고 다니거든. 형들 때문에."

갑자기 사슴벌레가 움직임을 멈췄다. 거리는 완전히 고요 속에 가라앉았다.

"경비대?" 내가 생각한 것보다 큰 목소리가 나왔다.

TT가 무서운 눈으로 쏘아보며 손가락을 입술에 가져다 댔다. "닥쳐. 온 동네에다가 떠들어 댈 필요는 없다고."

핀이 나를 노려봤다.

"미안." 나는 입 모양으로 말했다.

"법정 소송 사건이 끝날 때까지만 감시하는 눈들을 피해서 이 꼬마 녀석을 피신시켜 둬야 해." TT가 도시락을 향해 고개를 까닥하며 말했다.

법정 소송 사건이라니.

나는 쇼핑백을 떨어뜨렸다. TT의 형들이 위조품을 취급하다가 기소됐다는 게 헛소문이 아니었던 거다.

당구대 위에서 흩어지는 당구공들처럼 길 위에 과일들이 흩어졌다. TT는 머리끝까지 화가 치밀어 올라 콧김을 식식 내뿜었다. 그는 몸을 굽혀 양손에 하나씩 복숭아를 주워들었다. 그리고는 불편할 만큼 가깝게 다가와 우리를 벽에 밀어붙였다.

"너희는 나한테 빚이 있잖아. 그 골키퍼랑 일을 다 망쳐 놓은 걸 생각해 봐. 내가 장담하는데 너희 지금 아주 쉽게 빠져나가는 거야."

TT는 우리 머리 위에 복숭아를 올려놓더니 복숭아 씨앗이 두피에 상처를 내고 과즙이 얼굴 위로 줄줄 흘러내릴 때까지 짓눌렀다. 그러더니 끈적거리는 손으로 우리 목을 꽉 움켜쥐었다.

더 꽉.

좀 더 꽉.

좀 더 세게 꽉.

내가 목이 졸려서 거의 숨을 쉴 수 없을 때까지. 그러다가 TT는 우리를 불쑥 풀어 줬다. "이번 주말까지 내기 돈 환불해 줄 현금을 가져와. 전액 다. 내기를 건 고객들이 점점 더 가만히 있지를 못하고 있거든."

TT는 도시락 통 쪽을 향해 턱을 까딱했다. "그리고 지금이랑 완전히 똑같은 상태로 저 사슴벌레를 다시 가져와. 신생아처럼 곱게 잘 다뤄야 할 거야. 상자에서 꺼내지 마. 상자에 벌레가 숨

쉴 수 있게 특별한 공기구멍이 나 있어. 알았냐?"

우리는 아무 말 없이 고개를 끄덕였다.

TT의 눈이 번뜩였다. "아, 하마터면 까먹을 뻔했네. 우리 아빠가 안부를 전하라더라. 그 유명한 돼지들 때문에 아주 못마땅해하고 있거든. 너희 친구 패디가 더 이상 돼지들을 홍보하려는 노력을 전혀 안 한다고. 새로운 동영상도 안 올리고. 이 문제를 좀 정리하려고 패디를 보러 간 게 한두 번이 아니야."

나는 움찔했다. 불쌍한 패디. 샤이 도허티한테 괴롭힘을 당하고 있는 것 같았다.

핀이 시끄럽게 뺨을 부르르 떨며 숨을 내쉬었다.

TT가 핀을 잡아먹을 듯이 노려봤다. "너, 뭐 문제 있냐?"

핀이 기침을 했다. "아니, 아니야. 그냥 우리가 뭘 할 수 있을지 몰라서."

TT가 앞으로 성큼 다가서더니 핀의 귀를 잡아당겨 올렸다. "너희가 그 친구 녀석을 설득해서 다시 돼지들 홍보 영상을 올리라고 해야 할 거야. 아니면 우리 아빠가 너희 현관문을 두들기러 갈 거니까."

그는 마지막으로 한 번 더 사슴벌레를 확인한 후에 성큼성큼 걸어가 버렸다.

"완전 지독한 녀석이야." TT가 시야에서 사라지는 걸 보며 내가 중얼거렸다.

"저 자식은 완전 돌았어."

핀이 가까이 주차돼 있는 차의 지붕 위에 도시락 통을 올려놓고 도로변에 주저앉아 목 뒤를 주물렀다. 1분 후에는 머리카락에 끈적끈적하게 달라붙은 복숭아 덩어리를 떼어 내느라 온 정신이 팔렸다.

나는 허둥지둥 상처가 난 과일을 주워 담았다.

"핀!" 그리고 자동차를 가리키며 울부짖었다.

상자가 지붕에서 미끄러져 내려 옆으로 떨어질락 말락 하고 있었다. 핀이 벌떡 일어나 상자가 떨어지기 직전에 겨우 잡았다.

"자, 여기." 핀이 나에게 상자를 건넸다.

나는 손을 털었다. "그걸 왜 나한테 주는데?"

핀이 코를 찡그렸다. "이거 네가 가져갈 거잖아. 그렇지?"

나는 상자를 밀쳐 냈다. "말 같지도 않은 소리 하지 마. 네가 가져가."

"왜 이래, 루크. 너 내가 아라…… 포비아 있는 거 알잖아."

"아라크노포비아(거미 공포증) 말하는 거냐?"

"그래그래, 바로 그거."

"이건 사슴벌레야, 핀. 빌어먹을 검은 과부 독거미가 아니라고."

"제발, 루크. 너도 내가 뭘 키우는 데 정말 형편없는 거 알잖아. 리사 심프슨 기억나?"

나는 허공에 다리를 뻗은 자세로 새장 안에서 뻣뻣하게 굳어 발견된 핀의 앵무새 리사 심프슨을 떠올렸다.

나는 눈을 굴리다가, 마지못해 상자로 손을 뻗었다.

"너도 이래야 한다는 거 알 거야." 핀이 말했다.

혁명가 게이브

"자, 봐."

나는 닦인 유리에다 코를 박고 옛 정육점 창 안쪽을 쳐다봤다. "언제부터야?"

핀이 머리카락을 부여잡으며 말했다. "전혀 모르겠어. 언제는 비어 있었는데. 그다음 날…… 이렇게 됐어. 네일숍이야."

누가 창문을 똑똑 두드렸다. 나는 놀라서 펄쩍 뛰며 뒤로 물러났다.

"루크, 마룻장 밑에서 그 정육점 도마를 찾아와야 해. 그렇지 않으면 TT 도허티한테서 벗어날 희망조차 사라져 버릴 거야."

"돈이 여전히 거기 있다면 말이지."

"그런 생각은 떠올리지도 마. 우리 현금이 전부 그 도마 안에 있다고!" 핀이 울부짖었다.

"전부?"

"대부분. 파블로에게 줬던 비상금 빼고."

나는 잠시 핀의 얼굴을 살폈다. 핀이 이렇게 어쩔 줄 몰라 하는 건 처음 봤다. TT 도허티가 제대로 겁을 준 거다. 우리 둘 다 한테.

"멍청한 질문인 거 알지만, 너 열쇠 확인했지? 응?"

"빌어먹을, 당연하지. 모든 자물쇠가 다 바뀌었어."

"너희 엄마가 열쇠 가지고 있어?"

핀이 요란하게 숨을 내쉬었다. "이미 엄마가 가지고 다니는 커다란 열쇠 꾸러미를 샅샅이 훑었다고. 소용없었어."

"저 네일숍 안에 어떻게 들어가지? 뭐 아이디어라도 있어?"

핀이 주위를 둘러봤다. "응. 근데 게이브가 꼭 필요해."

"진심이야? 에밀리가 더 낫지 않겠어?"

"안 돼. 에밀리는 너무 참견이 심해. 모든 걸 알려고 한단 말이야. 계획의 세세한 내용들까지 죄다 확인하려고 하고. 날 믿어. 우리한테 남은 건 게이브밖에 없어."

"호랑이도 제 말하면 나타난다더니."

게이브가 머리부터 발끝까지 카키색 군복을 입고 마무리로 요란한 소리를 울려 대는 분홍색 헤드폰을 낀 채 나타났다. "안녕! 얘들아! 새로운 댄스 앨범인데! 끝내줘!"

핀이 헤드폰 이어패드 한쪽을 뺐다. "게이브, 너 지금 소리 지르고 있어."

게이브가 헤드폰을 벗었다.

"멋진 모자네." 핀이 너무 큰 군모를 턱으로 가리키며 말했다.

나는 휘파람을 불었다. "이 복장은 다 뭐냐?"

"얘들아. 이날을 기억해. 오늘은 내가 혁명군이 되기로 결심한 날이야."

핀이 눈썹을 치켜세웠다. "그래, 뭐, 좋은데. 그럼 어떻게 되는 거야?"

"응?"

"정확히 뭘 할 계획인 거냐? 혁명군이 돼서?"

게이브가 주먹을 꽉 쥐었다. "반란군에 가입할 거야. 반란을 일으키는."

나는 게이브의 등을 토닥였다. "정말 멋지다, 게이브. 근데 이 근처에는 반란군들이 많이 없나 봐."

"그런 사명은 대체 언제부터 생긴 거냐?"

"지난밤 꿈을 꿨어."

"악몽이구먼." 나는 웅얼거렸다. "게이브가 군대에 들어가다니."

"게이브, 손 좀 보여 줘." 핀이 주제를 바꾸며 명령했다.

게이브는 꿈짝하지 않고 그 자리에 서 있었다.

"네 손 말이야." 핀이 초조하게 반복하며 게이브의 한쪽 팔을 거칠게 잡았다. 그제야 게이브가 손바닥을 아래로 해서 손을 뻗었다. 핀은 손바닥을 뒤집어 게이브의 손톱을 확인했다.

"좀 더럽긴 하지만 뭐. 그거 빼면 이 정도면 될 거야."

"뭘 하는데 이 정도면 된다는 거야?"

핀이 창에 붙어 있는 메뉴를 읽었다. "흠, 내 생각엔…… 미니 매니큐어."

"게이브가?" 내가 회의적인 목소리로 물었다.

"응. 그게 제일 싸고 30분 걸려. 주의를 다른 데로 끌기에 충분한 시간이지."

우리는 쭐레쭐레 네일숍 안으로 들어갔다. 여전히 무슨 상황인지 전혀 모르는 것처럼 보이는 게이브가 따라 들어왔다.

"여기 제 친구가 미니 매니큐어를 할 거예요." 핀이 게이브를 가리키며 안내 데스크에 앉아 있는 여자에게 말했다. 그리고는 10유로짜리 지폐 뭉치를 테이블 위에 탁 내려놓았다. 여자는 자기 손톱을 다듬고 있다가 힐끗 올려봤다. 그다음엔 마치 쏘아보는 것만으로 상대를 죽일 수도 있을 것 같은 눈초리로 게이브를 봤다. "거기 앉으세요."

핀이 게이브를 의자에 끌어다 앉혔다.

"리타." 여자가 불렀다. "자기한테 손님 하나."

그러자 리타라고 불린 키 작은 중년 여자가 이미 못마땅한 표정을 하고 나타났다. 그녀는 보기 드물게 높이 틀어 올린 라일락색 올림머리를 하고 있었다. "뭘 하고 싶은 거니, 얘들아?"

"미니 매니큐어 하나요."

"장난치는 거니?" 그녀는 빗자루를 들고 우리를 문 쪽으로 몰아가려고 했다. "여긴 어엿한 살롱이야. 나가라."

"뭐라고요? 하지만 우린 이미 돈을 냈다고요." 핀이 항의했다.

리타는 안내 데스크에 앉은 여자를 돌아봤다. 그녀는 어깨를 으쓱하고는 계속 손톱을 갈았다. "그럼 좋아. 하지만 너희 둘은 밖에서 기다려야 한다."

핀의 얼굴이 일그러졌다. 내 생각에 이건 계획에 포함되지 않은 일인 것 같다.

"그냥 저기 앉아 있으면 안 될까요?" 내가 말했다.

"저희 조용히 있을게요. 맹세해요." 핀이 말했다.

마침내 리타가 포기했다. 우리는 구석 쪽으로 조심스럽게 걸어가서 각자 잡지를 집어 들고 다른 손님들이 쳐다보는 걸 무시했다. 리타는 헤드라이트 불빛을 비춘 토끼처럼 멍하니 있는 게이브에게 빽빽거렸다. "매니큐어는?"

아무런 반응이 없었다.

"어떤 매니큐어 색을 원하니?" 게이브의 안드로이드 같은 표정을 눈치챈 리타가 말했다.

질문을 받은 게이브는 뒤로 기대어 앉아 열심히 생각했다. 정말 열심히 고심했다. 마치 그날 자기가 내려야 할 가장 중요한 결정 사항이라도 되는 것처럼 곰곰이 생각했다.

리타는 폭발하기 직전이었다.

"검정이요. 그리고 엄지손가락은 빨강으로요." 게이브가 마침내 말했다.

리타가 게이브가 원하는 매니큐어를 가지러 사라졌다. 안내 데스크의 여자는 여전히 손톱을 미친 듯이 갈아 대고 있었다. 핀은 이 기회를 포착해서 헐거운 마룻장이 있는 계산대 뒤로 슬쩍 미끄러져 들어갔다. 나는 대체 핀의 계획이 뭘까 짐작해 보며 잡지 위로 그를 봤다. 핀은 몸을 굽히더니 재킷 아래로 꾸러미 하나를 슬쩍 빼냈다. 그리고는 몸을 빙글 돌리더니 내 시야를 차단했다. 몇 초 되지 않아 핀은 긴장이 훨씬 더 풀린 얼굴로 자기 자리로 되돌아왔다.

"해결됐어." 핀은 나를 향해 윙크를 날리며 말했다. "그냥 보고 배워라, 루키. 보고 배우라고."

게이브의 상황으로 돌아가 보자면, 리타는 그의 큐티클을 가지고 법석을 떨면서 뭔가 재미난 이야기를 들려주며 극진한 서비스를 제공했다. 게이브는 진심으로 대화에 몰두한 것처럼 보였다. 묘한 일이었다.

"우리 귀염둥이, 추가로 10파운드 내고 디럭스 매니큐어로 업그레이드할래?" 리타가 달콤하게 속삭였다.

"어, 아뇨, 안 할 거예요, 감사합니다." 핀이 방 건너편에서부터 큰 소리로 외쳤다. 핀은 나를 향해 몸을 돌렸다. "와, 이제 귀염둥이래. 이러다 게이브 여기 단골 되겠다."

"이제 뭐라도 일어나긴 하는 거야?" 세상에서 가장 긴 2분이 지난 후에 내가 속삭였다.

"몇 초만 있어 봐." 핀이 말했다. "날 믿어. 이건 태풍 직전의 고요함이랄까."

또 1분이 지나갔다.

핀이 나를 쿡 찔렀다. "그 사슴벌레는 어때?"

"여전히 살아 있어."

"마지막으로 확인한 게 언제야?"

"오늘 아침."

"먹이는 주고 있어?"

"응, 이제 그만 추궁해."

"루크, 그 사슴벌레는 딱정벌레계의 카니예 웨스트야. 처음부터 끝까지 록스타처럼 대우해 줘야 한다고. 사실 그 사슴벌레가 TT 도허티랑의 전쟁에서 우리 최종병기가 될 수도 있어."

나는 아침에 쭈글쭈글해진 자두 조각을 도시락 통 안에 넣어 줬던 걸 떠올렸다. 어쨌든 나중에 확인해 보는 게 좋겠다.

마침내 나는 견딜 수가 없어졌다. "우리 정확히 뭘 기다리고 있는 거냐?"

"인내심을 가져, 루키. 인내심." 핀이 눈을 감았다. "자, 빨리, 베이비, 어서."

"쥐, 쥐다! 쥐이이이이!" 그때 안내 데스크의 여자가 유리창이 산산조각이 날 정도의 날카로운 비명을 질러 대며 의자 위로 기어올랐다.

네일숍은 곧 혼돈의 도가니가 됐다.

불쌍한 리타는 문으로 돌진하는 바람에 높이 틀어 올린 머리가 옆으로 쓰러질 뻔했다. 나는 게이브도 리타에게 뒤질세라 도망가는 걸 봤다. 그 시점에 이르러서는 거의 히스테리를 일으킬 지경이 된 안내 데스크의 여자가 뒤를 이었다. 그녀는 계속해서 다리를 할퀴어 대며 쥐가 자기 다리에 닿았다고 주장했다.

몇 분도 채 안 돼서 가게는 텅 비었다.

우리는 마루를 가로질러 달려갔다. 내가 헐거운 마룻장을 들어 올렸다.

"빙고." 핀이 정육점 도마에 손을 뻗으며 말했다.

"돈은?"

"다 있어. 우린 살았어." 핀이 크게 안도의 한숨을 내쉬며 대답했다. 그는 자기 운동복 가방을 나에게 던졌다. "여기서 기다려."

나는 가방을 돈뭉치로 잔뜩 채웠다.

몇 분 되지 않아 핀이 돌아와 내 가슴에 갈색 봉투를 떠안겼다. "여기. 머커의 티켓을 완전 잊어 먹고 있었지 뭐야. 그 골든 티켓 말이야."

나는 봉투를 주머니 속에 쑤셔 넣었다. "가자."

"기다려. 베티 좀 찾아야 해."

"베티가 누구야?"

"패디가 키우는 땅 다람쥐야."

"하지만 아까 그 여자는 들쥐라던데."

"그렇게 보이려고 진한 갈색 스프레이를 뿌려 뒀지." 핀이 말했다. "아, 저기 있다. 자기 딸기를 먹었네." 땅 다람쥐는 핀을 향해 껑충 뛰더니 자기 주머니 속으로 몸을 파묻었다.

$$ $ $ $ $$

"리타가 슈퍼마켓 카운터에서 일했던 거 알았냐? 내가 맨날 아침 식사용 롤빵을 사러 가곤 해서 나를 알아봤다고 하더라고."

나는 씩 웃음이 나오는 걸 꾹 참았다.

"슈퍼마켓 사람들이 리타더러 요란한 머리를 좀 자르라고 했대. 그래서 일을 그만두고 그 살롱을 시작한 거야." 게이브가 신이 나서 말했다.

"아주 앞뒤 이야기를 다 꿰고 있는 것 같다, 너." 내가 핀에게 눈썹을 치켜세워 보이며 말했다.

"리타는 훌륭한 여자야. 쥐가 들어와서 정말 너무 안됐지 뭐야." 게이브가 애석해했다.

"그래, 정말 안타깝다." 핀이 코에 주름을 잡으며 말했다.

"근데 게이브, 나는 네가 AC 밀란 팬인지 몰랐어." 나는 반쯤 빨갛고 검은 매니큐어가 칠해진 게이브의 손톱을 가리키며 말했다.

"아냐. 이건 내 영웅의 색이야. 체 게바라. 진정한 혁명가지."

"네 손에 든 그건 뭐야?" 내가 병을 가리키며 말했다.

"이건 내 손과 손톱을 실크처럼 부드럽게 유지시켜 줄 모이스처라이저야. 리타가 줬어."

핀이 게이브의 등을 찰싹 쳤다. "체 게바라가 분명 널 정말 자랑스러워할 거야."

UFO

"잠깐만. 이 시간에 어딜 가는 거니?"

아빠가 현관문 근처에서 나타났다. 나는 슬금슬금 다시 차도를 걸어 돌아왔다. "그냥 핀네 집이요."

아빠는 팔짱을 끼더니 문틀에 몸을 기댔다. "핀 얘기하니까 말인데, 저번에 시내에서 피츠패트릭 부인이랑 우연히 만났다."

나는 뒤로 물러섰다. "아, 네. 그래요."

"너한테 일자리를 줘서 감사하다고 했지. 비어 있는 부동산들을 청소하는 일 말이야. 근데 이상하지. 피츠패트릭 부인은 내가 무슨 소리를 하는지 전혀 모르는 것 같더구나."

나는 소매를 만지작거리며 아빠의 눈을 피했다. "그분이 정신이 좀 없으시거든요. 피츠패트릭 부인요."

"흐음, 숙제는 했냐?"

나는 고개를 끄덕거렸다.

아빠는 나를 위아래로 훑어보다가 내 새 옷에 시선을 고정했다. 나는 어색하게 발뒤꿈치를 들었다 놨다 했다.

"가방에 든 건 뭐냐, 루크?"

나는 내 얼굴이 딱딱하게 굳는 걸 느꼈다. "그냥 학교 과제요."

아빠는 손가락을 흔들었다. "지금부터는 내가 널 좀 더 잘 지켜볼 거다."

나는 'TV를 쳐다보는 대신에요?'라고 말할 뻔했지만 꾹 참았다.

문이 쾅 닫혔다.

나는 숨을 가다듬었다. 부모님과는 살얼음판을 걷고 있는 거나 마찬가지다. 좀 더 조심할 필요가 있었다. 그래도 좋은 점은 방금 전의 대화가 지난 몇 달 동안 아빠랑 나눈 대화 중에 가장 길었다는 거다. 거실에 앉아 아빠가 내던 평소의 앓는 소리를 생각해 보면 기분 좋은 변화였다. 어쩌면 만년설처럼 늘 얼어붙어 있던 집안 분위기가 녹기 시작하는 건지도 몰랐다.

거실의 커튼이 살짝 열리더니 창문에 드리워진 아빠의 얼굴 그림자가 보였다. 아빠는 유리창을 톡톡 두드리며 손가락으로 나를 가리켰다.

나는 몸을 돌려 달아났다.

§ § §

"여기 몇 시에 온대?"

"9시." 15분 전이었다. 거의 깜깜했다.

"문자로 정확히 뭐라고 했어?"

핀이 히죽거렸다. "내가 다크 비숍이라고. 그리고 전망 좋은 사업 거리가 있는데 그 이야기를 하고 싶다고. 콜론네 농장 꼭대기에서 만나자고 했지."

"걔가 정말 그걸 믿었어?"

핀이 어깨를 으쓱했다. "걘 필사적이야."

나는 드론을 시험하느라 바쁜 코비 쪽을 쳐다봤다. "준비됐어?"

코비가 우리에게 엄지손가락을 들어 보였다.

"쇼핑백에 든 건 뭐야?" 핀이 물었다.

"그 도시락 통." 내가 속삭였다.

핀의 얼굴빛이 어두워졌다. "그 사슴벌레 말이야?"

"아빠가 집 안의 모든 방을 진공청소기로 밀고 있어. 그래서 내 침대 밑에 둘 수가 없었어."

"맙소사, 비닐봉지라니! 제정신이냐? 얼른 내 가방에 넣어."

나는 가방 지퍼를 열었다. "세상에 맙소사, 핀! 돈이 아직도 다 여기 들어 있잖아."

"집에다 돈을 둘 순 없어. 그럴 수 있겠냐? 엄마가 화가 많이 나 있는데 그럴 순 없지. 우리가 네일숍에 갔다는 이야기를 엄마가 들었어. 리타가 그 망할 놈의 수다스러운 입을 놀려서. 그리고 잔고가 여기에 전부 있는 건 아냐. 내가 파블로한테 비상금을 맡겼어."

핀이 도시락 통을 움켜잡더니 실눈으로 안을 살펴봤다. "이 녀석은 어때? 아직 살아 있어?"

사슴벌레가 몸을 이리저리 움직였다.

나는 앓는 소리를 냈다. "살아서 들고차고 난리다. 매일 밤 상자를 들이받고 난리를 쳐서 밤에 잠을 못 잔다고."

코비가 원격 조정기를 누르자 드론이 바닥에서 위로 떠올랐다. 우리는 그것을 지켜봤다.

"있잖아, 드론을 뭔가로 가리는 게 좋겠어. 걔가 진짜 깜짝 놀라게." 핀이 근처를 맴도는 드론을 쳐다보며 말했다.

내가 얼굴을 찌푸렸다. "핀, 이건 쿼드콥터(회전 날개가 네 개인 멀티콥터)야. 날리면 프로펠러가 필요하다고. 그 위에 뭘 걸쳐 놓거나 할 순 없어."

핀이 1분 정도 생각에 잠겼다. "하지만 옆쪽에 뭔가를 빙 걸쳐 놓을 순 있잖아. 맞지? 코트처럼 말이야."

"그래, 그렇겠지."

핀이 턱에 손가락을 댔다. "긴 코트를 입은 사람이 누가 있더라? 내 기억에……."

"하. 코비가 그 안에서 허우적대던 엄청나게 큰 코트를 말하는 거지?" 나는 그 코트가 분실물 센터에서 코비가 슬쩍 빌리곤 하는 물건 중 하나였다는 걸 떠올렸다. 그 많은 돈을 가지고도 코비는 여전히 분실물 센터에서 물건들을 슬쩍해 오곤 했다.

"그걸 입고 걸을 수 있다는 게 놀랍다."

"겨우 걷는다고 해야지." 내가 말했다. "망토처럼 땅에 질질 끌린다고."

핀은 재빨리 손을 놀렸다. 몇 분도 채 안 돼 그들은 드론의 아래쪽에 오버코트를 테이프로 단단하게 고정시켰다. 우리는 각자의 자리로 움직였다. 코비는 드론과 함께 울타리 너머에, 핀은 울타리 가까이에 있는 나무 뒤에, 나는 긴 수풀 속에 엎드렸다.

핀이 손을 비볐다. "이제 우린 기다리기만 하면 돼."

"오래 안 기다려도 되겠다." 나는 언덕 위를 혼자 올라오는 그림자 쪽을 가리켰다.

"독수리기 착륙한다, 오버." 핀이 울타리 너머로 낮은 소리를 내뱉었다.

"여보세요?" 수화기 너머로 악을 쓰는 듯한 소리가 들렸다.

"네." 핀이 가능한 한 가장 낮은 소리를 내며 대답했다.

"안녕. 아, 다크 비숍인가요?"

핀이 키득키득 터져 나오는 웃음을 삼켰다. "그렇다."

"로치예요. 로치 멀그루. 그 사업 얘기를 좀 하려고 왔는데요." 로치는 겁먹은 듯 들판을 둘러봤다. "이리로 안 나올 건가요?"

"내 정체를 꼭 비밀로 해 주리란 걸 믿어도 될까, 멀그루?"

"네, 날 믿어요. 누구에게 물어봐도 난 뼛속까지 의리남이니까."

"의리래." 핀이 화가 나서 허공에다 주먹질하며 입 모양으로 말했다. 그리고는 대답하려고 입을 열었다.

"하지 마." 나는 핀이 화가 나서 이성을 잃을까 봐 걱정돼서 말했다.

나는 코비에게 신호로 휘파람을 불었다.

몇 초도 안 돼서 드론이 바람에 외투를 펄럭이며 공중으로 떴다. 드론이 움직이자 외투 자락이 잔디 위를 쓸었다. 코비는 익숙한 솜씨로 외투가 가지에 걸리지 않게 주의하며 울타리 너머로 드론을 조종해서 로치 뒤쪽에 놓았다.

"난 네 뒤에 있다." 핀이 말했다.

로치가 발뒤꿈치로 빙글 돌았다.

"어이, 왔군요." 로치가 고개를 끄덕하며 인사하고 자기소개를 하려는 듯 들판을 가로질렀다. 그림자가 그를 향해 미끄러지듯 움직였다. 코비가 조종 버튼을 눌러 드론을 허공 위로 띄웠다. 로치의 눈이 골프공처럼 동그래졌다. 그는 공포에 질려 뒤로 주춤거리다 바닥에 넘어지더니, 엉덩이로 기었다.

"겁 먹었어." 핀이 만족스럽게 말했다.

그다음 코비는 UFO처럼 드론 위를 밝히는 LED 등을 켰다.

로치는 혼비백산해서 아기처럼 비명을 질러 댔다. 그는 언덕을 구르듯 도망쳐서 아래쪽의 어둠 속으로 사라졌다. 1분 정도 후에 비명이 멈추고 들판은 으스스하게 조용해졌다.

그리고 우리는 커다랗게 '첨벙!' 하는 소리를 들었다.

나는 벌떡 일어났다. "어디로 간 거야? 개울에 빠진 거야?"

핀이 폭소했다. "대단했어. 걔 얼굴 봤냐? 그리고 LED는 정말 최고의 아이디어였어, 코비. 저 녀석 완전히 혼비백산했다고."

코비의 머리가 울타리 너머에서 불쑥 솟아올랐다. "얘들아, 개를 찾아보는 게 좋을 것 같아."

"어이쿠, 됐거든."

코비가 드론 조명으로 들판을 비췄다. 멀그루가 젖은 나뭇잎들을 머리카락에 붙인 채로 온몸에서 물을 뚝뚝 흘리며 서 있었다. "이 비열한 자식들."

"하, 누가 할 소리인데? 멀그루. 내기 장부로 그런 잔머리를 쓰고 나서 TT 도허티를 우리한테 떠넘겨 놓고는 네가 할 소리야? 넌 더한 꼴을 당해도 싸." 핀이 비웃으며 말했다. "넌 TT한테 갚아야 할 돈 때문에 네 내기 장부가 가라앉는 배 같은 상태란 걸 알았어. 그런데도 우리 은행 대출을 받고 내기 시합에 우리를 엮었잖아."

나는 로치가 코비의 오버코트를 입고 몸을 말리려 하는 모습을 보다가 번뜩 어떤 생각을 떠올렸다. "로치, 너희 누나가 시내에 있는 동물 복지 관련 단체에서 일하지 않니?"

"그래, 그게 뭐?"

"우리한테 좀 심각한 문제가 있어. 샤이 도허티라는 TT네 아빠 때문에." 내가 말했다. "너희 누나가 우리를 그 사람에게서 벗어나게 도와줄 수 있을지도 몰라."

"샤이? 말도 안 돼. 꺼져, 루크." 로치가 뒤로 한 발짝 물러섰다. "나는 이제 어떤 식으로든 도허티네하곤 손잡지 않는다고."

나는 눈썹을 치켜세웠다. 멀그루는 정말 형편없는 녀석이었다. 이 녀석이야말로 처음부터 우리를 TT 도허티의 손아귀에서 놀아나게 한 원흉이었다. 나는 분노를 누르려고 애쓰며 이를 악물었다. "너 뭐 잊은 거 없냐, 멀그루? 이거 카메라 드론이야. 그러니까 오늘 밤 일어난 모든 일이 녹화됐다는 거지."

핀이 웃었다. "온라인에서 참 재미있는 영상이 될 거야. 그치, 멀그루?"

"학교를 촬영하고 있는 TV 촬영팀이 관심을 보일지도 모르지." 내가 덧붙였다.

로치는 항복한다는 듯 어깨를 으쓱했다. 그러고는 축 처진 채 신발에서 물을 뚝뚝 흘리며 농장 쪽으로 돌아갔다.

$$$

"로치를 속여 먹은 거, 진짜 끝내줬어! 내가 말했잖아. 복수하면 기분이 훨씬 좋아질 거라고." 핀이 내 표정을 눈치채고 물었다. "왜 그래? 무슨 일이야?"

나는 앞을 멍하니 바라봤다. "핀, 네 운동 가방. 그게 없어졌어."

"뭐?! 말도 안 돼." 핀이 내 시선을 따라 풀이 납작하게 누운 텅 빈 잔디밭을 바라봤다.

나는 말을 하려고 했지만 머릿속에서 아무 말도 떠오르지 않았다.

"틀림없이 여기 있을 거야. 어디 다른 곳에 있는데, 네가 엉뚱한 델 보고 있는 게 틀림없어. 이 멍청아." 핀이 오만하게 말하며 그곳을 360도로 샅샅이 뒤졌다. "분명해. 이 잔디밭은 어디든 다 똑같아 보이잖아."

핀은 가까운 나무의 가지 위로 올라가 들판을 살폈다. "흥, 저 불쑥 나온 울타리 보여? 저게 코비가 드론을 숨겨 뒀던 곳이야. 여기까지는 완전히 멀리 떨어져 있다고."

나는 더 가까운 곳을 가리켰다. "지상 통제팀 핀, 여기가 코비가 드론을 갖고 숨었던 곳이야."

"아냐, 넌 한참 벗어났어." 핀이 확인하려고 땅으로 훌쩍 뛰어내려 어둠 속으로 내달렸다.

나는 꼼짝도 하지 않았다.

나는 우리가 완전히 망했다는 걸 알았다. 가방이 증발해 버린 거다.

마침내 핀이 터덜터덜 돌아왔다. 가방은 없었다. 핀이 내 어깨를 꽉 움켜쥐었다. "루크, 정신 차려 이 자식아. 그 망할 놈의 가방 말이야, 여기 어딘가에 있을 거야. 분명히."

나는 고개를 조금 움직였다. "내가 전부 찾아봤어."

"젠장, 계속 찾아보자고." 핀은 팔로 긴 수풀들을 마구 헤치기 시작했다. 점점 공황 상태에 빠지고 있었다. "젠장, 맙소사, 그게 그냥 사라질 순 없어. 그렇게 오래 두지도 않았어. 그냥 몇 분밖에 안 걸렸다고."

"혹시 스펙스의 아빠가 주운 게 아닐까? 아니면 농장 일꾼 중 한 명이?" 나는 지푸라기를 움켜잡는 심정으로 말했다.

"이것 봐, 루크. 코비가 가지고 간 거 아냐?"

"아냐, 걔는 드론을 갖고 집으로 돌아갔어. 가방을 보지도 못했어." 핀이 정신없이 풀을 헤치는 소리 때문에 나는 목소리를 높였다. "핀. 내 말 똑똑히 들어. 누가 그걸 훔쳐 갔어."

핀이 머리를 쥐어뜯었다. "루크, 주변을 둘러봐. 여긴 아무도 없다고. 젠장, 그냥 허허벌판이야. 그리고 소들하고. 아, 알았다. 너 소들을 의심하는 거야? 그런 거야? 소가 뒤뚱뒤뚱 여기로 걸어와서 가방을 슬쩍했다고?"

나는 속에서 분노가 부글부글 끓어오르는 것을 느낄 수 있었다. "그래. 바로 그거야, 핀. 저 성가신 소들. 가서 우리 돈을 되찾아 오게 소들하고 어디 협상해 보지 그래? 어쩌면 소들이 거래를 하려고 할지도 모르잖아. 응? 네 눈에는 모든 사람과 모든 게 살 수 있는 거니까."

핀이 기진맥진해서 나무에 등을 기대며 무너져 내렸다. "비열한 소리 하지 마. 아무도 네 머리에 총을 겨누고 이 일에 끼라고 강요한 적 없어."

핀 말이 딱 맞았다. 나 또한 이 일에 푹 빠져 있었다.

핀이 나무 몸통에 뒤통수를 계속 박았다. "맙소사, 그 돈이 다 없어지다니. 이것보다 나빠질 순 없을 거야."

나는 입술을 깨물었다. "그리고 그 사슴벌레도, 핀."

핀이 큰 소리로 흐느꼈다. "제기랄! 말도 안 돼. 돈하고 사슴벌레! 이젠 끝장났어!"

우리는 잠시 어둠 속에 앉아 우리의 운명을 곰곰이 생각했다.

핀이 손가락을 튕겼다. "잠깐, 멀그루가 아닐까?"

나는 맹렬히 고개를 저었다. "걘 아냐. 물리적으로 불가능해. 내내 우리 앞에 있었다고." 나는 조심스럽게 핀을 힐끔 봤다. "찾는 범위를 넓혀 보면 어떨까? 우리는 지금 제1급 강도에 대해서 이야기하고 있는 거야."

핀이 벌떡 일어나더니 갑자기 박차를 가해 움직였다. "핸드폰 꺼내. 모두에게 우리가 여기 있다고 알려. 우리한테 빚진 사람들 누구든. 파블로, 에밀리, 게이브, 스피디, 패디, 머커, 텔레토비들, 전부. 그 가방을 찾으려면 군대가 필요해." 핀은 단호한 걸음으로 들판을 내려갔다.

"서둘러. 스펙스를 찾자. 경계경보를 발령하려면 그가 필요해."

필리프 형제

나는 도서관에 산더미처럼 쌓인 책들 뒤로 코비의 머리통을 바로 알아봤다.

"내가 장부 관련해서 이메일 보낸 거 봤어?" 나는 코비 곁에 앉으며 어색하게 물었다.

코비가 얼굴을 찌푸렸다. "엄청나게 많은 돈이 사라졌어. 하지만 더 이상은 나오지 않고 있어."

현금 수송 기차가 사상자들을 내고 탈선했다. 내 매트리스 밑에 있던 돈뭉치들은 더 이상 들어올 돈도 없이 사라져 버렸다.

나는 코비의 눈을 피했다. "완전히 실패했어, 코비. 폭삭 망했어. 넌 제때 빠져나간 거야."

나는 가까이에 있는 사서가 사납게 노려보는 걸 무시하고 시끄럽게 하품을 했다. 콜론가의 농지를 샅샅이 훑었던 터라 피곤이 몰려왔다.

코비가 내 얼굴을 훑어봤다. "운동 가방은? 여전히 아무것도 못 찾았어?"

"전혀. 전부 동원해서 찾고 있는데, 여전히 아무것도 없어." 나는 팔에 난 상처들을 보여 주려고 소매를 걷어 올렸다. "전쟁의 상흔들이다. 그 빌어먹을 들판을 다 뒤지느라고."

코비가 움찔했다. "끔찍하다."

"잘 들어, 코비. 드론 카메라, 거기에 아무런 단서도 안 찍힌 거 확실해?"

"루크, 찍은 영상을 자세히 조사했어. 그런데 가방이 있던 쪽으로는 드론을 날리지 않았어. 원하면 네가 직접 확인해 봐."

나는 한숨을 쉬었다. 습관처럼 지푸라기라도 움켜쥐려고 한다.

코비가 움츠렸다. "그럼 그 돈이 다 사라진 거야?"

"뭐, 핀이 파블로에게 비상금을 맡겼대. 그건 여전히 있지."

"이게 비상 상황이지."

"국가적 재난 상황에 들어섰지."

"에밀리랑 장부 맞춰 봤어? 혹시 돈을 좀 되찾을 구석이 있을지 모르잖아?" 코비가 말했다.

나는 얼굴이 확 달아올라 불편하게 꼼지락댔다. "아니, 안 했어. 아직."

코비가 곁눈질로 나를 흘깃 봤다. "왜, 대체 무슨 일이야?"

"아무것도 아냐." 내가 말했다.

"그럼 에밀리와 이야기해 봐. 어쩌면 우리가 놓친 부분을 볼 수도 있잖아."

"흠, 그래." 나는 최대한 어정쩡한 목소리로 말했다.

코비가 내 쪽으로 얼굴을 돌리더니 팔꿈치로 쿡 찔렀다. "뭔가가 있지? 털어놔 봐."

나는 감추려던 걸 포기하고 헛간에서 에밀리와 입술이 거의 닿을 뻔했던 어색한 사건을 설명했다.

"그 후로 계속 에밀리를 피하고 있어. 그러니까 다른 사람들이 같이 있을 때를 빼고." 내가 말을 맺었다.

코비가 뒤로 기대앉으며 나를 보고 씩 웃었다. "사실 너희 둘, 아주 잘 어울리는 한 쌍이야."

"우선 걔는 핀의 사촌이야."

"그래서?"

"그리고 또 파블로와도 그렇고."

"그건 다 끝난 일이잖아."

나는 꼼지락거렸다. "그렇지. 하지만……."

"하, 너 완전히 푹 빠졌구나."

"닥쳐."

코비는 도서관 카드를 더듬어 찾아서 산더미 같은 책을 들고 데스크로 갔다. 나는 뒤로 털썩 기대어 버려진 신문들을 집어 들고 1면 기사들을 훑었다. 시내에 있는 호텔이 문을 닫는다는 헤드라인 기사, 챔피언 경기가 열리는 골프장을 송아지 떼가 망쳐 놓았다는 기사, 정치인에 대한 스캔들. 그러다 신문 구석의 한 기사에 눈길이 딱 멈췄다. '잇따른 강도 사건에 형제 수배'.

18세의 브라질 형제를 잇따른 현금 강도 사건 혐의로 수배 중이다. 이들은 여행객으로 가장하고 해안선을 따라 돌아다니고 있다.

나는 거친 흑백 사진 속의 두 얼굴을 들여다봤다. 왜 이렇게 낯이 익지? 나는 다시 그 기사를 읽었다. 브라질 형제. 브라질 형제. 그러자 머릿속에 덜컥 떠올랐다. 콜론네 농장에서 캠프장을 찾아왔던 그 힙스터들이다. 연쇄 강도 사건. 나는 핸드폰을 움켜잡았다.

"핀, 우리 가방이 어디 있는지 알았어."

$ $ $

"그걸로 스펙스한테 100유로를 대출해 줬다고?"

핀이 물러섰다. "인정해야 돼. 그건 꽤 큰 디스코 파티라고."

나는 헛간 중앙에 장엄하게 달린 반짝이는 은색 미러볼을 바라봤다. 머릿속에 정육점에서 열렸던 우리의 첫 회의가 떠올랐다. 코비와 포스트잇. 우리는 하지 않기로 했던 그대로 행동했다. 통제력을 잃어버린 거다. 그리고 이제 TT 도허티에게 엄청난 돈을 빚지고 있다. 우리가 가지고 있지 않았던 돈. 수정한다. FFP 은행이 소유하고 있지 않았던 돈. 나는 심지어 도허티 같은 독사 때문에라도, 그 누구 때문에라도 내 저금에 손을 대지 않았다. 그리고 이제 사슴벌레를 잃어버렸다는 결코 사소하지 않은 문제까지 큰 골칫거리가 됐다.

"서둘러." 핀이 나를 떠밀었다. "그 사람들이 사라지기 전에 서두르자고."

우리는 손전등과 워키토키로 무장하고 캠프장 입구에서 스펙스를 만났다. 우리는 질척한 벌판 위에 일인용 텐트 두 개가 세워진 곳까지 조용히 스펙스를 따라갔다.

스펙스가 텐트로 다가가 소리를 질렀다. "필리프! 여기 나와 봐!"

잠시 후 캔버스 천 사이로 핸드폰 스크린 불빛이 비쳐, 안에 누가 있다는 걸 알 수 있었다. 가장 가까운 텐트에서 눈을 비비며 필리프 원의 머리가 나타났다.

스펙스가 손전등을 비췄다. "당장 나와. 경찰 부르기 전에."

필리프 원은 세차게 눈을 깜박거렸다. "무슨…… 무슨 일이냐."

스펙스가 한발 가까이 다가섰다. "나와." 그는 워키토키를 들었다. "지원군이 다른 쪽에서 기다리고 있어. 무슨 문제가 생기면 바로 출동한다."

수선스러운 지퍼 소리와 황급히 속닥거리는 소리가 들리더니 마침내 필리프 형제가 슬리핑백에서 고개만 내민 채 반쯤 잠에서 깬 상태로 기어 나왔다.

"이 자식아, 우리 가방 어디 있어?" 핀이 앞으로 튀어나오며 말했다.

"나 이해 못 합니다." 필리프 원이 더듬거렸다.

스펙스가 핀의 팔을 잡았다. "시간 낭비야. 한마디도 못 해."

"쟤들 그런 척하고 있는 것뿐이지, 사실은 훨씬 더 많은 걸 알고 있어." 내가 신중하게 말했다.

"들어가서 찾아봐." 스펙스가 열린 텐트를 가리키며 말했다. "내가 이 녀석들을 감시하고 있을게. 어차피 지금 잠에서 덜 깼으니까."

핀이 필리프 원을 넘어서 첫 번째 텐트로 들어갔다. 나는 잠에 취한 듯 보이는 필리프 투 곁을 옆걸음으로 지나 두 번째 텐트를 뒤졌다. 나는 커다란 배낭을 몽땅 비웠다. 한참 동안 세탁기는 구경도 못 한 것 같은 옷들 빼곤 아무것도 없었다.

"뭐 있어, 핀?"

"돌멩이 같은 피자 조각이랑 곰팡이 핀 과일 빼곤 아무것도 없어."

"잠깐." 나는 텐트 커버 밑으로 삐죽 나온 도시락 통 모서리를 발견했다. "이거 어디서 났어?"

필리프 원이 눈을 깜박거렸다. "주웠다. 캠핑장 부엌에서."

"그래? 사슴벌레는 어디 있어?" 나는 뚜껑을 열고 도시락 통을 뒤집어 안쪽을 가리켰다. "사슴벌레."

아무 반응이 없었다.

나는 형제들이 서로 눈짓을 주고받는 것을 봤다. 그 순간 나는 우리가 속고 있다는 걸 알았다.

나는 전략을 바꾸기로 결정했다.

"당신들, 데이비드 로메로 알아?"

형제들의 목이 닭처럼 번쩍 올라왔다.

"맨체스터 시티." 필리프 투가 눈을 빛냈다.

나는 네일숍 사건 이후로 여전히 내 주머니에 들어 있던 골든 티켓을 꺼내 들었다. 나는 그들에게 티켓을 들어 보이고 소리 내어 읽었다.

"아주 수익이 짭짤한 거야. 큰돈을 받고 팔 수 있다고." 나는 걸음마를 배우는 아이한테 하듯이 말했다. "당신들이 우리에게 사슴벌레를 주면, 이 티켓들을 줄게."

필리프 원이 머리를 젖혔다. 그는 헐렁한 비니 모자를 벗더니 안을 뒤적여 성냥갑을 꺼냈다. 그리고 우리가 작은 뿔을 볼 수 있을 만큼만 상자를 밀어서 열었다.

나는 바닥에 봉투를 던졌다.

필리프 원은 내 발치에 성냥갑을 던졌다.

"살아 있어?" 핀이 튀어나와 물었다.

나는 사슴벌레를 쿡 찔러 봤다. 다리가 꿈틀거렸다. "겨우 살아 있어."

"세상에 맙소사. 만약 TT 도허티가 자기 소중한 사슴벌레가 성냥갑에 들어 있는 걸 봤다면 우리는 다 죽었을 거야." 핀이 중얼거렸다.

나는 조심스럽게 사슴벌레를 도시락 통에 넣고 썩은 사과 조각을 몇 개 넣어 줬다. "미안하다, 친구. 그래도 아무것도 없는 것보단 낫지."

"그래도 이제 최소한 TT에게 줄 게 뭐라도 있네." 핀이 침울하게 말했다. "돈은 흔적도 없어. 이 멍청이들은 아무것도 모르는 것처럼 보이는데."

"저 사람들 보이는 것보다 영리해, 핀."

나는 티켓을 들고 신나게 떠들어 대고 있는 형제를 보며 눈을 깜박였다. 그들은 여전히 거대한 애벌레처럼 슬리핑백 안에서 꼼지락거리고 있었다.

나는 이마를 쳤다. "으아, 핀! 우리 진짜 멍청하다."

"뭐?"

"봐 봐. 너무 뻔하잖아."

나는 도시락 통을 떨어뜨리고 돌진해 깜짝 놀란 필리프 원의 양팔을 뒤로 단단히 잡았다. "핀! 이 녀석을 슬리핑백에서 빼내!"

핀이 슬리핑백 끝을 움켜쥐었지만 필리프 원이 완강하게 버티며 발로 차고 몸싸움을 했다. "꼭 잡고 있어, 루크."

"그러고 있어." 스펙스가 성큼 다가와 필리프 원의 가슴을 배로 내리눌렀다. 핀이 슬리핑백을 벗겨 냈다.

"열어 봐." 필리프 원을 놔주며 내가 말했다.

핀이 재빨리 슬리핑백의 지퍼를 열었다. 바닥에는 필리프의 발밑에 깔려 따끈따끈해진 지폐 뭉치들로 꽉 찬 색색의 양말 더미가 있었다.

"빙고!" 핀이 의기양양해서 외쳤다.

나는 들판 너머를 가리켰다. "젠장, 다른 녀석이 튀어 버렸어." 필리프 투가 몰래 슬리핑백을 손에 들고 기어서 농장 쪽으로 도망쳤다.

스펙스가 워키토키를 잡았다. "스펙스다, 본부 나와라. 스펙스다, 본부 나와라."

"본부다."

"아빠, 지금 집 쪽으로 가는 그 녀석을 붙잡아요. 알았나! 오버."

"로저."

"걱정하지 마. 아빠가 그놈을 잡을 거야." 스펙스가 자신 있게 말했다.

나는 입술에 손가락을 가져갔다. "저 붕붕거리는 소리 뭐야? 들려?"

"엔진 소리인데." 스펙스가 큰길을 가리키며 말했다. "저쪽에서 들리는데."

우리는 갑자기 비치는 헤드라이트에 앞을 볼 수 없었다. 사륜 오토바이가 요란하게 언덕을 넘어 공회전하며 왔다. 오토바이는 땅에 바퀴 자국을 남기며 사방에 흙먼지를 날리고는 끼익 소리를 내고 멈췄다.

TT 도허티가 사륜 오토바이에서 펄쩍 뛰어내렸다.

"여기 있었군. 너희를 사방으로 찾아다녔다고. 그런데 나를 위해 딱 현금을 준비해 뒀네? 잘했어." TT는 여전히 양말에서 돈다발을 꺼내고 있는 핀을 가리켰다.

TT는 곧장 돈을 향해 가다가 멈췄다. "잠깐만." 그는 떨리는 목소리로 손가락질을 했다. "저거 내 사슴벌레야?" 나는 그의 시선을 따라 잔디 위의 피자 박스와 썩은 과일 사이에서 뒹굴고 있는 도시락 통을 쳐다봤다.

마치 쓰레기처럼 버려져 있는 도시락 통을.

나는 다가올 재앙을 예상하며 침을 꿀꺽 삼켰다.

TT는 도시락 통을 잡으려다가 거의 넘어질 뻔했다. 그는 뚜껑을 들어 올려 안을 살폈다. 마치 손가락을 전기 소켓 속에 넣은 것처럼 그의 표정이 일그러졌다.

"이 자식이 네 사슴벌레를 훔쳐서 성냥갑에 넣었어." 필리프 원을 가리키며 내가 불쑥 내뱉었다. "거의 질식시켜서 죽일 뻔했다고."

TT의 시선이 나와 필리프 원 사이에서 왔다 갔다 했다. 누구를 먼저 아작 낼까 결정하려는 것 같았다. 감사하게도 그는 필리프에게 달려들었다.

그 순간 우리는 손전등 불빛의 물결에 에워싸였다.

"여기서 대체 무슨 난리냐?"

캠프장 입구에서 경비원이 나타났다. 그리고 두 번째 경비원이 나타났다. 그다음엔 두 명 더. 한 명이 엎치락뒤치락 하는 TT와 필리프 원에게 손전등을 비췄고, 다른 한 명은 산더미 같은 양말을 비췄다. 또 다른 불빛은 백짓장처럼 하얗게 질린 우리 얼굴을 비췄다.

"아아, 거참, 소동이 일어났다며 이웃에서 항의가 들어왔다. 그런데 이건 그냥 소동이 아닌 것 같구나, 응? 거기 너희 둘. 일어서."

TT는 마지못해 곤죽이 되도록 얻어터진 필리프 원을 놔줬다.

경비원의 얼굴에 뭔가를 알아차린 기색이 떠올랐다. "아, 너 도허티네 아들이구나. 놀랍기도 하지. 어디로 갈 생각이었지?"

경비원 두 명이 즉시 어둠 속으로 튀어 나가 언덕 아래로 천천히 도망치기 시작하던 필리프 원을 붙잡았다.

"이건 누구 거냐?" 산더미처럼 쌓인 지폐들로 터질 것 같은 양말에 불빛이 비췄다.

아무도 아무 말도 하지 않았다.

경비원이 이를 앙다물었다. "내 말을 제대로 못 들은 것 같은데, 내가 물었다. 이거 누구 돈이야? 말하지 않으면 전부 다 경찰

서로 데리고 갈 거다."

이번에는 모두가 동시에 말을 시작했다.

"쟤들이요." 필리프 원이 우리를 가리키며 말했다.

"쟤요." 나는 TT를 가리키며 대답했다.

"쟤들이요." TT는 우리에게 손가락질하며 말했다.

"쟤요." 핀은 TT 쪽으로 손짓하며 말했다.

경비원이 시끄럽게 한숨을 내쉬었다. 그는 발로 양말을 뒤집었다. "좋아. 이 양말은 누구 거지?" 우리는 모두 필리프 원을 가리켰다.

나는 핀과 시선을 교환했다. 이제 돈은 다 잃은 셈이다. 경찰이 조사할 거다. 브라질 강도들에게 뒤집어씌워야 할 때다. 아니면 우리 모두 다칠 수 있었다.

핀은 내 생각을 정확히 읽었다. "저 브라질 사람들은 다른 도시에서 현금 강도로 수배 중이에요. 신문 기사에 났어요. 저 사람이랑 저 사람 동생이요."

"우리 아빠가 집 쪽에서 동생을 잡았어요." 스펙스가 덧붙였다. "도망치려고 했거든요."

경비원이 필리프 원에게 가까이 가서 살폈다. "검거해." 그가 명령했다.

1분도 안 돼 경비원들은 필리프 형제를 순찰차에 태우고 우리 돈을 압수했다. 그들은 TT도 끌고 가서 심문하기로 결정했다.

아마도 걔가 도허티 일가이기 때문일 거다. 그리고 그들은 TT에게 사륜 오토바이 면허증이 없다는 걸 발견했다.

이 소란의 한가운데서 우리는 조용히 빠져나오려고 했다.

경비원 한 명이 우리 앞을 막아섰다. "그렇게 빨리는 안 되지. 너희는 이 사건이랑 무슨 관계가 있는 거냐?"

"아, 걔들은 그냥 헛간을 둘러보려고 들렀어요. 우리 학교 디스코 파티 장소가 우리 헛간이거든요. 아시겠죠? 소란스러운 소리를 듣고 뭔가 알아보려고 온 거예요." 스펙스가 경비원 뒤에 서서 우리에게 윙크를 보내며 끼어들었다.

"그저 친해서 들르기엔 너무 늦은 시간 아니냐. 안 그래? 특히 너희 나이에."

아랫입술을 부루퉁하게 내밀고 천진난만한 표정을 지을 때다.

"가자. 내 동료가 너희를 마을에 내려 줄 거다. 그리고 문제 일으키지 마라. 기억해. 너희가 누구인지 연락처 다 알고 있어."

§§§

우리는 경비원이 내려 준 곳에서 빙 돌아 집으로 걸어갔다.

"아슬아슬했다." 내가 침묵을 깨뜨리며 말했다.

"위기일발이었지."

"경비가 부모님한테 전화할까?"

하지만 핀은 딴생각에 정신이 팔려 있었다. "그 돈들은 이제 영영 작별이겠지. 이제 그 돈을 다시 찾을 방법은 없어."

나는 경비원들이 우리 집 문 앞에 나타나는 장면을 상상했다. 그리고 엄마와 아빠의 얼굴. 결코 보기 좋은 풍경은 아닐 거다.

"막 생각났는데, 머커 녀석이 별로 좋아하지 않을 것 같다. 우리가 골든 티켓을 그냥 줘 버렸잖아." 핀이 자기 집으로 가는 길모퉁이에서 걸음을 멈추고 말했다.

나는 고개를 들었다. "주말에 하이라이트 영상 못 봤구나."

"못 봤어. 왜?"

"데이비드 로메로 말이야. 인대가 늘어났어. 안됐지만 경기를 못 뛰게 됐지. 그런데 더 중요한 건, 여행을 할 수 없다는 거야."

핀이 멍하니 멈춰 섰다. "그럼 그 행사는……."

나는 미소를 지었다. "취소됐지."

핀의 입이 쩍 벌어졌다. "그럼 넌 내내 그 티켓들이 쓸모없다는 걸 알고 있었구나."

나는 아무 말도 하지 않았다.

"잘했어, 루키! 아주 잘했어!"

"그리고 우리에겐 아직 협상 카드가 하나 남아 있어." 나는 사슴벌레가 편안히 웅크리고 있는 도시락 통을 두드렸다.

핀이 모퉁이 길을 돌았다. "그리고 파블로에게 맡겨둔 비상금도 있지. 아주 나쁘진 않은걸."

빅 벤

핀은 두 손으로 얼굴을 가리고 손가락 사이로 빠끔히 내다봤다. "어떻게 생각해?"

나는 얼굴을 찡그렸다. "끔찍하다."

핀이 고개를 끄덕였다.

"쟤는 왜 안 움직이고 가만히 있는 거지?" 내가 물었다.

"모르겠어. 변비에 걸린 것처럼 보인다."

우리는 학교 강당 뒤에 서서 뮤지컬 공연의 마지막 리허설을 보고 있었다. 파블로가 무대 위에서 자신이 등장하는 주요 장면들을 연습하는 중이었다.

샤인 선생님이 지나가다가 돌처럼 굳은 얼굴로 핀 앞에 멈춰 섰다. "넌 나에게 쓸모없는 녀석을 팔았어, 피츠패트릭 군."

핀이 얼굴을 찡그렸다. "예? 선생님?"

"네가 직접 보고도 모르겠니?" 선생님은 파블로가 안절부절못하는 게처럼 까치걸음으로 가로지르고 있는 무대 쪽으로 팔을 휘둘렀다. 눈 뜨고 못 볼 꼴이었다.

"실바 군은 무대 공포증에 시달리고 있어." 선생님은 계속 말했다. "단도직입적으로 말해서 저렇게 재주 없어 보이는 재주꾼 다저는 평생 본 적이 없다."

샤인 선생님이 성큼성큼 걸어갔다.

나는 선생님이 가는 길에 아무런 죄 없는 불쌍한 학생에게 야단을 치는 것을 봤다. "선생님 기분이 좋지 않네."

핀이 어깨를 으쓱했다. "우린 더 큰 문제가 있어."

파블로가 나타났다. "얘들아, 나 저기 무대 위에서 어때 보여?"

"형편없어." 핀이 말했다.

파블로가 전혀 부끄러워하지 않으며 웃음을 터뜨렸다. "하, 그럴 줄 알았어. 내 연기는 끔찍해."

최소한 파블로는 그다지 크게 신경 쓰지 않는 것처럼 보였다. 핀이 구슬리느라 뇌물로 먹인 돈뭉치가 아마도 괴로움을 다스리는 데 도움이 됐을 거다.

"샤인 선생님 조심해. 그다지 기분이 좋지 않아." 파블로가 조언했다.

"이미 우리도 다 겪어서 알거든." 내가 말했다.

"파블로, 우린 그냥 너 만나러 온 게 아냐." 핀이 갑작스럽게 말했다. "우리는 너랑 연락하려고 애썼어. 내가 너한테 준 그 비상금 있잖아. 돌려받아야겠어. 아주, 아주, 숨넘어가게 급히."

파블로가 고개를 옆으로 젖혔다. "네가 나한테 그 돈 정말 안

전한 곳에 보관하라고 했잖아."

"그래! 근데 지금 당장 돌려받아야 해. 오늘. 우리 나머지 돈은
이제 어디로 갔는지 모른다고 봐야 돼."

파블로가 콧잔등을 찡그렸다. "네가 아무도 찾을 수 없는 곳에
다가 두라고 말했잖아."

퓐이 크게 한숨을 내쉬었다. "그래그래. 내가 그랬지. 하지만
지금 필요하다고."

"돈이 어디에 있는데, 파블로?" 계속 이렇게 똑같은 소리가 반
복될 것 같다고 느낀 내가 물었다.

"진짜 굉장한 곳에 숨겼어."

"그게 어딘데?" 내가 답을 유도했다.

파블로가 천장 쪽으로 눈을 치켜떴다. 우리는 파블로의 시선
을 따라 올려다봤다.

"빌어먹을."

"대체 저게 뭐냐?"

천장에는 풀 먹인 종이 반죽으로 만든 거대한 조형물이 매달
려 있었다.

"헤이, 저건 빅 벤이야." 파블로가 당연하다는 듯이 말했다. "너
도 알지? 그 시계탑."

"뭐에 쓰는 거야?" 나는 어떻게 저렇게 거대한 구조물이 머리
위에 매달려 있는데도 눈치채지 못했을까 신기해하며 물었다.

"뮤지컬 무대 장치야. 런던 거리 장면을 위한 거지."

핀이 천장을 가리켰다. "그런데 그게 대체 우리 일과 무슨 상관이……." 그가 말을 멈췄다. "세상에 맙소사. 제발 우리 비상금을 저 안에 넣어 뒀다고는 말하지 마."

파블로가 입술을 부루퉁하게 내밀었다.

나는 입술을 깨물었다.

핀이 나를 노려봤다. "이건 하나도 재미없어, 루크."

나는 겨우 웃음을 삼켰다. "알아. 나도 알아."

"우린 지금 TT 도허티한테 줄 돈이 한 푼도 없다고."

"줄줄이 일어나는 재난은 다 어쩌고." 나는 우리가 마치 형편없는 개그 프로그램의 배우들이라도 된 것처럼 느껴졌다.

핀이 파블로에게 몸을 돌렸다. "저기에 그 돈을 어떻게 집어넣은 거야?"

"네가 돈 가방을 준 날이, 음, 시계를 움직이는 걸 연습하는 날이었어. 위아래로 움직이는 연습."

1학년 한 무리가 걸어 들어왔다. 핀이 파블로에게 목소리를 낮추라는 신호로 손을 들었다. 우리는 강당 한쪽으로 자리를 옮겼다.

"계속해 봐."

파블로는 벽에 기대어 하품했다. "시계 뒤에 작은 틈이 있는 걸 발견했지. 그래서 생각한 거야. 완벽해. 저기다가 두면 아무도 찾지 못할 거야. 그래서 돈을 그 안에 던져 넣었는데 가운데로 굴러가서 보이지 않더라고."

핀은 이 소식을 곱씹으며 아무 말도 하지 않았다. 파블로가 세차게 눈을 비볐다. 잇따른 리허설이 분명 피곤하긴 했나 보다. 샤인 선생님은 채찍을 휘두르는 걸 즐겼다.

"돈을 어떻게 꺼낼 계획이었는데?" 마침내 내가 물었다.

파블로가 어깨를 으쓱했다. "쉽지. 공연이 끝나면 저 시계는 미술실 창고에 보관할 거거든."

우리는 모두 위를 올려다봤다.

"우린 다 죽었다!" 핀이 부르짖었다. "우린 TT 도허티가 정해 준 기한이 지나기 전에 절대 저 돈을 꺼내지 못할 거야."

"기한이 언젠데?" 파블로가 물었다.

"금요일." 내가 대답했다. "스포츠 데이야."

파블로가 턱을 앙다물었다. "이런, 그건 빠듯한데. 공연은 내일 밤 개막이라고."

그때 어떤 생각이 머릿속에 떠올랐다. "잠깐만, 공연하는 도중에 저 시계가 내려온다고 하지 않았어?"

"맞아."

"그럼 여기가 비고 나면 우리가 저걸 내릴 순 없어?"

"저걸 움직이는 게 꽤 복잡해. 공학반이 설계해서 만들고 조종하거든."

"그러니까 그걸 누가 관리하는데? 공연 중에 누가 시계를 내려?" 내가 물었다.

핀이 불현듯 내 말을 이해했다. "바로 그거야. 저 시계를 내리려면 누구한테 돈을 줘야 돼?"

파블로가 어깨를 으쓱했다. "친구들아, 내가 장담하는데 그러고 싶지 않을 거야."

"누구냐고?"

파블로가 쭈뼛거리며 말했다. "킴벌리 파렐."

나는 핀을 쳐다봤다. "죽여주는구나. 네 최고의 팬이네."

핀이 자기 이마를 찰싹 쳤다. "나한테 원한을 품은 킴 파렐이라고."

"내일 밤 공연이 시작되기 전에 저 시계를 움직이도록 킴을 설득해야만 해." 내가 말했다.

"글쎄, 걔는 나하고는 말도 안 할 거야." 핀이 당연한 소리를 했다. "걔한테 나는 여전히 제1의 공공의 적이니까. 자기가 무슨 드라마 주인공인 줄 알아."

자기가 한 짓을 까맣게 잊어버린 게 딱 핀다웠다.

"결승전 당일에 네가 확성기로 걔를 차 버린다고 선언했잖아."

"그건 2년 전 일이라고. 맙소사, 잊어버릴 때도 됐잖아."

"킴은 나도 별로 좋아하지 않아." 내가 말했다. 그건 기본적으로 핀과 나의 관계 때문이다. 나는 파블로에게 손짓을 했다. "이건 네가 해야만 해."

핀이 손가락을 튕겼다. "완벽해. 킴벌리는 네 아르헨티나 남자다운 매력에 넘어올 거야."

파블로는 우물쭈물했다. "글쎄, 난 잘 모르겠는데. 걔가 어제 나더러 '음치, 에어브러시로 칠한 그링고(스페인어를 사용하지 않은 외국인)'라고 부르더라고."

"걘 호락호락한 상대가 아니야." 나는 동의했다.

"얘들아, 안됐지만 걔가 우리의 유일한 살길이야."

킴벌리 파렐

"절대로 안 돼."

"제발, 킴벌리."

"우선 첫째로, 쟤를 여기서 치워." 킴벌리가 핀을 가리키며 말했다.

핀은 꼼짝도 안 했다. 나는 핀을 노려봤다.

"좋아, 알았어. 그냥 여기에 서 있기만 할게." 핀은 황급히 몇 발자국 뒤로 물러섰다.

"킴벌리, 제발- 네 도움이 필요해." 파블로가 말했다.

킴벌리는 눈으로 조명 조정 스위치 보드를 훑어보면서 파블로를 완전히 무시했다.

파블로는 천천히 미소를 지으며 킴벌리의 팔을 살짝 만졌다. "킴벌리, 킴." 그의 갈색 눈이 킴벌리를 그윽하게 바라보며 커졌다. 이건 파블로의 서비스 완결판이었다. 보통은 특별한 서비스로 작용했다. "아까 강당에 핸드폰을 놓고 왔는데, 어떤 녀석이 그걸 집어서 시계 속에 던져 버렸어. 짓궂은 장난이지."

"그래서?" 킴벌리가 낮게 으르렁거리는 소리로 말했다.

"내가 무대 공포증에 시달리는 거 너도 알잖아." 파블로가 말했다. "그 핸드폰에는 공연 전에 긴장 푸는 걸 도와줄 내 특별한 곡들이 들어 있단 말이야. 샤인 선생님이 그 곡들을 들으면 좋다고 하셨어."

나는 한 발짝 가까이 다가가 파블로의 어깨에 손을 얹었다. "진짜야. 얘가 속은 완전 신경과민 덩어리라니까."

"오 정말?" 킴벌리가 회의적인 말투로 말했다. "거참 안됐구나."

파블로가 킴벌리에게 그 유명한 강아지 눈을 해 보였다.

"쇼는 반드시 계속돼야 하잖아." 나는 비굴하게 옆에서 거들었다.

킴벌리가 스위치를 딱딱 껐다. "나랑 상관없는 일이야. 마음을 다스리는 자기계발서라도 사렴."

"하지만 내 핸드폰이 공연 도중에 울릴 수도 있잖아." 파블로가 킴벌리의 쌀쌀맞은 태도에도 아랑곳하지 않고 여전히 미소를 지으며 다른 쪽으로 접근했다. "벨소리도 가장 큰 볼륨에 맞춰져 있어."

"어머, 쯧쯧. 그럼 만약 벨이 울리면 누가 공연을 망쳤는지 모두가 알 수 있겠구나."

"제발, 킴벌리." 파블로가 얼마나 절실한 상황인지를 감추지 않고 말했다.

킴벌리는 파블로를 차갑게 비웃더니 손목시계를 힐끗 봤다. "나가. 곧 공연이 시작될 거야. 너희 멍청이들 때문에 시계탑을 내려 주는 일은 없을 거야."

"그냥 딱 1~2분밖에 안 걸려." 핀이 끼어들었다. "제발, 킴. 옛 정을 생각해서, 응?"

킴벌리가 얼어붙었다.

방 안의 분위기는 즉각 영하로 얼어 버렸다. 나는 몸을 돌렸다. 큰 실수야, 핀. 매머드급 실수다.

"너랑 나 사이에 옛정 따위는 없어, 피츠패트릭. 나는 너에 관한 건 전부 기억에서 지워 버렸어. 내 인생에서 너를 완전히 삭제해 버렸다고. 넌 내가 사는 세상에선 더 이상 존재하지도 않아. 알겠니?"

와우. 킴벌리가 품은 원한은 바위같이 단단한 걸로 드러났다.

"그래, 알았어. 이제 그만 화 좀 풀어. 2년도 넘었잖아."

죽음과 같은 적막이 흘렀다.

"네 반응이 좀 지나치다고 생각하지 않냐?" 핀은 침묵의 의미를 착각하고 계속해서 자기 무덤을 파는 소리를 해 댔다. "우리 다 잊고 넘어간 거잖아. 맞지?"

핀은 이미 선을 너무 많이 넘어가 버렸다. 그는 이제 자기 파멸의 길로 걸어가고 있었다.

나는 손을 들었다. "핀, 됐어. 그만해."

그걸로 게임 오버였다.

킴벌리는 창백한 얼굴로 서 있었다. "넌 나를 완전 놀림거리로 만들었어, 피츠패트릭. 그래놓고 이제 여기 기어들어 와서 네 사정을 좀 봐달라는 거야? 웃기시네."

마이크 테스트를 하는 소리가 무대에서 들렸다.

"이제 꺼져. 너희 모두." 킴벌리가 씩씩거렸다. "나가! 내가-"

쿵!

시끄러운 폭발음이 강당을 뒤흔들고 조명실 안으로 메아리를 울렸다.

"대체 이게 무슨······?" 킴벌리가 황급히 달려 나가 벽에 붙은 쪽문을 활짝 열어젖히자, 아래의 강당 안에서 드라마 같은 광경이 펼쳐졌다.

"버킷 사기! 버킷 사기!"

"우리 돈 내놔라! 우리 돈 내놔라!"

"엉망진창 거래!"

나는 쪽문을 향해 튀어 나갔다. 음향 장비들 위로 엉금엉금 기어서 겨우 머리를 빼냈다.

모나리자 머피가 치어리더 대장처럼 무대 가장자리에 서서 마이크를 바통처럼 돌리고 있었다. 강당 안에서는 사람들이 의자 위에 올라가 빈 양동이를 두드리며 화가 나서 구호를 외쳐 대고 있었다. 그들은 게이브의 흐릿한 얼굴 사진을 붙인 현상 수배 포스터를 들고 있었다. 평소보다 더 광분한 것처럼 보이는 게이브의 사진은 마치 FBI 지명 수배자 명단에서 나온 것처럼 보였다.

"대체 무슨 일이 일어나고 있는 거야?" 파블로가 귀를 기울이며 말했다. "저 노래, 저건 공연에 나오는 노래가 아닌데."

"저건 노래가 아니야. 망할 놈의 시위지." 핀과 눈을 마주치며 내가 말했다.

모나리자의 목소리가 벽에 쩌렁쩌렁 울렸다. "우리에게 약속한 돈을 지급하라!"

군중이 함성을 내질렀다.

"뭐랄까, 대중 집회가 더 맞는 것 같은데?" 핀이 휘둥그레진 눈으로 내 옆에 서서 옆구리를 쿡 찔렀다. "머피 쟤는 대중 입맛을 맞추는 데 소질이 있는데."

나는 모나리자가 구호에 맞춰 발을 구르며 허공에 주먹을 휘두르는 것을 바라봤다. "내가 쟤 위험하다고 했잖아."

"그래도, 최소한 게이브가 원망을 듣고 있으니까." 핀이 포스터를 향해 고갯짓하며 말했다.

나는 쪽문 밖을 가리켰다. "어, 나라면 그렇게 확신하진 못하겠다."

바로 그 순간, 모나리자 머피가 〈스타워즈〉의 갱스터 자바 더 헛의 이미지 위에 핀이 씩 웃고 있는 얼굴을 합성한 거대한 플래카드를 들어 올렸다. 그 밑에는 이렇게 쓰여 있었다. '핀 피츠패

트릭- 우리 돈을 훔쳐 간 교활한 녀석!'

군중은 점점 더 흥분해서 날뛰었다. 그리고 또 다른 포스터가 보였다. 이번에는 조잡한 휴가지에서의 셀프 카메라 사진에 '공공의 적, 사기꾼'이라고 휘갈겨 있었다.

"아, 미치겠네." 핀이 큰 소리로 숨을 들이마시며 눈을 감았다. "쟤네는 대체 왜 저 사진을 쓴 거야." 비행사용 선글라스를 쓰고 금목걸이를 한 핀은 마치 Z-리스트 유명 인사처럼 보였다.

"음, 저 선글라스 맘에 든다. 내가 맞춰 볼게. 바르셀로나에서 보냈던 일주일?"

핀은 내 목소리에서 비꼬는 기색을 전혀 눈치채지 못하고 자랑스럽게 고개를 끄덕였다. "응, 저 여름에는 내가 미끈한 구릿빛 가슴으로 완전 죽여줬지."

나는 대답하지 않았다. 대신 우리 아래로 모여드는 모나리자의 무리에게 주목했다.

"뭐, 흰색보다 더 하얀 치아인지는 잘 모르겠지만." 핀이 얼굴을 찡그리며 계속해서 떠들었다.

"음, 집중해." 핀은 자기가 학교에서 공격 대상자 명단 맨 위에 올랐다는 사실보다 자신의 할리우드 배우 같은 이에 더 신경을 쓰고 있었다.

"너도 대중을 꽤 기쁘게 하는 데 소질이 있는 것처럼 보이는데, 피츠패트릭." 뒤쪽에서 느릿느릿하고 부드러운 목소리가 들렸다.

우리는 뒤로 돌았다.

킴벌리였다.

나는 그 애가 거기 있었다는 사실마저 거의 까먹고 있었다.

킴벌리는 의자 깊숙이 몸을 파묻고 앉아서 핀을 자세히 관찰했다. 만족스럽다는 미소가 그녀의 얼굴에 서서히 퍼져 나갔다. "아, 좋아. 내가 맞게 이해했는지 볼래? 저 아래에 있는 성난 시위대가 모두 너를 찾아 헤매고 있어. 널 발라 버리라고 외치면서 말이야. 그리고 여기 네가 있네?"

나는 어떤 일이 닥칠지 예감하고 침을 꿀꺽 삼켰다.

킴벌리는 머리에 헤드셋을 쓰더니 입 가까이에 마이크를 가져다 대고 쪽문 쪽을 가리켰다. "피츠패트릭, 이 마이크는 무대 위에 있는 스피커랑 연결돼 있어. 네가 정확히 어디에 있는지 내가 저 군중에게 말하지 않을 이유가 뭐가 있지?"

우리는 궁지에 몰렸다. 핀은 입을 꼭 다물고 킴벌리를 노려봤다. 할 말을 잃는다는 건 핀에게는 예삿일이 아니다.

바로 그때, 강당에서 들려오던 소음이 더 커졌다. 킴벌리는 귀에 손을 가져다 대고 달콤하게 웃었다. "오, 세상에. 쟤들 소리 꽤 사납게 들린다. 정말 진심으로 저러는 것 같아."

마침내 현실을 깨달은 핀이 움직이기 시작했다. 핀은 가능한 한 가장 백마 탄 왕자님 같은 표정을 지어 보였다. "킴, 자기야."

킴벌리가 코웃음을 쳤다.

핀이 손을 내밀었다. "너 그냥 허풍떠는 거 알아. 네가 나를 저버리지 않을 거란 걸 알아."

"내기할래?"

핀이 킴벌리의 과장된 움찔거림을 무시하고 더 가까이 다가갔다. "넌 너무 착하잖아. 그리고 넌 고자질쟁이가 아냐, 킴. 나랑은 다르게 너는 진짜 도덕심이 있잖아."

킴벌리가 으르렁거리더니 책상을 내리쳤다. "변함없이 자만심만 가득해서 허세나 부리고, 이기적이고, 가식적으로 느끼한 핀 피츠패트릭! 넌 눈곱만큼도 안 변했어."

구석에서 파블로가 터져 나오려는 웃음을 억지로 삼켰다. "와, 심하다."

나는 끼어들어 말려야 할지 갈등하며 핀에게서 킴벌리로 시선을 돌렸다가 다시 핀을 쳐다봤다. 이 마지막 결전이 어떻게 펼쳐질지를 보고 싶은 마음도 반쯤 있었다. 핀은 괴물을 만들어 냈다.

킴벌리가 마이크 스위치를 켰다.

그게 결정적이었다.

내가 끼어들었다.

나는 손으로 책상을 치며 킴벌리를 막았다. "이것 봐, 킴. 우리가 이 모든 걸 바로잡을 방법이 분명히 있을 거야."

"너흰 날 매수할 수 없어." 킴벌리가 말했다.

나는 물러서지 않았다. "뭔가 다른 방법이 있을 거야. 핀은 뭐든지 할 거야. 그렇지, 핀?"

"어, 그래, 그렇지." 핀이 마지못해 대답했다.

킴벌리는 의자를 빙글 돌리더니 핀을 마주 봤다. "좋아. 네가 할 수 있는 일이 있어. 사과야. 네가 나를 그렇게 한심하고 저질스런 방식으로 대한 걸 사과하기를 원해."

핀은 목이 메여 캑캑거렸다. "뭐라고?"

나는 고개를 떨어뜨리고 머리를 손으로 움켜쥐었다.

그게 그거였다. 휴전 회담은 결렬됐다. 돌에서 피가 나게 만드는 게 더 쉬울 것 같았다. 우레와 같은 손뼉이 강당으로부터 메아리쳤다.

나는 쪽문 밖으로 머리를 빠끔 내밀었다. 무대에 못이 박힌 듯 서 있는 툭 튀어나온 이두박근들을 볼 수 있었다.

럭비팀이다. 럭비팀 포워드가 모나리자 머피를 깃털처럼 가볍게 들어 올려 왕좌에 앉히고 무대 위를 돌며 연호에 동참했다.

"우리는 우리 돈을 원한다! 우리는 우리 돈을 원한다!"

킴벌리가 내 어깨 너머로 밖을 살피며 매 순간을 즐기고 있었다. "어머, 지금 럭비팀이 파티에 동참한 거야? 너희 개들 심기도 거슬렀니? 안됐네."

나는 저 열렬한 함성이 핀을 움직이기를 바라며 그를 돌아봤다. 핀은 자기를 겨누고 있는 총구를 보고 있는 것처럼 꼼짝도 못 하고 얼어붙어 있었다.

나는 핀을 쿡 찔렀다. "핀?"

아무 반응이 없었다.

나는 핀을 붙잡고 격렬하게 흔들고 싶은 충동을 참으며 그의 점퍼를 잡아끌었다. "핀, 정신 차려. 우리는 기습을 당했어. 그리고 지금 킴은 우릴 늑대 밥으로 던져 버릴 준비가 된 것 같아."

내가 애쓰는 것을 본 파블로가 도와주려고 달려왔다. "핀, 이 자식아, 그냥 사과해. 네 자존심 따윈 넘기라고."

나는 파블로에게 눈썹을 찡긋했다. "자존심 따위는 버리라고?"

파블로의 얼굴이 밝아졌다. "자존심은 버리라고. 바로 그거야, 내 말이."

"난 기다리고 있는 중." 킴벌리는 노래를 흥얼거렸다. 그녀의 손가락은 스위치 위에서 춤을 추고 있었다.

나는 발로 마루를 굴렀다. "핀! 저 소리를 들어 봐. 아래에선 대학살이 일어나고 있다고."

핀이 허공에 펀치를 날리며 아랫입술을 꽉 깨물었다.

"그냥 해." 나는 의도했던 것보다 더 강요하듯이 말했다.

핀이 내 어깨에 기댔다. "알았어, 알았어, 재촉하지 마. 사과할 게."

나는 안도감에 눈을 감았다.

"내가 사과할게." 핀이 그냥 벽에다 대고 중얼거렸다.

"에헴." 다리를 꼰 킴벌리가 아무 감흥 없이 말했다.

"맙소사, 핀." 나는 핀의 어깨를 잡고 킴벌리를 마주 보도록 잡아끌었다. "다시 해."

"좋아. 사과할게. 됐어?" 핀의 눈이 이글거렸다.

킴벌리가 눈을 굴렸다. "아, 그래. 참 픽도 진심 어린 사과네."

시위가 한층 더 고조되면서 마룻바닥이 들썩거렸다.

핀이 수그러들어 얼음같이 차가운 킴벌리의 눈을 마주 보고 어깨를 떨궜다. "이거 봐, 킴. 내가 미안해. 그건 정말 형편없는 짓이었어."

"형편없다, 형편없다라. 어, 그건 꽤 절제된 표현인 것 같은데. 충격적인 짓은 어때?"

핀이 반쯤 고개를 끄덕였다.

"끔찍하고?"

킴벌리가 핀을 향해 한 발짝 다가왔다.

"추악하고?"

또 한 발짝.

"저열하고? 나는 계속할 수 있어."

제발 하지 마. 나는 속으로 조용히 기도했다. 킴벌리가 폭언을 퍼붓는 것이 우리에게 소중한 시간을 벌어 주고 있기는 했지만 나는 핀의 인내심이 바닥나고 있다는 걸 알 수 있었다.

킴벌리가 핀의 얼굴에 대고 손가락을 흔들었다. "그리고 난 네가 스포츠 데이 때 스피커에다 대고 사과해 줬으면 좋겠어. 모든 사람이 들을 수 있게 말이야." 그녀는 최종적인 굴욕의 한 방을 거래할 기회를 놓치지 않으며 말했다. "너도 그게 어떤 기분인지 알아야지."

킴벌리는 핀을 쥐어 짜내고 있었다. 하지만 솔직히 누가 그녀를 욕할 수 있겠는가?

핀이 양손을 주머니 속에 깊이 찔러 넣었다.

킴벌리는 핀의 침묵을 자기의 승리로 받아들이고는 양손을 꽉 잡으며 의기양양한 기분에 빠져들었다. "아, 복수는 정말 달콤한 거야."

이 다정한 대화는 잘못 들으려야 잘못 들을 수가 없는, 두통을 불러일으키는 날카로운 쳇소리가 아래에서 들려오면서 중단됐다. 샤인 선생님이었다.

샤인 선생님이 시위대를 발견했다. 대여섯 번의 빽빽거리는 소리가 들린 후, 강당이 비었다. 나는 핀을 쳐다봤다. 우린 시위대의 손아귀에서 벗어났다. 겨우 피했다. 적어도 지금은. 그러나 위태로운 상황이었다.

"2분." 계단을 걸어 내려오며 핀이 말을 꺼냈다.

"뭐?"

"만약 샤인 선생님이 2분만 더 일찍 왔다면 나는 그 빌어먹을 사과를 하겠단 약속을 안 할 수 있었어."

색종이 대참사

"참 잘도 해결됐네."

핀이 조명실 쪽을 뒤돌아보며 눈을 굴렸다. "쟤는 노이로제에 걸렸어. 킴벌리 파렐. 언제나 노이로제였다고."

핀은 여전히 이해를 못 했다. 사람들을 마구 짓밟고 상처를 주고 그냥 빠져나올 수는 없다. 이르든 늦든 간에 응분의 대가가 따르기 마련이다.

파블로가 얼굴을 잔뜩 찡그리며 심란하게 쳐다봤다. "흐음."

핀이 친근하게 파블로를 주먹으로 툭 쳤다. "넌 또 왜 그러냐? 저 위에서 창피를 당한 건 나라고."

나는 이유를 파악했다. "충격받은 거야. 이번만은 쟤의 전설적인 매력이 전혀 통하지 않았잖아."

핀이 웃음을 터뜨렸다. "심지어 그 강아지 같은 눈망울도 실패였어."

파블로는 진심으로 당혹해하는 것처럼 보였다. "야, 진짜 전에는 한 번도 이런 일이 없었어."

핀이 파블로의 어깨에 손을 올렸다. "네 매력을 잃고 있는 거야, 아미고."

"뭐라고? 아냐. 분명 이 괴상한 옷 때문일 거야." 파블로가 누더기로 만든 자신의 빅토리아 시대 의상을 잡아당겼다.

"그 조끼가 그다지 멋져 보이진 않지." 핀이 말했다.

나는 코웃음을 쳤다. "냄새도 심각하다, 야. 토할 것 같아."

핀이 우리를 잡아당겨 둥그렇게 모았다. "얘들아, 우리 이제 어떻게 하냐? TT 도허티가 마지막 몇 유로까지 우리를 쥐어짜내려 하는 마당에 이제 모나리자 머피와 근육 덩어리들이 우릴 뒤쫓고 있는데. 까놓고 말해서 우리는 저 시계에 아직 손도 못대고 있어."

"반드시 꼭 그렇다곤 할 수 없어." 나는 핸드폰을 꺼내 들며 말했다.

핀이 내 어깨 너머로 들여다보며 물었다. "뭘 가지고 있는데?"

"위층 조명실에서 찍은 사진. 공연하는 동안 킴이 시계탑을 내리는 시간표야. 책상 위에 있더라고."

"네가 최고다." 핀이 잠시 생각을 했다. "근데 이거 가지고 우린 뭘 하면 되냐?"

나는 종이 위에 적힌 첫 시간을 가리켰다. 20:20. "그러니까 누군가가 무대 뒤로 몰래 숨어들어 가서 공연하는 동안 시계탑이 내려와 있을 때 돈을 꺼내야겠지."

파블로와 나는 바로 핀을 쳐다봤다.

"뭐? 내가?"

"킴벌리와의 기회를 네가 망쳤잖아." 내가 말했다. "대가를 치러야지."

핀의 뺨이 부루퉁해졌다. "좋아. 어떻게 할 건데?"

나는 무대 옆을 가리켰다. "넌 다른 사람들 눈에 띄지 않게 저 사다리 쪽으로 가야 해."

"실바 군. 여기 있었구나."

우린 모두 깜짝 놀라 펄쩍 뛰었다.

샤인 선생님이 뚜벅뚜벅 걸어와서 파블로의 손에 검은 중산모를 쥐여 줬다. "지금 당장 메이크업을 해야 한다. 8분 후에 막이 올라."

파블로가 사라졌다.

샤인 선생님은 얼굴을 찡그렸다. "그리고 너희 둘, 여기서 대체 뭘 하는 거지? 어서 가."

우리는 방향을 틀어 출입구 쪽으로 향했다. 샤인 선생님의 시야에서 벗어나자마자 핀은 사다리 쪽으로 달아났다.

나는 멀리서 지켜보려고 강당 뒤쪽으로 향했다. 옆에서는 TV 촬영팀이 장비를 설치하고 있었다. 잔뜩 기대를 모으고 있는 개막 공연을 녹화하려는 것 같았다. 나는 누군가가 그들에게 귀마개를 가져오는 게 좋을 거라고 경고했기를 바랐다.

길고 긴 8분이 지나고 막이 올랐다. 나는 오프닝 장면이 끝나가는 걸 보며 시간을 주시하고 있었다.

20:15

파블로가 무대 위에 등장했다. 뭐가 깨지는 것 같은 노랫소리는 리허설 때보다 아주 조금 나아졌다. 아마도 무대 아래에 비좁게 서 있는 학교 합창단의 노랫소리가 더해져서 그런 것 같았다.

20:19

20:20

장면을 전환하기 위해 막이 내려왔다.

속이 뒤집힐 것 같았다. 위를 쳐다보자 커다란 시계가 베일에 가려진 뒤로 천천히 내려오는 걸 볼 수 있었다. 막이 오르자 빅토리아 시대의 런던 거리가 그려진 배경막이 드러나고, 빅 벤이 그 속에서 공중에 정지된 상태로 배경을 마무리했다.

공연이 진행되는 동안 나는 시계가 앞뒤로 흔들리는 것을 볼 수 있었다. 처음에는 살짝 흔들렸지만 점점 탄력을 얻었다. 나는 핀이 돈을 잡으려고 최선을 다하고 있을 거라고 짐작했다.

그러다 배우들의 대사 사이에 꽝 소리가 들렸다. 긴급하게 속삭이는 소리가 따라 들려왔다. 나는 무대 배경막 뒤에서 재빨리 움직이는 그림자를 봤다. 시계탑은 아래로 살짝 떨어졌다가 레일에서 거의 미끄러져 나올 지경이 됐다. 이윽고 시계 앞면이 천장을 향하고 뒷면이 바닥을 향하며 구조물이 빙글 돌았다.

나는 조명실을 쳐다봤다. 쪽문이 활짝 열리더니 킴벌리가 초조한 얼굴로 밖을 내다봤다.

시계탑이 다시 움직이기 시작했다. 처음엔 관객들 쪽으로 천천히 밀려나는가 싶더니 곧 가속도가 붙었다. 배우들은 움직이는 시계탑 때문에 연기에 집중하지 못하고 있었다. 나는 이것이 분명 대본에는 없는 부분이라는 것을 깨달았다. 공연은 사실상 중지되고야 말았다.

핀이 한 짓이라는 게 너무나 확실했다.

시계탑이 강당 중앙에 이르자 살짝 덜커덩하더니 뒤판이 활짝 열렸다. 엄청난 양의 알록달록하게 반짝이는 색종이 조각들이 쏟아져 나왔다. 색종이 조각들과 함께 우리 돈 가방도 튀어나왔다. 얼이 빠진 관객들의 머리 위로 색종이와 지폐들이 눈처럼 쏟아져 내렸다.

샤인 선생님은 작은 회오리바람처럼 황급히 무대 위로 올라가 조명실을 향해 소리를 질렀다. 그러는 동안 내 옆에서는 촬영팀이 대실패한 공연을 전부 필름에 담으며 유쾌하게 손을 비벼댔다.

갑자기 내 옆에 핀이 나타났다. "흠, 계획대로 되지가 않더라."

"어떻게 된 거야?"

"가방에 손이 닿지 않더라고. 사다리에서 떨어지면서 시계탑을 앞으로 쓰러뜨렸어."

나는 앓는 소리를 냈다. "네가 그걸 다른 레일로 밀어 버린 게 분명해. 누가 너 봤어?"

"모르겠어."

나는 사방에서 펄럭거리는 색종이 조각들과 지폐들을 멍하니 쳐다봤다. "이건 그랜드 피날레를 위해 준비했던 게 분명해."

관객들은 자리에서 재빨리 일어나 돈을 잡으려고 서로 거칠게 밀치고 떠밀었다.

핀은 대혼란의 막이 오르는 것을 물끄러미 바라봤다. 그리고 손을 뻗어 색종이 조각을 잡았다. "이게 우리의 대단원이 될 수도 있어. 강당 바닥에 사방으로 널린 저 빌어먹을 우리 비상금 좀 봐라. 아니, 절대 안 돼. 난 절대 용납 못 해."

핀은 마루로 뛰어들어 독수리 날개처럼 팔을 벌리고 중앙 복도를 배로 미끄러져 가며 돈을 긁어모았다. 나도 가세해서 각 줄의 첫 좌석들로 올라가 사람들 발 사이로 기어 다니면서 미안하다고 끊임없이 사과하며 지폐와 색종이들을 필사적으로 움켜쥐고 내 재킷 앞섶에 쑤셔 넣었다. 앞으로 가까이 가면서 나는 샤인 선생님과 파우더 선생님이 모여 있는 것을 봤다. 샤인 선생님이 고개를 들더니 우리를 똑바로 가리켰다.

나는 핀의 팔을 잡아당겨 일으켜 세웠다. "빨리 와, 우리 들킨 것 같아."

핀은 발치에 떨어진 5유로 지폐를 마지막으로 움켜쥐었다. 그리고 옆문으로 나를 따라 나왔다.

무대에서 퇴장은 왼쪽으로 조용하게.

$$\$ \ \$ \ \$$$

내 방문을 요란하게 노크하는 소리가 들렸다. 야간 근무를 마치고 돌아온 엄마가 유니폼을 입은 채 붉으락푸르락한 얼굴로 불쑥 들어왔다.

"루크, 엄마가 일하는 동안 전화를 받았다."

속이 울렁거렸다. 오, 안 돼. 올 것이 왔다. 경비원들이 분명하다.

"학교에서 전화가 왔어."

나는 안도하는 표정을 감추려고 베개에 얼굴을 파묻었다.

"학교 공연을 방해했다는 것 같은데. 교장 선생님이 말하기를 이게 마지막 경고라고 하셨다. 다음번엔 정학이라고. 그러니까 이제 무기한 외출 금지인 줄 알고 있어라. 허락 없이는 어디든 나가면 안 돼."

나는 항의할 생각도 하지 않았다.

"아빠가 지금 여기 안 계신 걸 다행으로 알아라." 엄마가 중얼거렸다.

나는 이불 밑으로 고개를 내밀었다. "아빠 안 계세요?"

"그래, 외출하셨어."

"좀 바뀌셨네요."

엄마가 뒤를 돌아 나를 바라봤다. "루크, 그동안 쉽지 않았다는 거 알아. 이번 주에 가게를 살 사람이 나타났어. 아빠가 바란만큼의 가격은 아니야. 하지만 아빠가 일자리를 찾을 때까지 생활하기엔 충분한 돈일 거야. 그리고 오늘 밤에는 유력한 일자리가 나타났어."

나는 안도감이 드는 것을 감추며 엄마에게 고개를 끄덕여 보였다. 어쩌면 이제 모든 것이 정상으로 돌아갈지도 모른다.

"오, 엄마가 깜빡을 뻔했구나. 핀의 엄마랑 얘기했는데, 네가 빈 부동산들 내부를 치우는 걸 도와주겠다고 해서 아주 기쁘다고 하더라. 내일 아침 8시까지 핀네 엄마 사무실에 가렴."

나는 벌떡 일어났다. "하지만 내일은 주말이잖아요."

"그래서?"

"늦잠 잘 수 있는 유일한 날인데요."

"안됐구나."

나는 다시 드러누웠다.

"엄마?"

"응."

나는 방 밖을 내다봤다. "그럼 이제 그 수프 안 먹어도 돼요?"

엄마는 미소를 짓지 않으려고 입술을 깨물었다. "그래, 그 사이키델릭 수프는 이제 끝이다."

사과문 발표

핀은 마지막 5유로 지폐를 깔끔하게 말아서 엄지와 검지로 잡아 탁자 가운데 놓여 있던 갈색 종이봉투 속에 가지런히 넣었다.

나는 가방 손잡이를 잡아당겼다. 가방에는 너덜너덜해지고 짓밟히고 꼬깃꼬깃해진 5유로와 10유로 지폐 뭉치가 들어 있었다. 반짝이는 알록달록한 색종이 조각들도 간간이 섞여 있었다. 강한 베이컨 냄새도 훅 풍겼다. 아마도 게이브가 방금 해치운 점보 브렉퍼스트 롤 때문일 거다.

나는 핀을 쳐다봤다. "얼마야?"

핀은 뒤로 기대더니 마지막 5유로 뭉치를 깔끔하게 가방 안에 던져 넣었다. "슬램덩크!"

나는 대신 에밀리에게 물었다. "얼마야?"

에밀리가 눈을 깜박였다. "충분해. 겨우 간신히."

나는 고개를 끄덕이고 게이브 쪽으로 가방을 던졌다.

핀이 테이블을 쓸었다. "럭비팀부터 시작해 보자, 게이브. 무조건. 그 덩치들하고는 빨리 청산해야 해."

우리는 만장일치로 고개를 끄덕였다.

"그다음엔 축구팀 애들이야." 핀이 말했다. 아마 내년에 탈의실에서 분위기가 얼마나 싸늘할지 상상해 봤을 거다.

나는 게이브가 예식이라도 하듯 카페 테이블을 한 손으로 들고 있는 쪽을 쳐다봤다. 돈 가방이 게이브 쪽으로 미끄러지자 그는 기분 좋게 그걸 낚아챘다.

"아니, 다음은 헐링팀에게 지급해 줘. 그러니까 내 말은, 생각해 봐 핀. 우리 지금 게이브 같은 애들 열다섯 명을 상대하는 거야. 게다가 스틱을 들고 있는."

핀이 100분의 1초 정도 게이브를 보더니 말했다. "그래, 나는 헐링팀에 한 표다."

게이브가 불쑥 끼어들었다. "하키?"

핀이 게이브의 등을 찰싹 때렸다. "여자 하키팀? 아냐. 게넨 명단 맨 끝줄이라고, 이 자식아."

탁자 구석에서 에밀리가 요란하게 혀를 끌끌 찼다.

핀은 손을 들었다. "하지 마, 엠. 걸 파워니 뭐니 그 얘긴 꺼내지도 마. 지금은 안 돼."

"그럼 축구 다음엔 농구?" 복도에서 나를 에워싸던 183센티미터의 껑다리들을 생각하며 내가 황급히 말했다. "그리고 만약 뭐라도 남은 게 있으면…… 테니스팀?"

핀이 코웃음을 쳤다. "테니스? 장난해, 루크? 차라리 남은 돈

있으면 그냥 가지겠다."

"기다려. 그 유산소 운동하는 애들은? 게네는 해결됐어?" 우리 학년의 열광적인 보디빌더들 무리와 충돌하는 건 절대 원하지 않았다.

"테니스는 아웃이야. 헬스장의 영웅들은 넣고." 핀이 말했다.

나는 강당에서의 시위를 다시 떠올려 봤다. 그리고 시위 주도 자도.

"핀, 너 모나리자 머피랑 해결했어? 개가 다시 우릴 물어뜯으려고 달려들 일은 없는 거지?"

"다 해결했어. 개는 자기가 저금한 거 다 돌려받았어. 짭짤한 이자까지 쳐서." 핀이 손목시계를 힐끗 봤다. "게이브, 빨리 자전거 타라. 아침까지 모두에게 돈을 줘야 해."

"내일 아침?" 에밀리가 깜짝 놀라 물었다.

나는 갑자기 서두르는 이유가 뭘까 궁금해하며 눈을 가늘게 떴다. 한 주 내내 핀이 이 돈에 군침을 흘렸다는 사실을 생각해보면 수상했다. 그동안 우리는 마치 현상 수배자들이라도 된 것처럼 모나리자 머피와 그녀의 연합군들을 피해 살금살금 숨어다녀야 했다.

핀이 게이브에게 외투를 던져 주며 카페 문 쪽을 가리켰다. "빨리 꺼져, 멍청아."

"핀. 털어놔. 이야기가 어떻게 된 거야?" 계속해서 꼼지락대는 핀을 가리키면서 내가 물었다.

"알았어, 알았어. 모나리자 머피가……."

"세상에 맙소사, 이제 또 뭐야? 너 개랑 다 해결 봤다며?"

핀이 요란하게 한숨을 쉬었다. "개가 리얼리티 쇼 촬영팀을 섭외해 뒀어. 모두에게 돈을 주지 않으면 폭로 인터뷰를 해서 우리를 파헤치겠다는 거야. 그럼 우린 개 말대로 아마 '영원히' 파우더 선생님의 살생부에 오르게 될 거야."

나는 이를 악물었다. 물론 핀이 '올바른 일을 하자'라고 선언하고 강당 바닥에서 필사적으로 주워 담은 돈을 예금자들에게 다 지불하겠다고 갑작스레 밝힐 때 뭔가 사연이 더 있으리라는 것쯤은 생각했어야 했다.

하지만 우리는 한동안 파우더 선생님의 레이더에 걸리지 않도록 죽은 듯이 지내야 했다. 우리는 학교 뮤지컬 서커스 사건에서 간신히 빠져나왔다. 긴 수색이 이어졌지만 파우더 선생님은 우리가 범죄 현장에 있었다는 것밖에 증명할 수 없었다. 지금까지는. 하지만 선생님은 단단히 벼르며 우리를 예의 주시하고 있었다. 우리는 모나리자의 데드라인을 맞춰 주는 수밖에 없었다.

나는 게이브를 자리에서 떠밀었다. "빨리 가, 덩치야."

"TT는 어쩌고?" 게이브가 자전거를 타기 위해 에그 롤 두 개를 주문하고 겨우 떠났을 때 내가 물었다. "우리 완전히 파산했잖아."

"하, 파산한 은행이라니, 꼴불견이다." 핀이 말했다. 하지만 그의 얼굴에는 서서히 미소가 번졌다.

핀은 내 눈을 똑바로 바라봤다.

"너 그거 아냐? TT 도허티는 꺼져 버리라고 해. 우리는 TT가 애지중지하던 그 멍청한 벌레랑 다시 만나게 해 줄 거야. 그리고 내가 아는 한, 그게 개 몫의 전부야."

그 일은 완전히 실패할 거다. "TT한테 그 소식을 전하는 건 네게 맡길게, 핀."

§§§

"저기 오네. 자전거를 탄 로빈 후드." 나는 학교에서 열린 다양한 체육 대회 행사를 완전히 무시한 채 후드를 뒤집어쓰고 미친 듯이 자전거 페달을 밟아 대며 운동장을 가로지르는 사람을 가리켰다.

핀이 눈을 굴렸다. "드디어."

게이브가 육상 트랙 한가운데를 가로질러 우리 쪽으로 바로 달려오는 걸 보며 나는 눈을 가리고 얼굴을 찌푸렸다. "아오. 쟤 저기서 단거리 선수 한두 명을 납작하게 깔아뭉갤 뻔했어."

핀이 눈을 가늘게 찌푸렸다. "쟤 지금 뭐 하는 거냐?"

게이브가 양쪽 팔을 공중에 든 채로 트랙 바깥쪽을 따라 원을 그리며 돌았다.

나는 씩 웃었다. "주행 중이네."

마침내 게이브가 초고속으로 우리 쪽을 향해 달려오더니 하이점프 기구를 아슬아슬하게 피해서 자전거를 탄 채로 앞으로 고꾸라졌다.

"다 했냐?" 핀이 물었다.

"완벽하게 끝내줬지." 게이브가 잔디밭에 대자로 누워 숨을 헐떡이며 말했다.

나는 게이브에게 걸어가 가볍게 그의 신발창을 찼다. "그래서 모두 다 돈 돌려받았어?"

게이브가 씩 웃었다. "응, 보디빌더들 빼고. 하지만 내가 나중에 헬스장에서 걔들이랑 정리하면 돼."

핀이 어깨를 으쓱했다. "그럼 됐어. 이제 모나리자를 찾아서 이 굿 뉴스를 전해 주자고."

게이브가 로봇처럼 팔을 불쑥 올리더니 주차장 쪽을 가리켰다. "이미 찾았음. 저기 있음. 카메라 앞에 있음."

핀의 안색이 변했다. "말도 안 돼. 젠장, 이건 말도 안 돼."

우리는 굉장히 오렌지색으로 빛나 보이는 모나리자 머피를 보려고 몸을 돌렸다. 모나리자는 리얼리티 쇼 촬영팀에게 둘러싸인 채였다. 그녀는 육상 선수복을 입고 올림픽 육상 선수라도 된 것처럼 포즈를 취하며 카메라를 향해 가짜 속눈썹을 깜박거리고 있었다.

펀이 격분해서 그녀에게 달려갔다. "빌어먹을! 일이 어떻게 돌아가고 있는 거야?"

모나리자는 순진무구한 얼굴로 우리를 돌아보더니 말했다. "계획했던 대로 내 홍보 인터뷰야."

펀이 분노를 억누르며 모나리자의 얼굴에 손을 올렸다. "워, 워, 워. 우리가 모두에게 돈을 돌려주면 인터뷰는 안 하겠다고 했잖아. 응? 뉴스 속보입니다. 오늘은 꽤 바쁜 지급일이었습니다."

모나리자가 완벽하게 다듬은 눈썹을 치켜세웠다. "이건 내 스포츠 태닝 로션을 위한 인터뷰야. 이분들이 스포츠 산업 분야에서 어리고 성공적인 창업가를 인터뷰하고 싶어 하셔서. 게다가 오늘은 스포츠 데이고. 자, 이제 꺼져."

나는 가까운 탁자 위에 쌓여 있는 태닝 로션 병들에서 지독한 커피 냄새가 나는 것을 깨달았다. 나는 병을 하나 집어 들었다. "네 태닝 로션이 스포츠용은 아니잖아?"

"내기할래?" 모나리자가 막 시작하려고 하는 여자 계주 경기 쪽을 가리켰다. 모든 선수가 오렌지 줄무늬로 얼룩덜룩한 다리를 하고 있었다.

카메라맨이 우리를 한쪽으로 밀어냈다. "뒤로 물러서라, 얘들아. 지금 촬영 중이다."

우리는 잠시 침묵하고 서서, 모나리자가 태닝 로션을 듬뿍 짜서 자기 팔에 꼼꼼하게 문질러 바르며 카메라를 향해 생동감 있게 떠들어 대는 것을 멍하니 바라봤다.

나는 입술을 깨물었다. 모나리자는 결코 폭로 인터뷰로 우리를 망신 줄 의도 따위는 없었다. 모나리자가 핀보다 완전히 한 수 위였던 거다.

나는 말을 하려고 입을 열었다.

"말하지 마." 핀이 어깨를 웅크리고 말했다. "나도 알아, 내가 당했어."

그때 이 즐거운 생각을 방해하는 익숙한 목소리가 들려왔다. "조심해, 얘들아."

TT 도허티다.

TT는 육상 트랙에서 허들 두 개를 양쪽 팔에 대롱대롱 매달고 왔다. 그걸 마치 프리스비(플라스틱으로 만든 원반)처럼 돌리더니 두 개 다 우리 쪽으로 던졌다. "너희 멍청이들이 나를 피해 다닌다는 생각이 들더라고."

"넌 대체 뭐가 문제야, TT?" 핀이 바닥에 떨어져 산산조각이 난 허들을 옆으로 피하며 말했다.

TT가 콧구멍으로 김을 내뿜었다. "네가 바로 내 골칫거리지. 내 돈 받으러 왔다."

핀이 앞으로 나섰다. "네 돈은 경찰서에 있어, TT. 손에 넣을 수만 있으면 해 봐. 그 돈 다 네 거니까."

TT는 이 모든 상황에 지나치게 여유로운 핀의 태도에 움찔하며 놀란 기색이 역력했다. TT뿐만이 아니었다. 나도 핀의 계획이 뭔지 궁금했다.

"오, 기다려. 루크, 네 주머니에 그 삐죽 나온 건 뭐니?" 핀은 연극을 하듯이 도시락 통을 낚아채서 허공에 던지며 상상 속의 관객들에게 질문했다. "아, 네. 여러분. 제 생각에 이건 도시락 통이고요. 안에 들어 있는 건…… 오, 세상에…… 사슴벌레입니다. 네, 뒤로 물러서세요, 여러분. 이건 아주 보기 드문 사슴벌레입니다."

TT의 눈이 튀어나왔다. "내 사슴벌레!"

TT가 도시락 통을 잡으려고 했지만 핀이 너무 빨랐다. 핀은 자기 머리 위 높이로 도시락 통을 집어 던졌다. 나는 뒤쪽으로 뛰어가 도시락 통을 잡았다. 가슴이 쿵쾅거렸다.

TT가 우리 쪽으로 뛰어들더니 내 정강이에 럭비 태클을 걸려고 했다. 하지만 나는 허공으로 도시락 통을 높이 던져 올렸고 그건 다시 핀의 손으로 떨어졌다.

주거니.

받거니.

연습 시간에 했던 던지기 연습이 마침내 쓸모가 있었다.

주거니.

받거니.

몇 초도 안 돼서 우리는 화가 잔뜩 난 TT 도허티를 가운데 두고 그의 소중한 사슴벌레를 이쪽에서 저쪽으로 난폭하게 주거니 받거니 하는 이상야릇한 뺏기 놀이를 하고 있었다.

나는 핀의 리드에 따라 도시락 통을 계속 던지며 TT의 얼굴이 점점 붉으락푸르락 달아오르는 것을 봤다. 그러면서 점점 토할 것 같은 느낌이 드는 것을 무시하려 했다. 도시락 통을 계속 주거니 받거니 하며 나는 현실적으로 TT가 완전 뚜껑이 열려서 우리를 땅바닥에 때려눕힐 때까지 얼마나 더 오래 이러고 있을 수 있을까 궁금해졌다.

핀이 한쪽 팔을 번쩍 들더니 도시락 통을 붙잡았다. "우리 빚을 다 탕감해 줘. 그럼 이 사슴벌레를 돌려줄게. 그게 조건이야."

TT가 얼어붙었다. 핀이 그에게 도시락 통을 가짜로 던지는 척하며 방향 감각을 잃게 만들었다. 핀은 도시락 통 뚜껑을 열고 안을 들여다봤다. "오 이런, 이 불쌍한 작은 녀석이 완전 상처투성이에 여기저기 부딪혀서 꼴이 말이 아니네."

TT가 움찔했다.

핀이 도시락 통을 닫았다. "한 판 더 할까, 루크?"

"알았어, 협상하자." TT가 재빨리 말했다. "그렇게 한다고, 멍청아."

"모든 빚을 다?"

TT가 어쩔 줄 모르며 눈을 깜박였다. "그래, 알았다고."

핀이 그의 발아래에 도시락 통을 던졌다.

나는 핀의 팔을 잡았다. "빨리, 핀. 쟤 폭발하기 전에 도망가자."

TT는 손바닥 위에 사슴벌레를 부드럽게 올려놓고는 코로 문지르고 애정이 담뿍 담긴 손길로 등을 문지르며 콧소리를 냈다.

"아니, 봐봐, 자기 사슴벌레한테 애정을 쏟느라 정신이 없어." 핀이 말했다.

TT는 사슴벌레를 자기 머리 위에 올려놓았다. 사슴벌레는 그의 머리카락 사이에 파고들어 기름진 이불 아래에 자리를 잡았다. TT는 다시 모자를 쓰고 운동장을 훑어보더니 우리를 향해 일직선으로 다가왔다.

"TT, 우리 거래 다 끝난 거로 아는데?" 핀이 겁에 질린 채 뒤로 물러서서 뛰며 소리쳤다.

"이건 내 사슴벌레를 위한 복수다." TT가 주먹을 꽉 쥐며 맹렬하게 다가왔다.

우리는 운동장을 가로질러 육상 트랙에 올라 경기 중인 선수들을 따라서 달렸다. 나는 핀을 따라 경기장을 달리며 앞선 선수들 무리 속에 끼어들어 몸을 숨겼다.

뒤를 힐끗 보니 TT가 쫓아오고 있었다. 그는 여전히 경기장 쪽에 있었지만 빠르게 우리를 따라잡고 있었다.

나는 헐떡거리며 핀을 따라잡았다. "이게 뭐야?"

"시니어 800미터 경기야."

마지막 한 바퀴임을 알리는 벨이 울렸다. 앞선 무리가 스피드를 내기 시작했다. 내 다리는 젤리처럼 휘청거리면서도 속도를 유지하려고 안간힘을 쓰고 있었다.

내 옆에서는 핀이 가쁜 숨을 내쉬고 있었다. 힘들어하는 기색이 역력했다. "저기 커브만 돌고는 도랑 뛰어넘기 경주로 가자."

그러나 나는 점점 커지는 TT의 고함을 들을 수 있었다. 마치 내 귓가에 대고 소리를 지르는 것 같았다. 나는 숨을 참고 어쩔 수 없이 바닥에 메다꽂게 될 운명을 기다렸다.

하지만 그때 기적이 일어났다.

강력한 경쟁자인 제임스 블랜드가 커브 쪽을 도는데, 레인 안쪽에서 우리 그룹을 따라잡으려던 TT가 그의 경로를 막았다.

블랜드는 몹시 화가 났다. "비켜, 이 한심한 놈아! 이건 전국전모의 경기란 말이야."

블랜드는 럭비팀의 헤비 웨이트만으로는 만족을 못 하고 육상 트랙의 총아가 될 계획을 세우고 있었다. 하지만 TT는 꿈쩍도 하지 않았다. 블랜드 같은 사회 부적응자 따위에게 귀를 기울일 리가 없었다.

블랜드는 TT를 팔꿈치로 세게 치며 트랙 밖으로 밀어냈다. "망할 놈의 아마추어들."

TT는 경기장 테두리를 부러뜨리며 넘어져 장벽에 정면으로 부딪쳤다. 그 모습은 생기 넘치는 관람객들에게 엄청난 웃음을 선사했다. TT가 다시 균형을 잡으려 애쓰는데, 그의 모자가 날 아갔다.

그다음 순간 TT가 엄청난 포효를 내지르는 바람에 나는 트랙에 거의 멈춰 설 뻔했다. "안 돼-!!"

어깨 너머로 공포에 질려 멍해진 TT에게서 까만 점이 허공으로 날아가는 게 보였다. 점이 점점 가까이 다가오자 나는 그것이 사슴벌레의 뿔임을 알아볼 수 있었다.

까만 점은 바로 블랜드가 달려오는 트랙에 내려앉았다. 그리고 바로 블랜드의 발밑으로…….

와작.

TT는 블랜드의 반짝이는 흰 운동화 옆으로 사슴벌레가 뭉개지고 매 발자국마다 점점 더 산산조각으로 짓밟혀 가루가 되는 것을 절망적으로 쳐다봤다.

더 끔찍하게도, 블랜드의 뒤를 따라 달리던 주자들이 만신창이가 된 사슴벌레 조각을 트랙에 문질러 털어 냈다. TT가 달려와 미끄러지면서 경기를 중단시키고 잔해에서 사슴벌레의 뿔을 들어 올렸다.

운명의 축이 어디로 기울지 알 수 없는 짧은 순간이 지나갔다. TT의 머리가 뭉개진 사슴벌레 뿔과 우리, 그리고 제임스 블랜드 사이를 왔다 갔다 하는 것이 내 눈엔 거의 슬로 모션처럼 똑똑히 보였다. TT는 정신 나간 사람처럼 눈을 번들거렸다. 블랜드가 2

등과 격차를 더 늘려 가며 앞서자 관중석에서는 요란한 응원 소리가 들렸다. 블랜드가 이미 목에 금메달을 건 것처럼 자기를 숭배하는 팬들을 향해 잘난 체하며 손을 흔들었다.

그것이 TT가 마침내 화를 폭발시키는 발화점이 됐다.

"죽여 버린다, 버크." TT는 이렇게 말하고 고속 열차처럼 쏜살같이 튀어 나갔다.

TT는 우리에게 1초도 눈길을 주지 않고 방금 죽은 사슴벌레에 대한 트라우마조차 모두 잊은 채 스쳐 지나갔다. 가속이 붙어 팔다리를 마구 휘저으며 뛰었지만 땀조차 거의 흘리지 않았다. 사명이 생긴 거였다. 그는 에너지 기관차처럼 두 번째 코너를 미끄러져 돌더니 힘들이지 않고 세 번째 코너를 지나 블랜드를 50미터 앞으로 따라잡았다.

나는 그 모습을 보면서 넋을 잃었다. "쟤 완전 인간 로켓이잖아? 누가 알았겠어."

핀은 속도를 늦추고 블랜드를 제쳐 결승선에 들어간 TT가 우레와 같은 함성을 불러일으키는 모습에서 눈을 떼지 못했다. "세상에 맙소사. 잠깐 나갔는데 우승했어."

$$$

우리는 TT 도허티의 음침한 그림자가 드리워질지 모른다는

걱정은 미뤄 두고 햇빛 아래에 누워 얼마 남지 않은 스포츠 데이의 몇 시간을 즐겼다.

핀이 손을 비볐다. "TT는 우리를 싹 잊었어. 이제 새롭게 우사인 볼트로 등극해서 자기 팬들하고 어울리느라 바쁘니까."

그때 그림자가 나타나 햇빛의 온기를 막았다. "에헴, 여기 숨어 있었니? 피츠패트릭."

나는 눈을 뜨고 손으로 확성기를 돌리고 있는 킴벌리 파렐을 봤다. "뭐 잊어버린 거 없니? 공식 사과라든가."

핀이 코웃음을 쳤다. "진짜 너, 아직도 그 얘기냐?"

나는 핀을 팔꿈치로 쿡 찔렀다. "공평하게 말해서 핀, 킴은 그때 우리가 거기 있다고 소리 지르지 않았어."

킴벌리가 고개를 끄덕였다. "그리고 나는 파우더 선생님과 샤인 선생님에게 그 시계탑에 대해서 세 번도 넘게 심문을 받았어."

킴벌리는 핀의 가슴에 확성기를 떠안기고 종이 한 장을 쥐여 줬다. "이거 읽어. 이제 빚 갚을 시간이야."

안타깝게도 그 순간 우리가 있던 자리에는 인기 있는 100미터 단거리 메달 수여식을 보기 위해 많은 사람이 모여 있었다.

타이밍이 나빴다. 몇 초 만에 모든 사람이 확성기를 들고 일어서서 헛기침하며 더듬거리는 핀을 쳐다봤다.

"나, 핀 피츠패트릭은 킴벌리 파렐에게 이루 말할 수 없을 정도로 사과합니다. 킴벌리는 친절하고 재미있고 아주 멋진 사람이며, 저는 완전히 말 그대로 멍청이입니다. 그녀는 제가 저지른 끔찍한 일을 겪을 이유가 없습니다." 핀의 사과는 군중들의 요란한 소리로 끊겼다.

"꺼져, 핀."

"네가 멍청이라는 건 우리가 다 알아."

"핀, 너 꼭두각시냐? 뭐 하는 거냐?"

"애들아, 이리 와 봐! 핀이 뭘 발표해."

킴벌리가 한 발자국 앞으로 나섰다. "마저 해, 이 실없는 자식아."

더 불편해 보이는 모습으로 핀은 사과문 낭독을 계속했다. "사실 킴벌리는 언제나 저에게 과분하게 훌륭했습니다. 저는 킴벌리와 데이트를 할 수 있을 만큼 운이 좋았는데 분수를 모르고 날뛰었습니다. 사실은 저는…… 어, 어……."

"말해." 킴벌리가 그 순간을 즐기며 말했다.

"못생긴 아기 오리고, 킴벌리는…… 음…… 아름다운 백조입니다."

이 순간 떠들썩한 응원 소리와 휘파람 소리가 여기저기서 터져 나왔다. 킴벌리는 앞으로 한 발짝 나와 한쪽 다리를 뒤로 살짝 빼고 무릎을 약간 구부려 인사했다. 그리고 입 모양으로 핀에게 '루저'라고 했다.

가상현실

핀이 공을 드리블했다. "패디가 그러는데, 샤이 도허티 씨가 찾아와서 그 망할 돼지들을 가지라고 했대."

코비가 얼굴을 찡그렸다. "어떻게 그렇게 됐대?"

핀이 나를 향해 한쪽 눈을 찡긋했다. "누군가가 동물 복지 단체에 연락했거든. 돼지들이 학대를 받고 있다고 말이야."

"학대 돼지 안 돼지." 게이브가 말했다.

우리는 모두 웃음을 터뜨렸다. 게이브가 농담을 하려고 한 건지는 확실히 잘 모르겠지만.

나는 발로 공을 멈췄다. "그래서 동물 복지 단체가 돼지의 법적 주인인 도허티 씨를 방문했지."

"아이러니한 점은 그 돼지들이 왕족 같은 대우를 받았다는 거야. 늘 5성급 호텔 서비스를 받아 왔지." 핀이 말했다.

"하지만 패디는 돼지 동영상을 포기해 버렸어. 너무 번거로워서." 게이브에게서 공을 뺏으며 내가 말했다. "다시 자기의 충실한 돈줄한테 돌아갔어. 위대한 세드릭에게로."

"그래도 뭐, 최소한 샤이 도허티 씨는 떼어 냈으니까." 코비가 말했다.

핀이 입술을 핥았다. "이제 돼지들은 쓸모가 없어져서 구워 먹을 수밖에 없으니 도허티 씨가 손을 떼 버린 거야. 어쩌면 패디가 우리 쪽에도 소시지를 좀 던져 줄지도 모르지."

나는 혼자 미소를 지었다. 로치네 누나가 일하는 동물 복지 협회에 가기를 잘했다. 누나는 자기 역할을 잘했고, 샤이 도허티에게 잔뜩 겁을 줬다.

파블로가 혀를 찼다. "게이브. 뭔 놈의 공을 그런 식으로 차냐? 이 또라이야."

우리는 농구장 울타리 너머로 하늘 높이 날아가는 공을 쳐다봤다.

"가서 주워 와, 게이브." 핀이 으르렁거렸다. "그리고 그 망할 놈의 것 좀 벗어. 대체 그게 뭐냐?"

"3D 바이저래." 내가 대답했다.

"그럼 뭐야? 쟤 지금 게임하고 있는 거야?"

내가 고개를 끄덕였다. "가상현실 게임이라나 봐."

핀이 코웃음을 쳤다. "내 생각엔 차라리 헬멧이 낫겠다. 게이브는 가상현실 속까지 들어가지 않더라도 지금도 충분히 끔찍하거든."

나는 농구 코트 위를 지그재그로 달려가는 게이브 쪽을 보며 씩 웃었다. "아마 거대한 가상 앵그리버드를 피해서 요리조리 도망치고 있을 거야."

아스팔트 바닥이 녹을 것처럼 뜨거웠지만 우리는 바닥에 주저앉았다.

"패디는 컴백할 거야." 잠시 후에 내가 말했다. "생각해 둔 아이디어가 많이 있거든."

"우리랑은 달리." 핀이 투덜거리며 말했다.

"다르지." 나는 기분 좋게 맞장구를 쳤다.

"빈털터리들. 우리 이름으로는 동전 한 푼 없다." 핀이 계속했다. "열심히 번 우리 돈이 전부 그냥 그렇게 사라져 버렸어."

"최소한 상대적으로 크게 손해 보지 않고 빠져나왔잖아." 내가 말했다.

핀이 고개를 끄덕였다. "필리프 형제와는 다르게."

"감옥에서 좀 썩겠지."

코비가 양반다리를 하고 앉더니 눈을 반짝였다. "그리고 너네 TT 도허티한테 무슨 일이 생겼는지 들었어?"

나는 몸을 쭉 뻗었다. "그래, 무기정학을 받았지. 학교 내에서 내기 장부를 가지고 있던 게 발각돼서. 그리고 결승선에서 제임스 블랜드에게 슬라이드 태클을 하는 바람에."

"물론 일부러 그런 거지. 그 사슴벌레를 죽인 보복으로." 핀이 말했다.

"블랜드는 발목이 부러졌어."

"하. 그래도 블랜드가 다음 달 전국 대회에서 금메달을 가져올 유망주였는데." 핀이 말했다. "뭐, 내가 신경 쓸 일은 아니지만. 블랜드가 우리를 얼마나 괴롭혔냐."

나는 입술을 부루퉁하게 내밀었다. "파우더 선생님이 육상팀에 큰 기대를 걸고 있었는데 이제 소용없게 됐지." 핀이 합세했다. "그리고 선생님의 트로피 진열장은 여전히 눈부시게 텅 비어 있고."

나는 자신의 육상팀 스타가 절뚝거리며 자기 쪽으로 걸어올 때 파우더 선생님의 반응이 어땠을지 상상해 봤다. 우리에 갇힌 동물도 선생님보다는 차분했을 거다.

"TT는 가망이 없었어. 정학이라니 그나마 가벼운 벌을 받은 거지."

핀의 얼굴이 굳었다. "TT는 정말 그래도 싸."

"그리고 넌 사슴벌레랑 네 자유를 맞바꿨고?" 코비가 말했다. "TT랑?"

"부당한 거래지." 핀이 중얼거렸다.

나는 얼굴을 찡그렸다. "그게 무슨 뜻이야?"

"내가 온라인 검색을 좀 해 봤는데, 그 사슴벌레 몸값이 어마어마하더라. 몇 천 파운드는 족히 받을 수 있었다고."

"그래서 네가 TT한테 그렇게 자신만만하게 굴었구나." 나는 입이 떡 벌어졌다. "잠깐만. 그걸 알고도 그 사슴벌레를 돌려줄 생각을 했다니 믿을 수가 없다. 너 변했구나, 핀."

"이제 어둠의 그림자에서 등을 돌렸어." 코비가 말했다.

핀이 코비의 정강이를 찼다. "닥쳐, 멍청아."

"우리한테는 여전히 큰 문제가 남아 있잖아. 파우더 선생님." 내가 말했다. "그 시계탑 일로 우리를 못 잡아먹어서 안달이야."

핀이 고개를 저었다. "아냐, 선생님은 지금 너무 정신이 없어. 새로운 마이크로 유명인사가 된 덕분에."

나는 코웃음을 쳤다. "사람들이 파우더 선생님을 TV에서 보는 게 재미있다고 생각하다니 정말 믿기 어렵다."

"벌을 받는 입장이 돼 봐야 알 텐데." 핀이 말했다.

"파우더 선생님은 청취자들을 끌어들이고 있어." 코비가 말했다. "사람들이 선생님이랑 그가 입은 익살스러운 양복을 아주 좋아한다고."

"맙소사, 엄청 우쭐해 하겠구먼." 파블로가 낄낄 웃었다. "자기의 작은 영지를 호령하며……."

"자기의 법을 수호하지." 핀이 내뱉듯 말했다.

"그렇지만 우리한테는 계속 압력을 가할 거야." 나는 여전히 불안했다.

파블로가 내 팔을 쓸었다. "헤이, 그래도 최소한 킴벌리 파렐이 우리를 다 불어 버리지는 않았잖아. 그거 좀 놀랍지 않아? 그치?"

나는 핀에게 고개를 돌렸다. "아마도 이제 드디어 널 용서한 모양이야."

핀이 앓는 소리를 냈다. "사과를 받았잖아. 나를 완전히 쪽팔리게 만들기도 했고."

파블로가 재빨리 끼어들어 화제를 바꿨다. "금요일 디스코는 어때? 모두 가는 거지, 그렇지?"

핀이 나를 의미심장한 표정으로 쳐다봤다. "루크는 틀림없이 갈 거야. 온갖 폼은 다 잡고. 너랑 내 사촌이 서로 사귄다는 소문이 들리던데. 뭐냐? 어?"

나는 얼굴이 뜨거워지는 것을 느꼈다. "꺼져, 핀."

게이브가 다시 나타났다. 축구공도 없이 미친 듯이 이쪽저쪽으로 발을 바꿔 가며 깡충거렸다.

"게이브, 너 뭐 하냐?"

"가상현실 축구 게임하는 거야. 봐, 지금 내가 공을 차고 있어." 게이브는 몸을 빙 돌려 허공을 찼다. "내 절친 호날두에게 왼쪽으로 차 넘겼습니다!"

파블로가 혼란스러운 얼굴로 물었다. "진짜 축구공은 어디 있어?" 내가 손가락으로 가리켰다. "여전히 저쪽 운동장에 있겠지."

핀이 느릿느릿 일어났다. "얘들아, 내가 이 사슴벌레들에 대해서 생각을 좀 해 봤는데. 너희도 알지? 열대 곤충들이랑 그런 거 말이야. 그걸로 돈 좀 벌 수 있을까? TT는 그걸 온라인으로 팔려고 계획하고 있었어."

"핀, 그냥 축구나 하자. 여기야! 게이브." 내가 오른발로 가상의 축구공을 받으러 깡충 뛰어오르며 말했다.

"들어 봐, 내가 주변에 좀 물어볼 수 있어. 누가 걸려드는지 한번 보기나 하자고."

아무도 아무 말도 하지 않았다.

"코비?"

"꿈도 꾸지 마, 핀. 난 빠진다."

"파블로, 친구? 우린 떼돈을 벌 수 있어."

"아니, 아니. 난 안 해."

"루크?"

"절대 안 해."

"그냥 한번 생각이라도 좀 해 봐, 루크."

"그래." 나는 머리를 살짝 갸웃하고 뺨에 손가락을 댔다. "안 해."

"알았어, 알았어, 무슨 말인지 알아들었다고. 쳇, 이 까다로운 녀석들."

머니게임

초판 1쇄 인쇄 2019년 10월 16일
초판 1쇄 발행 2019년 10월 23일

지은이 에마 퀴글리 **옮긴이** 김선아

펴낸이 이상순 **주간** 서인찬 **편집장** 박윤주 **제작이사** 이상광
기획편집 이주미 박월 김한솔 최은정 이세원 **디자인** 유영준 이민정
마케팅홍보 이병구 신희용 김경민 **경영지원** 고은정

펴낸곳 (주)도서출판 아름다운사람들
주소 (10881) 경기도 파주시 회동길 103
대표전화 (031) 8074-0082 **팩스** (031) 955-1083
이메일 books777@naver.com **홈페이지** www.books114.net

리듬문고는 (주)도서출판 아름다운사람들의 청소년 브랜드입니다.

ISBN 978-89-6513-565-4 43840

Bank

First published in Ireland under the title Bank by Little Island Books in 2018
©Emma Quigley 2018.
The Author has asserted her moral rights.

Korean language edition ©2019 by Beautiful People Publishing
Korean translation rights arranged with Little Island Books Ltd. c/o Mr. Ivan Fedechko, IFAgency, Lviv, Ukraine
and EntersKorea Co., Ltd., Seoul, Korea.

이 책의 한국어판 저작권은 (주)엔터스코리아를 통한 저작권사와의 독점 계약으로 (주)도서출판 아름다운사람들이 소유합니다. 저작권법에 의하여 한국 내에서 보호를 받는 저작물이므로 무단전재와 무단복제를 금합니다.

이 도서의 국립중앙도서관 출판예정도서목록(CIP)은 서지정보유통지원시스템(http://seoji.nl.go.kr)과 국가자료종합목록구축시스템(http://kolis-net.nl.go.kr)에서 이용하실 수 있습니다. (CIP제어번호 : CIP2019039169)

파본은 구입하신 서점에서 교환해 드립니다.